# Mirida et le collier de l'existence

Éditeur  BoD-Books on Demand
12/14 rond-point des Champs Élysées, 75008 Paris
Impression : BoD-Books on Demand, Norderstedt, Allemagne
ISBN 9782322118106
Dépot légal : Mars 2018

# Pierre Dabernat

# MIRIDA
## ET LE
# COLLIER DE L'EXISTENCE

Roman

Ce livre est dédié à Rosita

# Préface

Je me souviens du jour où j'ai décidé d'écrire ce roman. C'était durant le mois de février 1976 à Tours. Plus exactement entre Joué-lès-Tours et le parc Grammont.

J'étais installé sur ma mobylette, les voitures me frôlaient et je les ignorais. J'étais pris par ma cogitation, la main soudée sur la poignée des gaz. C'était un matin frileux et humide avec un plafond de nuages gris obstinément immobiles. Je me rendais au boulot. J'étais un simple gratte-papier à EDF (Électricité de France). Je passais le temps à aligner des sommes monstrueuses pour la construction de plusieurs centrales nucléaires, Chinon, Dampierre, Saint-Laurent et d'autres...

« On » m'avait volé mes études.
J'avais voulu m'inscrire à la faculté des lettres. « On » en avait décidé autrement. « On » c'était moi. « On » c'était surtout ma lâcheté. Devant l'autorité de mon père, qui ne désirait que mon bonheur, je n'avais pas eu le cran de dire non et de passer outre. « On » c'était mon mariage car, en ce temps-là, on se mariait jeune. « On » c'était aussi ma fille qui me ravissait le cœur avec son sourire. « On » c'était l'obligation de travailler, d'assurer un salaire ! « On » me chavirait l'esprit...

Ce matin-là, « On » me souffla l'idée d'écrire un livre, pour me prouver enfin que je n'étais pas un moins-que-rien, moi le petit bachelier qui avait passé le baccalauréat à l'arraché, qui avait peine à écrire, et qui se battait avec l'orthographe, la grammaire et qui ne possédait comme culture générale que celle offerte par l'éducation nationale de l'époque.

Cette décision bouleversa ma vie. Sans plus attendre et poussé par cette soif dévorante, le soir même, je rentrais, comme l'on dit, en littérature avec la belle innocence de l'adolescent attardé que j'étais. Quelques années auparavant, j'avais commencé à scribouiller quelques chansons derrière les murs du pensionnat lorsque la solitude me pesait trop. Cela se passait à Toulouse, chez les pères jésuites, pendant que mon père construisait des barrages au royaume du Maroc. Je n'avais rien trouvé de mieux pour communiquer avec ce « On » qui barrait mon existence que d'aligner des alexandrins bancals, dans une poésie blessée qui calmait mes angoisses.

Mes parents vivaient à Rabat depuis 1968. J'avais lu avec beaucoup d'intérêt un recueil de poèmes qui s'intitulait « Les chants de la Tassaout ». Ce recueil datait de 1972. Il était signé par un certain René Euloge qui avait été un jeune instituteur au Maroc. Celui-ci avait rencontré en 1927 une jeune berbère qui était en même temps hétaïre et poétesse sur le souk d'Azilal. Elle s'appelait Mririda n'ait Attik. Ces chants-là relevaient de la tradition orale des tribus qui vivaient depuis la nuit des temps dans les hautes vallées de l'Atlas.
Elle avait touché ma sensibilité.

René Euloge explique que cette jeune femme n'avait pas atteint la trentaine. Les sous-officiers français du Goum n'étaient pas familiarisés avec le dialecte Tachelhaït. Ils ne se souciaient pas de ces poèmes et chants pour eux complètement inintelligibles.
René Euloge avait donc eu l'excellente idée de les traduire en sauvant cet héritage précieux.

Ces textes représentent la mémoire de ce peuple. Ils décrivent la détresse des montagnardes. J'étais en admiration devant ces poèmes. Mririda pour éviter la honte à sa famille avait toujours caché de quel village elle était native. Le mystère de la jeunesse de cette jeune femme enflamma mon imagination et m'offrit le premier personnage de mon roman.
Le deuxième personnage ressemble au jeune garçon que j'étais puisque cet ouvrage est le premier que j'ai écrit.
Durant des mois, des années, en leur compagnie, j'ai donc vécu le long de l'oued Tassaout. Avec eux j'ai appris à vivre et aussi à grandir. Ce livre je l'ai écrit plusieurs fois, en l'améliorant.

C'est ce roman qui a fait de moi ce que je suis aujourd'hui : un écrivain humble parmi tant d'autres, mais un écrivain toutefois, et qui se penchera sur ses feuilles, sur ses carnets, jusqu'à son dernier souffle, jusqu'à l'ultime crispation de sa main.

Je ne voulais plus travailler à EDF, société ou mon père m'avait fait rentrer. Par fierté, en 1980, j'ai démissionné. Je suis revenu vivre à Toulouse, ma ville natale, avec mon épouse Rosita, ma fille et mon manuscrit tandis que mon père après douze ans de service rendu au royaume du Maroc, retournait en France afin de terminer sa carrière d'ingénieur, après avoir été décoré par le roi Hassan II lors de l'inauguration du barrage de Ksar-et-Souk. Maintenant  appelé Errachidia.

Je pensais avoir réglé ma vie mais je m'étais encore fourvoyé. J'ai payé cette nouvelle erreur chèrement en passant vingt ans dans un magasin à vendre des costumes dans une boutique de famille. Suant et transpirant derrière des cravates en soie, j'en devins après des années de labeur le directeur. Mais je n'étais toujours pas un homme serein.

J'ai donc démissionné, pour la deuxième fois de mon existence, à l'aube de ce nouveau siècle. Je suis devenu écrivain public, agent immobilier, pompiste, pour enfin oser, en ravalant ma fierté, aller taper à la porte de quelqu'un de bienveillant qui m'a ouvert celle de la médiathèque José Cabanis à Toulouse où j'ai terminé ma carrière professionnelle.
 Le beau temps a succédé à la tempête.

Mes livres seront-ils rangés sur les étagères d'une bibliothèque, en compagnie des écrivains obscurs ou célèbres ? Je n'en sais rien et je m'en fiche. Ce que je sais c'est que j'écris pour être lu mais aussi pour rester vivant après ma mort. J'écris pour ma deuxième vie. Tant que mes manuscrits, mes carnets, existeront, à travers eux, j'existerai encore. Toutefois je sais que viendra le jour où il n'en restera rien, lorsque personne ne sera là pour se souvenir de moi, pour lire mes livres, écrasés par le pilon du temps.
Ce jour-là, je sais qu'il faudra me résoudre à ne plus être Pierre. Mais peu importe ! Je dois écrire.

# Il mange la terre

Mirida, légère de son quatorzième printemps était à bout de souffle. Les cheveux emmêlés, le visage rougi par l'effort d'être arrivée la première elle s'arrêta sous les noyers.

Elle encouragea Madia qui s'éreintait sur le sentier abrupt, brûlant, inondé par le soleil écrasant de cette belle matinée d'été. Haletante, écarlate, la jeune fille rejoignit son amie. Elle s'écroula sur le sol rocailleux, enleva ses sandales puis desserra sa ceinture de laine. Mirida éclata de rire :

- Tes jambes sont si délicates que tu veuilles déjà te reposer !

Madia avait jeté ses dernières forces pour suivre le rythme de Mirida, véritable petite chèvre. Elle n'avait plus d'énergie pour ouvrir la bouche et répondre à l'impertinence de son amie. Le reste de la troupe composé d'une poignée de femmes déboucha peu après. Certaines n'étaient plus très jeunes. Malgré la peine qu'elles avaient eue pour gravir le sentier elles n'étaient guère fatiguées de la langue. Elles imitèrent la souriante Madia.

- Mettons-nous à l'ombre, annonça l'une d'elles. Nous serons assez tôt l'échine courbée sur le champ d'Astor notre chef. Sa rapacité inaltérée par la chute de ses vieilles dents tombées, après la corvée du bois, du maïs, des noix, de l'orge et du blé, et aussi du désherbage nous ordonne chaque fois la dernière… Aujourd'hui, c'est celle du blanc navet.

Une sonate cristalline de rires lâchés, notes claires, s'éleva au-dessus de ces têtes brunes et se noya dans le vieux silence des gorges de l'Assif Timouta.

Astor avait toujours abusé de ses privilèges de chef de village. Quand le pouvoir repose au creux de la main il brûle les doigts qui l'enserrent. C'était un homme au visage édenté, bedonnant, et qui souriait peu. Il avait la charge de son village qui relevait de la juridiction du cheikh de Demnate.

Les femmes prirent le temps pour se mettre à la tâche. Aucune n'avait envie de faire du zèle pour un tel maître. Lorsqu'en fin de journée, il arriva, suivi de ses mulets, la cueillette n'était pas finie. Les sourcils froncés, en maugréant, il déchargea les sacs.

Il les entassa méticuleusement sur le sol, puis il s'approcha des femmes. Elles s'étaient toutes remises à travailler comme si un orage allait éclater. Astor campé dans sa colère balbutia devant les travailleuses :
- Ainsi… les navets… Ainsi…les navets…

La rage l'empêchait de parler.
Mirida ne craignait pas les hommes, malgré leur barbe et leur bâton. Elle se releva droite, les mains sur les hanches. Le visage encadré par sa chevelure noire, elle mouilla ses lèvres séchées et répondit malicieusement :
- Tu nous as envoyées à la tâche sans nous avoir souhaitées suivant la bienséance la formule sacrée : « Nous t'invoquons Dieu pour que tu bénisses notre travail ! » Notre colère, notre humiliation est profonde. C'est la raison de notre retard.

Madia, derrière tant de courage se jeta bravement à son tour dans la joute aux excuses. Avant qu'Astor ne puisse répliquer, elle ajouta :
- Les muletiers de Demnate sont venus pour nous importuner. Nous avons couru pour leur échapper, attendre qu'ils repartent.

Astor, face à ce bouclier de paroles inventées de toutes pièces, riposta d'une voix grinçante :
- Menteuses ! Langues de serpent… Il n'y a pas eu de muletiers aujourd'hui. Et la formule je l'ai dite. Mais vous étiez tellement occupées à causer que vous ne n'avez rien entendu. Remplissez donc les sacs si vous ne voulez pas goûter à ma fureur. Allez Femmes ! Dépêchez-vous... N'oubliez pas qu'ensuite il faudra suspendre les navets le long de mes murs.

Mirida n'insista pas et se remit à l'ouvrage. Elle chuchota en direction de Madia :
- J'espère que l'hiver sera long. Qu'il sera obligé de les manger tous et qu'il en mourra étouffé !

Les mulets chargés, elles prirent le chemin du retour, les reins courbaturés, la langue coupée par le travail effectué.

Lorsqu'elles arrivèrent, la nuit était déjà tombée. Astor, écœuré, les renvoya non sans les avoir convoquées pour le lendemain. Mirida remonta le village accroché à la pente. Sa vivacité avait succombé au champ d'honneur du navet. La maison de ses parents était la plus haute perchée. La plus isolée. Une des plus modestes aussi…

Ce soir-là, avec un féroce appétit et bouche pleine, elle conta l'attitude du chef du village à sa mère, de quelle façon elle avait répondu. Devant le plat de légumes bouillis, la vieille femme conclut :
- Ce n'est qu'un vulgaire hibou !

Mirida se leva et chercha un verre pour servir du thé à sa mère.
- Avons-nous des nouvelles de la guerre ?
- Quelques-unes ! Moulay Hafid notre sultan court encore après son frère Abdelaziz le traître. Puisse Dieu lui faire mordre la poussière avant qu'il nous réduise en esclavage !
- Madia m'a affirmé que le capitaine d'Amade n'avait pas osé s'en prendre à notre armée. Il a bien trop peur de nos cavaliers et de nos sabres.
- Détrompe-toi ! Il a le courage du sanglier. Les soldats français sont braves et bien payés. J'ai peur qu'ils ne viennent à bout de nos vaillants guerriers. Les nôtres n'ont que la foi pour soutenir leur poignet, aiguiser leur regard.

Elle baissa le ton comme si les murs avaient une oreille. Sur un air de confidence elle répéta à sa fille ce qu'elle avait entendu la veille chez le guérisseur. Moulay Hafid avait proclamé contre son frère une guerre sans merci. Ce frère qui était devenu par mollesse le valet des envahisseurs.
- Ses lieutenants le harcèlent. Ils attendent le restant de l'armée partie déjà depuis trois jours. La grande bataille ne devrait plus tarder…
- Pourquoi tant de haine ?
- Ils se disputent le pouvoir. Moulay Abdelaziz a renié tous ses ancêtres. Il joue à la balle en tapant avec un bout de bois sur des terrain de terre battue. Il se déplace dans son palais en équilibre sur des engins en ferraille. Il enferme les âmes de ses courtisans

dans des boites en bois montées sur pieds. Il s'entoure d'objets qu'ils appellent d'un ton enjoué « ses jouets mécaniques ». Les impôts dont il nous accable ne lui suffisent plus. Maintenant il emprunte aux étrangers et il dépense sans compter l'argent dans un luxe inutile. Il a même acheté des charrettes qui n'ont besoin d'aucun bestiaux pour rouler. Nos mulets font moins de tapage ; ils sont bien plus propres et grimpent sans aide le long de nos sentiers. Il est temps qu'Abdelaziz soit corrigé ! Le fourbe doit retrouver le chemin de la piété s'il veut qu'Allah lui pardonne. Et ses amis n'ont qu'à retourner chez eux !

- Mère calme-toi… Tu veux faire la guerre toute seule, avec le fer de ta colère. Méfie-toi, elle est capable de se retourner, de te tuer.

Elle dévisagea longuement sa fille. Le regard brouillé dans son visage ravagé par le labeur, elle murmura :
- Ton père est encore vivant... C'était le meilleur de tous il y a quelques années à peine.

Dans la faible clarté de l'âtre rougeoyant, sans y croire, elle ne put s'empêcher de rajouter fièrement :
- Je suis sure qu'il ramène à chaque attaque une tête suspendue à la selle de son cheval.
- Il doit être beau...
- Ton père ! Tu peux le dire ma fille…
- Non, pas lui ! Je parle du sultan Moulay Hafid, le pur. Parfois je l'imagine parmi les fantassins déguenillés, les fiers cavaliers, les marchands et les femmes des souks. Tu crois qu'ils ont des prisonniers ?
- Des centaines ma fille ! Enchaînés par vingt ou trente, ils sont à l'arrière du convoi.

Blottie dans le nid des coussins épais, alléchée par la curiosité, Mirida implora sa mère :
- Raconte-moi !

La mère se servit une autre tasse de thé à la menthe. Elle avala lentement une gorgée puis elle ferma les yeux. Pour mieux se souvenir. Sa jeunesse... Toute une époque.

La nuit enveloppa Magdaz. Le sommeil couvrit les maisons de son épais manteau gris. Mirida, les yeux fixés sur la multitude étoilée, rêva longuement qu'un de ces altiers et jeunes cavaliers venait la chercher pour rejoindre le sultan.

Les yeux encore gonflés par le sommeil de cette nuit fraîche et sans lune, tourmentée par les clameurs de la bataille, par les cris des fiers guerriers couverts de sang, par les envolées des sabres scintillants, par les têtes hurlantes, décapitées dans des soleils de gouttes rougeâtres, nuit tragique dans laquelle le récit de sa mère l'avait entraînée, Mirida se réveilla.

Elle se leva péniblement puis, le ventre vide, rejoignit les filles du village qui attendaient devant la plus belle, la plus spacieuse des demeures. Bien sûr celle d'Astor. Elles saluèrent Mirida par des rires et des moqueries.

- Tu étais la première au champ Mirida. Tu as trop couru hier. Ce matin tu es la dernière. Les guirlandes de navets ne doivent pas attendre…

Penaude, elle se réfugia près de Madia. Le groupe calmé, elle se renseigna :

- Astor s'est-il aperçu de mon absence ?
- Non ! Il était trop pressé d'aller se recoucher avec sa nouvelle femme quand nous sommes arrivés.

Le travail cessa quand toutes les guirlandes furent suspendues, prêtes à la cuisson du soleil. Madia annonça :

- Le soleil commence à redescendre et moi j'ai faim. Tu viens Mirida ?
- Oui ! Mais avant je dois ramasser du bois. Notre cheminée a perdu sa flamme.

Quand elles revinrent les derniers rayons du soleil rasaient les toits. Les ombres se lovaient comme des couleuvres sur le sol. La température baissait. Contentes de leurs fagots, les jeunes filles trouvèrent la mère baignée de pleurs. Elle s'arrachait les cheveux. Elle se frappait les joues et les griffait avec les ongles de ses pauvres mains ridées. Effondrée, juste après hystérique, elle était entourée par des femmes du village qui tentaient de la calmer. L'une d'elles se rua à leur rencontre.

- Pleure Mirida ! Petite reine, pleure donc… Ton père est mort. Le vaillant guerrier a péri dans la bataille, le foie coupé, malgré le tatouage sur son épaule qui le rendait invincible. Le poignard d'un chien bâtard lui a dérobé la vie. Il a roulé par terre pour la manger, retrouver sa naissance. Console-toi quand même fille du malheur ! L'ennemi n'a pas eu sa tête. Elle n'a pas été salée par le juif au grand regret des mouches. L'imposteur a perdu la face. C'est le grand, le vénéré Moulay Hafid qui impose sa loi aux chiens arrogants, à ces impies qui nous méprisent de haut de leur richesse, de leurs palais de marbre.

Mirida sentit comme une pierre pénétrer dans sa bouche. Une pierre qui forçait le passage de sa gorge. Souffrance...

Elle eut l'impression de se vider de son sang et brusquement se précipita dans les bras de son amie. Elle éclata en sanglots. En cris aussi. Impétueusement. La peine était lourde, trop brutale. Elles s'assirent à l'écart, à même la terre, dans la poussière du sentier, jambes croisées, écrasées par la nouvelle affreuse.

Dans l'affolement de la situation, la mère les rejoignit et se jeta sur sa fille ; elle s'empara de sa main et sur sa poitrine maigre la serra nerveusement.

- Tu es la fille de l'homme, de mon mari ! Tu es sa fille unique. Maintenant il est mort. Je n'ai plus que toi. Je lui avais promis de faire un fils et c'est une fille qui est venue. Je lui avait répété qu'il était trop vieux pour aller se battre, et suivre le seigneur Moulay Hafid. Mais sa jeunesse poussait sous sa barbe blanche. Ses jambes serraient encore bien le ventre du cheval. Il est mort et je ne lui ai pas donné de fils. Qu'allons-nous faire ma fille ? Qu'allons-nous faire sans lui ?

Mirida se dégagea de la pauvre femme qui sous l'emprise de la peine éparpillait son esprit dans le silence noir de la vallée. Elle se leva et courut se réfugier sous un rocher au bord du torrent. Elle trempa dans l'eau froide son visage de larmes. Sans bruit, en petite fille elle pleura de tout son être.

Son père, son héros, si beau, si courageux, cet homme si doux était mort. Le seul homme du village qui lorsqu'il parlait aux femmes n'élevait pas le ton. Le seul aussi qui refusait de battre son épouse et sa fille. Le seul qui avait osé dire, lorsque le chef du village de la basse vallée était venu la demander en mariage, qu'il n'était pas d'accord pour vendre sa fille. Elle était libre de choisir son mari. C'était le seul homme qu'elle ait connu et qui pensait cela. Cet homme était son père. Maintenant il mangeait la terre.

L'eau sourde à ses gémissements continuait sa course folle et bouillonnante. Le ciel était étoilé et la lune était revenue. Elle baignait le haut de la vallée de l'oued Tassaout d'une luminosité dorée. Mirida se releva et réintégra la maison le visage défait. Des pleureuses se tenaient près de la mère. Effondrée dans un recoin sombre de la pièce, celle-ci, véritable loque, montrait un regard hébété sur ces trois femmes venues pour perpétuer une tradition qui n'avait jamais plu au défunt. Mirida le savait. Elle ne put en supporter davantage. Elle se rendit chez Madia où elle demanda une place pour dormir, se reposer loin de ce simulacre de tristesse.

Le lendemain, épuisée, flageolante, elle s'en alla quérir auprès d'Astor le récit de la mort du père. D'une voix de circonstance, le chef du village lui expliqua qu'après avoir succombé à une vilaine blessure, son père, son vieil ami, avait été mis avec ses compagnons dans une fosse commune à cause de la chaleur. Puis, il la pria de s'asseoir sur un pouf et lui conta la bataille qui avait eu lieu sur l'oued Tassaout.
- Moulay Abdelaziz a été lâchement abandonné par sa harka. Après la débandade, il a fui sous la fusillade de nos villages. Il a réussi à rejoindre un détachement de soldats français qui l'a pris sous sa protection. Malheureusement Allah n'a pas voulu qu'il périsse. Le renégat s'est réfugié à Casablanca.

Elle le remercia d'une petite voix. En signe de reconnaissance, de respect, elle lui baisa la main. Puis elle rejoignit sa mère qui dormait. La maison était vide et désertée. Elle avait reprit son habitude silencieuse. Mirida alluma le feu et elle fit bouillir de l'eau.

La mère avait trop gémi. Maintenant elle acceptait cette fatalité avec un sentiment absolu de lassitude. Ainsi tout était fini. Elle se redressa cependant ;

- Il faut songer à l'avenir, ma fille… Il faut y songer…

A bout de nerf, Mirida s'écria :

- Je ne fais que cela, mère ! Les blés n'attendent pas. Et si les navets d'Astor sont suspendus, les nôtres sont loin de l'être. Je ne pense pas que ce vieux bouc viendra m'aider à les ramasser.

# Le collier de l'existence

Mirida se leva soudainement. Elle empoigna le balai et chassa, à grands renforts de cris et de gestes, l'abeille qui venait de la piquer. Sa mère qui somnolait dans le fond de la chambre se réveilla et demanda pourquoi tant de tapage. N'obtenant aucune réponse elle se retourna sur sa couche et attendit que le calme reprenne possession des lieux.

Pourquoi avait-elle mangé la veille au soir du mariage de sa fille l'andouillette grossière, ce plat pour inférieur, ce plat pour démuni et ventre tenaillé ? Elle avait bu pour apaiser la douleur une tasse de thé froid saupoudrée d'une pincée de feuilles de Talidrar. Malgré le fait d'avoir tout évacué, pareil au nouveau-né, les jeux du démon persistaient en ses entrailles.

Le futur mari de sa fille était un homme riche qui habitait plus bas dans la vallée, à une demi-journée de marche de Magdaz. Il possédait une retraite d'adjudant des Goums, un troupeau de vaches et autant de moutons que les doigts de sa femme et de ses enfants réunis. Il était venu demander la main de Mirida... Quelle bénédiction de Dieu ! avait loué la mère. Plus de tripes dans le plat de terre et plus d'oripeaux sur le corps mais du lait de Bouba la vache dans le bol et du bon fil de laine pour le manteau sur ses épaules l'hiver prochain. Si la belle ensorcelait, comme il se doit, son futur vieux mari, elles pourraient quitter ensemble leur bicoque et habiter dans la belle maison ocre, dressée au flanc de la montagne.

Mirida écrasa l'ouvrière des fleurs. Vengeresse piteuse, elle eut aussitôt honte de ce crime facile. Mais par ce geste, elle avait l'impression d'avoir tué son ressentiment envers les hommes et envers leurs coutumes injustes. Pourquoi devait-elle épouser ce vieil ours à la barbe de henné? Sa mère voyait dans cette union inespérée une faveur divine. L'occasion de les sortir enfin de la misère où la mort du père les avait plongées.
Mirida depuis ce jour maudit était moins soumise à la volonté de Dieu. Ce chemin dans lequel s'était engagé son cœur restait

un secret bien enfoui. Le clan n'aurait pas toléré une fille folle qui remettait en cause l'autorité du créateur. Combien de fois ne lui avait-on pas répété qu'elle devait obéissance à son père et maintenant à sa mère ! Pourtant combien il aurait était bon et doux de suivre la volonté de celui qu'elle chérissait tant. Par contre se plier à la volonté d'autres que son père était une idée qui lui était difficile à accepter. Mais où se réfugier ? Elle se cognait sans espoir au lendemain. Un vieillard allait être son mari, son premier amant. Demain elle serait obligée de frotter sa peau tendre et douce contre la pelure de cet homme, au corps pareil à l'écorce d'un cèdre. Ce goumier qui n'avait connu que les filles des souks, qui ignorait l'emplacement des sources fraîches où il est si agréable de se laver.

Elle posa le balai dans un coin. Agenouillée dans la pénombre, près de la vieille, créatrice de ses jours, elle demanda :
- Pourquoi dois-je l'épouser ?

La malade se retourna sous sa couverture.
- Tu parles comme la pie ! Sans connaître le son de ta chanson.
- Faut-il que je l'épouse ?

Le bon sens montagnard, solide, égal au roc, lui avoua sincère :
- Parce que tu es pauvre et qu'il est riche. Tu es belle et qu'il est vieux !

La mère péniblement se mit debout. Mirida osa alors une parole outrageante.
- Si je ne voulais pas l'épouser, que ferais-tu ?
- J'appellerais les hommes du village, répondit la vieille sans sourciller. Je leur dirais que tu n'es plus ma fille…
- Tu n'oserais pas !
- Naïve… Tu n'es qu'une fille ingrate. Tu es indigne de mon ventre.
- Ainsi, répondit Mirida, je n'ai pas le droit de choisir le sentier de ma mule ?
- Mon mari était fou, ponctua-t-elle résolument. C'est lui qui t'a fichu de pareilles idées dans le crâne

- Je suis consciente de notre dure existence, reprit la vaillante Mirida. Moi aussi je souhaiterais un avenir meilleur. Ne puis-je épouser un homme jeune ? Je ne suis pas fanée, mes appâts ne manquent pas de charme. Il me serait facile de trouver un autre prétendant.

- L'hiver approche à grands pas... Notre réserve est basse. Mes reins sont plus fragiles et je ne peux guère t'aider au potager. Je suis malade aussi. Je n'ai plus la force d'attendre. Il n'y a pas de flammes dans la cheminée sans un homme pour souffler.

- Ce sont ses vaches et ses brebis qui souffleront à sa place.

- Ne sois pas moqueuse, Mirida ! Si je n'étais pas si âgée, tu ne serais pas si arrogante… Tu aurais eu la réponse à tes questions comme il se doit. Avec le bâton… Demain tu épouseras celui qui t'a été désigné. Crois-tu que je me sois rebellée contre mon père quand il m'a dit de m'allonger sur la couche de celui qui fût mon époux ? Non ! Car c'est la loi. Tu dois la respecter. Tu dois obéir ma fille…

- Je n'aime pas la famille, rétorqua en colère la jeune Mirida. Elle me tue. Elle m'ensevelit.


La mère repoussa vivement la couverture et parvint à se relever grâce au restant d'énergie alloué par cette désolante discussion. Pour apitoyer Mirida elle fit semblant de chanceler et s'appuya contre le mur. Cette discussion l'agaçait et l'épuisait en même temps. Soudain une brusque douleur aiguilla son ventre et elle se plia en deux sous la force d'une toux douloureuse. Elle ne simulait plus. Elle lâcha le mur et se dirigea vers sa fille. Elle lui agrippa les épaules et planta son regard de colère droit dans les yeux :

- Méchante fille ! Raille tant que tu le peux... Demain tu seras moins fière.

- Je retiendrai mes pleurs. Mes lèvres souriront mais dans mon cœur tout sera froid.

- Petite sans cervelle. Pense à la nourriture. A la bonne chaleur du foyer. Aux lourds bracelets d'argent qui te pareront.


Mirida attrapa les mains de sa vieille mère et se détacha d'elle. Sous l'emprise de l'émotion, de ce désespoir profond, d'une

voix de fillette éclose parmi les cailloux et les chardons, elle sanglota :
- Mes nuits, ma mère, tu y songes ? Ton mari toi était jeune !

La mère éclata d'un rire édenté.
- Il ne te fatiguera pas longtemps ma fille... Le vieux mourra bientôt. Tout comme moi ! Il faut que tu l'épouses.

Mirida continua, têtue :
- Et son autre femme ? Crois-tu que c'est d'un honnête homme d'avoir deux épouses ? Pourquoi une femme riche ne pourrait-elle pas avoir deux maris ?
- Tu as raison. Elle n'aura pas deux maris mais elle pourra jouer à la courtisane.
- Pour être jetée ensuite aux crocs des chiens, s'exclama Mirida dominée par la colère naissante… Crois-tu que son épouse sera heureuse de me voir arriver rivale dans sa maison. Elle a l'âge d'être ma mère.
- Ta mère c'est moi  ! Allons cesse de te lamenter... Songe que cette femme est trop grosse. Elle ne cesse de manger. Un jour elle éclatera comme la pierre du four et toi maligne tu seras la maîtresse.

Les deux femmes sortirent. Mirida suivit le dos voûté de sa mère qui lentement, à petits pas réguliers et traînants, se dirigea vers l'énorme bloc rocheux ; privé de ces hauteurs il ornait le terre-plein devant la maison depuis des années.
La mère s'assit dessus suivant des gestes relevant d'une longue habitude. Mirida  préféra s'accroupir sur ses talons et joua avec la terre. Du bout de son ongle aiguisé, elle tria une poignée de cailloux. Elle marmonna boudeuse et pleine de sous-entendus :
- Je n'attendrais pas la mort de sa femme pour aller me plaindre au chef du village... Je lui apporterais une paire de babouches comme le veut la tradition.
- Il ne te croira pas... Ton mari est trop vieux pour avoir des mœurs contre nature.Tu oublies qu'il a déjà quatre filles. Tu seras la risée du village.
- De toutes ces filles qu'en ferais-je si leur mère éclate ?

- Donne-lui un fils… Plus tard il te protégera mieux qu'une fille surtout si elle est mangée par tes idées.
- Sceptique, Mirida se releva et tourna autour de sa mère. Elle répondit :
- Crois-tu qu'il aura la force de m'en faire un ? Peut-être ne voudra-t-il même pas...
- Tu demanderas au fils du forgeron... Il sera très heureux de te coucher sous les noyers. Et ton mari sera obligé de reconnaître l'enfant s'il ne veut pas perdre la face. Mais je pense que tu n'auras pas besoin d'agir comme une sorcière. Il est vieux mais sa fierté le fera mettre raide pour t'ensemencer.
- Tu es certaine ?
- Oui ! Sinon il ne serait pas venu te demander.

Mirida jeta à la volée le tas de cailloux.
- Si moi la jeune je ne veux pas d'enfant... Si je ne veux pas me pencher la nuit sur le berceau pour laver les fesses pisseuses, faire taire les cris par mes seins alourdis ?
- Tu dois avoir le ventre gros... Une épouse doit se soumettre et mériter ainsi la confiance du mari.
- Alors si je t'écoute, nous les femmes, nous ne sont faites que pour obéir et nous taire. Puis quand vient l'heure du mâle  nous devons nous allonger sur le lit. Même si nous sommes fatiguées par le travail de toute une journée la virilité de l'homme doit être apaisée. Voilà notre vie ! Mettre au monde des enfants, travailler au champ, tenir la maison, préparer les repas pendant que le mari, accroupi à l'ombre d'un mur, passe ses journées en palabres et chimères d'hommes. Quand le mari meurt pourquoi ne pas nous mettre aussi dans le trou ?

La vieille femme réprima un tressaillement douloureux. Ses mains déformées par le sang de la vieillesse tremblaient.
- Aide-moi donc à rentrer au lieu de me dire des choses que je ne veux pas comprendre.

Mirida prit la pauvre femme par les épaules et la soutint de sa jeune vigueur. Elle perçut avec amertume le tremblement qui agitait maintenant le corps de sa mère. Elle le prit comme un chantage physique, un subtil mélange d'égoïsme et d'amour,

Pour la calmer, afin d'entériner cette contrariante discussion Mirida se força et jeta entre ses dents :

- Ne t'inquiètes pas ! Je l'épouserai le vieil arbre.

- Je le sais bien ma fille ! Je le sais bien... Tu vas me donner une couverture et me préparer à manger. Ensuite, tu rejoindras les jeunes du village. Ils préparent le bûcher qu'ils allumeront ce soir à ton honneur. Tu danseras et tu chanteras. Moi je resterai ici. Je suis trop fatiguée…

Mirida rejoignit à contre-cœur la place du village. La plupart de ses amis étaient là. Il y avait aussi des villageois. Les festivités étaient rares dans la vallée. Mirida alla s'asseoir sur les talons, à côté de Madia qui l'accueillit d'un sourire d'encouragement. Un homme accroupi jouait du tambourin en sourdine. La plainte mélodieuse apaisa la tristesse qu'elle véhiculait depuis la mort de son père. La lune, le soleil de l'obscur, faucille de la main fortunée donnait aux visages de ces gens un mouchoir de clarté pour que chacun puisse se reconnaître.

Les cheveux noués, collier d'ambre autour du cou, bracelets de laines multicolores et fibule dorée au carrefour de ses voiles, la jeune berbère se releva avec lenteur, suivie par ses camarades. Ce modeste groupe de danseuses entama une ondulation, du bas vers le haut, langoureuse et progressive, suivant le rythme de la cadence sourde du tambourin encore un peu timide.

Mirida appréciait beaucoup ces prémices, cet instant éphémère où le quotidien devenait oubli, où la puanteur devenait parfum, et le travail repos. Peu à peu le cercle se forma. Les danseuses se déplacèrent en épousant le balancement commun. Les gestes étaient les mêmes depuis des siècles. Il n'y avait que le feu qui savait d'où ils venaient ; il était le seul à pouvoir dire de quelle gorge originelle était née cette mélopée, quelle était la main qui avait jeté dans l'air immuable de la vallée ce rythme impérieux, compliqué et mystérieux.

La nuit promettait une relative douceur. L'hiver, ce marchand éternel de la mort, s'était annoncé, cette année, avec du retard. Aussi la soirée se para avec la joie, l'insouciance, de ces jeunes personnes. Ces brindilles de sentiments, ces pensées incertaines s'envolèrent dans la nuit au-delà des rocs à la recherche du rêve de chacun.

Puis la danse s'éteignit comme elle  avait commencé ; les filles quittèrent la ronde progressivement puis elles retournèrent dans le groupe redevenu immobile et résigné.
Mirida resta seule. Elle attendit que tous les participants soient assis. Réfugiée dans son balancement de hanche, afin de fuir les regards, elle ferma les yeux.
D'une voix grave elle entonna un vieux refrain qui parlait d'un bel amour impossible. Un chant défendu que son père lui avait appris, un chant qu'il tenait du sien qui remontait à une époque ancienne où les femmes n'étaient pas encore soumises.

Puis le calme revint. Le tambourin demeura silencieux. Chaque participant abandonna l'assemblée. Madia à son tour s'en alla, reprit le chemin de sa maison. Il ne resta près du feu scintillant qu'une ombre frêle et immobile, recroquevillée. Mirida, visage sillonné par des rigoles amères, qui pleurait sur sa lâcheté.

La blanche couche nuptiale eut sa tâche de sang. L'honneur fut sauf. Il n'y eut pas besoin d'écorcher un poulet sur l'autel de la virginité.

De longues semaines passèrent, mornes, les nuits relayant les jours, les chamailleries des enfants succédant aux câlineries, la joie pure des naissances repoussant l'absence des morts, et les semences offrant leurs récoltes.

Le vieil homme avait pris la fille... Il avait épousé la jeunesse pour ramener la sienne propre. Sous l'emprise de cette illusion il avait catégoriquement refusé d'héberger la mère de Mirida, malgré sa promesse. Son autre femme suffisait largement à lui rappeler son âge. Pour compenser son manquement, en retour, Mirida eut alors la permission de se rendre une fois par semaine chez sa mère pour lui apporter nourriture et affection.

Ce jour-là, au levé du jour, plusieurs hivers après son mariage, elle prit la mule et accrocha un sac rempli de provisions. Elle ajusta sa jolie robe, grimpa sur le dos robuste de la bête et calée sur l'épaisse couverture tressée, elle prit la direction de Magdaz. Le sentier tortillait parmi les rochers et les obstacles de toutes sortes. Elle parvint à son village natal en fin de matinée. Elle ne disposait que de quelques heures à peine avant de repartir,  pour éviter d'être surprise par la fin du jour.

Elle stoppa un instant sa mule pour contempler le village qui s'étirait en contrebas. Les grandes bâtisses édifiées sans mortier ni crépis étaient accrochées sur l'autre versant, de l'autre côté de l'oued. Elles se fondaient au paysage montagneux et terreux. Sa maison que l'on voyait à peine, à l'écart des imposants greniers, offrait un piètre spectacle. Tant de souvenirs qui revenaient et qui soudain la submergeaient. Maintenant elle s'apercevait avec effroi que les murs s'abîmaient. Cela lui serra le cœur.

Sa mère était sourde. Par contre son appétit avait décuplé. Elle attendait la venue de sa fille au panier plein avec l'impatience de l'estomac Dès l'apparition du soleil, elle prenait position devant la maison, sur la grosse pierre et attendait. Elle n'avait rien d'autre à faire qu'à guetter, à se souvenir du temps passé. Son esprit prenait maintenant plaisir à s'y égarer.

Quand Mirida descendit de sa mule, elle se rendit compte que pour la première fois sa mère n'était pas à son poste. Alarmée, elle se dépêcha de rentrer. Le feu était éteint. Au fond sur le lit reposait la vieille femme. Elle était prise de fièvre, enfouie sous les couvertures mouillées dégageant une odeur très désagréable. Elle faisait face au mur, couchée sur le côté. Mirida posa le sac. Agenouillée auprès de la malade, elle s'empara de sa main et l'embrassa. Elle était brûlante. Les yeux cernés disparaissaient dans les plis de la vieille peau froissée. Ils s'ouvrirent lentement et déposèrent un regard inexpressif sur le visage de la jeune femme.
- Mère ! Me reconnais-tu ? C'est moi. Mirida…

Elle se rappela qu'elle n'entendait plus. La main restait inerte et chaude dans la sienne. Sous l'emprise de la peine, elle la serra de toutes ses forces. L'étreinte resta sans réponse. Alors, elle la reposa délicatement sur la couche et une larme glissa sur sa joue. Cette main, ce paysage futur de la mort, alors qu'elle était encore une enfant, lui avait caressé le front pour la consoler, un jour de chagrin. Elle avait découvert un oiseau inerte et froid dans la neige. Elle avait constaté pour la première fois de sa vie l'aspect repoussant d'un corps sans vie. Ce geste si doux de cette main si fine d'avant émergea du puits des souvenirs. Elle changea les couvertures, secoua les coussins puis d'un geste nerveux s'essuya les yeux.

Le plus important était d'allumer un feu. Lorsque le thé fut prêt Mirida tenta de faire boire sa mère. Mais elle gardait les dents obstinément serrées. Déçue, elle reposa la tasse brûlante sur le sol. Il n'y avait plus qu'une chose à faire... Seul le guérisseur pouvait conjurer le mal. Elle partit aussitôt à sa recherche.

Le vieux sage, barbe blanche jaunie par le tabac, un peu sorcier, et homme instruit, lui demanda ce qui motivait sa visite en ce début d'après-midi. Et surtout, pourquoi avait-elle osé troubler sa sieste ?
- Ma mère est mourante. Les génies ont profité de sa faiblesse pour s'emparer d'elle. Aidez-moi à la guérir ! Je vous paierai bien…
- Je sais Mirida. Mais je n'ai aucun usage de ton argent. Garde-le et laisse moi dormir en paix.

Chaque vieillard possède ses manies Celle du guérisseur était qu'il aimait à se faire prier.
- Par pitié, venez vite, ma mère se meurt ! Comment pourrais-je m'agenouiller devant l'arbre du saint si vous n'avez rien tenté pour la sauver ?

L'ancien maître d'école sourit et leva le bras.
- Allons auprès de ta mère ! Mes jambes sont moins lestes que les tiennes. La mort est une ombre pressée. Elle sait profiter de nos faiblesses pour emporter le soupir des vivants. Dépêchons-nous ! Tire-moi jusqu'à chez toi. Quelle idée d'habiter si haut ! Je reconnais bien là ton père. C'était un original.

Les mixtures secrètes, les formules magiques, les suppliques aux saints protecteurs, puis en dernier recours la prière au Dieu créateur et puissant, ne purent empêcher Azrail, l'ange noir de la mort, de recueillir l'ultime souffle de la pauvre femme. A l'instant de la descente du soleil derrière les cimes, lorsque les hommes remontent le col d'un geste frileux, lorsque le village revêt l'ombre froide. En cette lugubre soirée, cette soudaine fraîcheur se répandit comme un linceul sur la vallée transie.

Mirida voulut préparer le corps de sa mère pour la cérémonie. Mais secouée par les sanglots, elle confia ce travail pénible aux femmes qui se trouvaient là. Une fois tout en ordre, tard dans la nuit, elles s'en allèrent à l'exception de quelques unes. Leurs lamentations, leurs paroles creuses et leurs larmes sans chagrin, stoppèrent ses propres pleurs.

Cette supercherie était insupportable. Elle avait toujours vécu en retrait de la tribu au côté de son père. Enfant, elle était restée spectatrice lucide de ces coutumes qu'elle ne comprenait pas. Son père les avait souvent commentées sans complaisance en sa présence. Or depuis son mariage, son évolution n'avait cessé de croître dans cette direction. L'attitude égoïste des hommes en général l'avait entraînée irréversiblement sur les chemins de la rébellion.

Au milieu de la nuit, elle n'y tint plus et demanda aux femmes de s'en aller. Enfin seule, elle libéra son désespoir si longtemps sur la mer de l'envie retenue. Ses larmes lourdes noyèrent en une vague celles des pleurnichardes.
« Tu étais vieille pauvre mère... Personne ne t'aimait beaucoup. Moi je te pleure avec sincérité. Tu m'as mariée de force et je ne t'en veux pas. Tu croyais bien faire. Tu croyais que ton estomac était le seul maître chez toi. Maintenant tu es morte et je suis vivante. Tu n'auras plus faim. Tu ne claqueras plus des dents. Tu vois... maintenant mon mari est devenu inutile ».

Mirida réalisa que son sacrifice journalier sur le lit du vieil acariâtre n'avait plus sa raison. Son cœur s'emplit d'amertume, de regrets et de tristesse. Puis quand il fut plein, il déborda et les pleurs reprirent jusqu'au jour.

Lorsque les hommes vinrent chercher le corps, elle les suivit jusqu'au cimetière. Quand le trou fut comblé elle déposa au centre de la terre remuée une jolie pierre blanche qu'elle était allée ramasser derrière la maison. Le chef du village qui faisait office de chef religieux fit une brève prière car la femme était pauvre. Quand tout fut dit, on aida la jeune fille affaiblie par sa nuit de pleurs à s'installer sur sa mule. Le visage sec, le panier toujours plein, elle repartit vers la vallée inférieure.

Timouta, le torrent, dévalait bruyamment sous le pont de bois. Son mari attendait assis sur le parapet. Il avait été prévenu la veille par un muletier à qui l'on avait confié la nouvelle. Dès qu'il la vit, il prit d'autorité la corde de la mule et se tournant vers elle, il laissa tomber impassible :
- Chaque douleur, chaque peine, enfile sa perle au collier de l'existence. Quand il devient trop lourd, le fil usé se rompt. C'est l'éparpillement de la mort.

Mirida ne sut que répondre. Elle hocha la tête et rentra. Le quotidien récupéra vite ses prérogatives.

# C'est un diable

Un matin, au levé du soleil Mirida croisa un colporteur près du torrent. Son énorme ballot de linges en équilibre sur la tête, elle lui demanda de déballer ce qu'il transportait. Préférant monter jusqu'au village pour y vendre sa marchandise, il répondit qu'il n'avait pas envie de décharger ses mules pour lui faire plaisir. Loin de s'offusquer, elle rétorqua qu'il avait tort de parler de la sorte. Les femmes du village, d'ici peu, devaient arriver pour laver les vêtements crasseux ; s'il désirait vendre ses épices, sa mercerie et toute sa pacotille, il était préférable qu'il pose son bric-à-brac sur les pierres polies par l'eau immortelle du matin, que sur celles rugueuses dispersées autour des maisons.
- Où sont les femmes, interrogea-t-il, soupçonneux ?
- Elles viennent ! Je suis la première… Mon mari est vieux. Il dort encore.

Ils éclatèrent d'un rire joyeux. Alors, le colporteur descendit de sa monture Il déchargea les grands paniers d'osier qui battaient le flanc de ses bêtes sous le regard curieux de Mirida. Il aligna un lot de soies multicolores, des parfums, du savon d'Alep, des fioles d'huile aux essences subtiles, des bracelets, des bijoux en argent et or achetés aux juifs de Fès, des crèmes curieuses dans des pots de terre ; et bien d'autres menus trésors pour satisfaire le goût de ces montagnardes. Mirida dénicha sous des foulards un collier de pierres noires, soigneusement protégées dans une enveloppe en papier marron. Elle s'extasia et demanda son prix. Dans une mimique de fausse indifférence il le lui indiqua.
- Espèce de voleur ! Je ne t'achèterais rien, baisse de moitié.

La discussion s'ensuivit suivant le rite ancien du marchandage. Le colporteur déchiffrait avec facilité le processus compliqué de la pensée féminine. Secret qu'il tenait de son père qui le tenait du sien ; ils étaient marchands depuis des lustres. Ils se mirent enfin d'accord quand les premières femmes arrivèrent. Puis, l'homme se renseigna auprès de Mirida.
- Quelqu'un pourrait-il me vendre un fusil ?
- Pourquoi ? s'étonna-t-elle

- Lorsque je repasserai le col de l'Arbre, je ne veux pas être tué par le démon. Je l'ai rencontré sur le sentier… Il m'a effrayé ! Mes bêtes ont eu peur elles aussi. Il a tenté de me précipiter au fond du ravin.
- Un démon dis-tu ? Ou plutôt un esprit égaré ou alors c'est toi qui divagues mon ami. On le saurait... Les bergers connaissent les moindres recoins de nos montagnes. Le refuge de chaque animal.
- Ce n'est pas un fou ! C'est un démon et il existe. Je l'ai vu…

Les femmes commentèrent chacune à sa manière l'événement du jour.
- Comment est-il ? demanda l'une d'elles.
- Il est grand et fort. Il a les cheveux de la couleur du blé mais ils sont embroussaillés de ronces et de vermines. Sa face est aussi blanche que votre linge…
- A-t-il une barbe ?
- Non ! Mais il est couvert de loques.
- S'il n'a pas de barbe, c'est qu'il est jeune, dit Mirida. S'il est couvert de loques, c'est un mendiant, à moitié fou.
- Non ! Ce n'est pas un mendiant. J'ai vu son regard. Ses yeux sont bleus et ses gestes sont vifs comme la cascade du Timouta. C'est un diable.

La majorité approuva le marchand.
Mirida persista dans son idée :
- Moi je pense que c'est un jeune mendiant... Ou un simple d'esprit qui s'est perdu. Peut-être s'est-il enfui d'un village des alentours ? Et toi petit homme tu trembles comme une feuille.
- Ne te moque pas… Je suis chargé de peur. Je veux un fusil.
- Pour le tuer ?
- Simplement pour me défendre s'il essaye de me voler.

Mirida haussa les épaules. Elle lui conseilla d'aller au village, et de questionner les hommes. Un fusil elle en doutait… Les hommes tenaient à leurs armes. Mais peut-être pourrait-il leur acheter un poignard ?
Reprenant son fardeau elle ajouta :

- Je garde le collier. Mon mari te payera quand tu iras chercher le poignard. Je vais t'indiquer où est sa maison.

Lentement pour ne pas rompre l'équilibre du volumineux sac adroitement juché sur sa tête, Mirida laissa le colporteur et elle rejoignit une espèce de lavoir naturel coincé entre des rochers. Il était éloigné de la plage où les femmes se donnaient rendez-vous. Elle affectionnait cet endroit pour sa tranquillité et surtout pour son isolement. Elle y puisait sa vitalité. La force bruyante du torrent noyait ses tourments, décapait son esprit empoussiéré par le quotidien. Lorsqu' elle lavait son linge, Mirida déployait la toile de ses pensées. Cette fois-ci elle pensa à ce qu'avait dit le colporteur. Un homme mi-fou et mi-démon qui habitait le col de l'Arbre. Courbée sur le linge, les mains plongées dans l'eau glacée elle songea à l'étrangeté de cette histoire.

Elle empoigna vigoureusement le drap qui avait été le confident de son hymen brisé, de ses illusions perdues, de sa soumission au clan. Elle soupira et le rinça longuement. Puis, comme pour faire disparaître les tâches de ce mariage qui salissait sa vie elle le tire-bouchonna rageusement pour l'essorer. Un bref instant elle aperçut le reflet de son visage dans l'eau. Elle était encore belle… Mais la moisson du champ de sa jeunesse était rentrée. Soudain un souffle léger brisa le miroir. Les nuages faisaient la course avec le vent. Un orage s'annonçait.

La journée fut particulièrement pénible. En fin de journée, la monotonie du village s'octroya une trêve. Les hommes, les plus agiles, les plus robustes se livrèrent à un concours de lutte sur la place. La partie devint vite acharnée. L'électricité ambiante de l'orage excitait les joueurs. Mirida assise sur les talons, le dos contre un mur, s'attarda sur ce spectacle. Le vaste édredon des nuages gonflés était si bas qu'il aurait suffi d'un simple couteau pour le crever.
Les gestes vifs, les cris, les injures et les chutes spectaculaires des lutteurs captivèrent son attention. Ces jeunes mâles, fiers de leur virilité, lui inspirèrent soudain d'inavouables pensées. Les regards décochés par certains, au milieu de la mêlée furieuse, étaient trop significatifs pour la laisser indifférente. L'aire du

terrain de jeu secouée de sa poussière la fit tousser. Un grain minuscule se logea dans son œil. Elle battit en retraite.

Son mari vautré sur des coussins surveillait sa première épouse qui s'activait près du feu. La venue de sa rivale l'avait reléguée au simple rôle de servante. Elle ne s'en plaignait pas. Le vieux bouc interdisait que Mirida se livre aux corvées ménagères. La vieille épouse était là pour cela, avait-il décidé. Sa deuxième femme représentait l'ornement, le plaisir de ses yeux et de son sexe fatigué. Il était donc inutile de lutter contre une jeune et belle favorite. Pour assouvir son ressentiment, l'épouse déchue, lorsque le maître n'était pas là, appelait Mirida « la courtisane », encouragée par le silencieux mépris que celle-ci lui opposait.
- Veux-tu manger ? lui proposa son mari.

Le plat sentait bon mais son appétit devenait rare. Elle répondit timidement et sans le regarder.
- Je n'ai pas faim.
- Il faut manger ! dit-il la bouche pleine. Il te faut conserver des forces. Ta beauté a besoin de soins.
- Je ne veux plus être belle ! C'est la cause de mon malheur.
- Ton malheur ?
- Celui de vous avoir pour mari... Vous n'êtes qu'un vieillard vicieux. Incapable de songer à autre chose qu'aux plaisirs du ventre !

L'orage éclata alors dans le ciel mais aussi dans son cœur. Les larmes envahirent son visage. Le mari se leva. Il saisit le visage bouleversé de la jeune femme de sa main nerveuse et plongea un regard sombre de colère dans ceux magnifiquement noirs qui le défiaient avec arrogance. Il fut incapable de les déchiffrer et il prit pour du défi leur éclat fiévreux qui n'était autre que du désespoir. S'ils avaient été seuls il n'aurait rien dit, car, malgré tout, sa raison ne lui donnait pas une bonne conscience. Mais l'autre, la vieille les observait. Il ne pouvait pas faire autrement sans mettre en danger son autorité. Il gifla Mirida violemment.
- Chienne ! Va donc te coucher ! Attends que cesse la pluie avant oser me regarder à nouveau...

La foudre tomba sur le village. Sur un arbre qui avait trouvé sa place à l'écart. Les cris des femmes, des enfants terrorisés, se répercutèrent dans les maisons. Tandis que les roulements du tonnerre s'abattaient sur leur tête, le regard de Mirida se rebella encore. Elle n'entendait plus les vociférations et les injures qui se déversaient sur elle. Mirida essaya de se protéger des coups assénés par le vieux forcené. Recroquevillée, réfugiée dans un coin de la pièce, elle regrettait de ne pas avoir la carapace de la tortue qui venait la visiter dans la cour de la maison. La brute, le visage convulsé par la rage, heureusement, se fatiguait vite. Son bras et son souffle ne possédaient plus la vigueur d'antan. Celle qu'avait connue la vieille épouse qui avait subi dans le temps la caresse de la fierté masculine. Il va sans dire que le spectacle de la « courtisane » ainsi réchauffée la remplissait d'une satisfaction mauvaise. Chacune son tour ! persifla-t-elle.

Le mari, submergé par la fièvre de son autorité de vieux mâle sur le retour, ressentit alors l'envie de la contempler allongée sur le sol. Puisqu'il en était ainsi, il convenait d'aller jusqu'au bout. De donner la leçon afin que la petite soit matée. Utilisant son bâton de marche, il visa les jambes cherchant à faire mal. La malheureuse, le bravant de son unique arme, celui de son regard, devant tant de méchanceté, prit aussitôt le parti de la fuite. Elle se précipita hors de la maison et trébucha sur un plat à tajine qui traînait sur le sol. A peine relevée Mirida fonça sous l'arrosoir des nuages qui se déversait avec violence, son instinct de défense allié à sa révolte guida ses jambes endolories vers la montagne.

L'orage lui faisait peur. Le vent aiguisait les rochers, soulevait ses voiles légers ; la pluie piquait et mordait son pâle visage ; le tonnerre, en de longues déflagrations, vrillait sadiquement ses oreilles.
Elle trouverait bien parmi les nombreuses grottes qui peuplaient le col de l'arbre, un refuge pour passer la nuit. Elle songea aux femmes qui actionnaient leur moulin dans le confort douillet de leur maison. Selon les dires de certains, cette pratique effrayait l'orage. Mirida savait d'un vieil ami de son père, philosophe et poète au crâne rasé que cette coutume datait d'avant la création

de la tribu. Mais les tremblements qui la tenaient étaient le fruit de sa connaissance réelle des dangers de l'orage. Elle se mit à courir.

Lorsqu'elle arriva au sommet la pluie avait cessé. La lune avait disparu derrière un épais nuage et le froid la transperçait par l'inutile protection de ses vêtements trempés. Elle frissonna. S'enroulant de ses bras, à la recherche d'une vaine chaleur, elle se souvint de l'existence des grottes. Elle savait vaguement ou était la plus proche.

Le genévrier, cet arbre saint et vénéré, était comme une pieuvre gigantesque plantée par le passé. Il ne lui inspira nul réconfort. Son esprit était bien trop las. Si cet arbre avait eu le don de la parole, il lui aurait indiqué que la vie n'était qu'un brasier dans lequel chaque humain, chaque animal, ainsi que toutes choses de la nature était là dans la seule attente de l'anéantissement final. Le souffle du temps en activait le gigantesque foyer. Les joies et les peines n'en étaient que de fugitives étincelles qui se perdaient à jamais dans l'éternelle nuit.

Mirida passa devant lui sans y prêter attention.
Sa seule préoccupation était de dénicher l'entrée de cette grotte. Elle avait entendu dire par les bergers, lors des veillées au coin du feu, quand son père vivait encore, que l'ouverture se trouvait non loin de l'arbre, cachée derrière d'épaisses broussailles. Le corps meurtri, transi, fourbu, elle la découvrit, écarta les ronces et l'explora à tâtons.
Contrairement aux autres grottes des alentours celle-ci n'était ni haute ni profonde. Elle buta contre un ancien foyer au milieu duquel des cendres dormaient et procurait au lieu une relative odeur de bienvenue. Tremblante elle ôta sa robe et la déposa sur un buisson. La chemise et tout le reste suivi. Nue, blottie dans le noir au fond de la cavité, elle eut le temps de réfléchir à la situation.

La femme de son époux détenait une langue de vipère. Dès que l'orage cesserait, pensa-t-elle, elle ferait le tour des commères. Cette malheureuse aventure n'était pas à son avantage. Quand on est jeune, séduisante, que le mari est vieux, rares sont celles pour croire à votre fidélité. Et nombreux sont les hommes qui vous courtisent en cachette. Sa colère enfin éteinte, elle réalisa alors dans quelle situation sa fierté et son manque de jugement l'avait jetée. En revenant chez son époux et maître, honteuse et soumise, elle aurait, se dit-elle, peut-être droit au pardon. Au bâton sûrement mais qu'importe ! Mais rien n'était assuré. Pour activer la guérison de sa fierté bafouée, son mari pouvait tout aussi bien la répudier et la mettre dehors ?

Il tendrait le bras dans un geste magnanime. Puis il ramènerait la couverture des torts sur elle. Si par mégarde elle ouvrait la bouche afin de plaider sa fuite, son état d'âme, elle irait grossir le rang infâme des filles sur le marché d'Azilal. Ces filles qui, pour une poignée de douros, s'offraient au premier venu. Aucun homme respectable ne voudrait plus d'elle si son mariage était rompu. Elle serait comme une lépreuse, soumise aux invitations des goumiers et des marchands. Non ! Plutôt le mensonge et le faux repentir. Elle préférait la sûreté de sa pitoyable résignation plutôt que l'inconfort d'un avenir incertain... Le suicide ? Elle n'en avait pas le courage. Et puis avec un peu de chance, elle se remémora ce que lui avait dit sa mère... La santé fragile de ce mari détesté côtoyait la frontière des ténèbres. Avant même le nouvel été, peut-être, se ferait-il tirer les pieds par Azraïl, l'ange noir des cadavres.

Alors, elle serait libre et elle pourrait envisager l'avenir avec un regard plus sec. Mais cela n'était-ce pas un mirage ? Veuve elle appartiendrait toujours au clan, à cette famille, aux frères plus jeunes qui élèveraient le ton sans se soucier de ses pensées. Que pourrait-t-elle faire dans ces conditions ? Fuir si la chance ne se rangeait pas à ses côtés par un mariage plus heureux. Où aller dans ce cas ? Quitter le village, la Tassaout, rejoindre une ville mais laquelle ? Et livrée à elle-même, elle serait asservie par la dame misère sans la protection des monts et des pics, du vent et de la neige, des thuyas et des aigles. Tout ce qui était nécessaire à sa vie.

Resurgissant de son jeune passé, un dicton prisé de son père lui revint en mémoire : « Les choses les plus extraordinaires ne doivent pas nous étonner car dans ce bas monde tout est dans la volonté de Dieu. » L'avantage d'être une putain c'est d'être la cavalière de ses actes. L'homme n'est plus le maître qui prend mais juste un simple client. C'est un esclave, abaissé et vil, prêt à tout dans l'espoir de poser ses mains avides sur le corps glacé et abandonné. Mépriser les hommes. Courtisane et heureuse.

Cette conclusion éclose dans l'obscurité fraîche et tranquille de la grotte la plongea dans un profond désarroi. Voilà maintenant qu'elle éprouvait envie et admiration pour des femmes qu'elle avait toujours considérées indignes, âpres aux gains, frivoles et pécheresses. Ce qui les séparait était qu'elle ne possédait qu'un client, son mari, et qu'elle n'était pas courageuse…

Un craquement interrompit l'écheveau de ses idées... Quelque chose approchait. Elle se leva et n'osa plus bouger. Les craintes du marchand lui revinrent soudain en mémoire. Un deuxième claquement sec d'une branche lui arracha un soupir réprimé par la hantise de se faire repérer. La chose s'arrêta devant l'entrée, attirée par la tâche claire que formait la robe légère posée sur le matelas des branches. Mirida, tapie dans l'obscurité, distingua l'ombre tirer sur un pan de la robe humide. La forme renifla l'étoffe, s'en frotta le visage puis la jeta par terre. Ensuite elle s'empara de la chemise, la retourna dans ses mains, la renifla, puis la déposa sur son épaule en poussant un grognement. A ce moment-là, les nuages s'écartèrent. Un rayon de lune tomba sur la scène. Hirsute, blanc comme la mort, avec les yeux bleus du malin, le visage beau comme le mal, il apparut. C'était Azraïl en personne qui venait la chercher pour avoir désobligé son mari. Elle pressa son sein voulant faire taire le tam-tam de son cœur ; la peur paralysait ses membres ; elle était sous hypnose.

Soudain Azraïl eut une quinte de toux. Il se passa la main sur sa poitrine à peine couverte d'une chemise déchirée. Tout compte fait ce n'était pas l'ange des ténèbres. Celui-ci souffrait comme tout le monde. Cela rassura Mirida. Cet homme ou ce génie ne devait pas connaître l'endroit, supposa-t-elle.

Peu après, aussi mystérieusement qu'il était apparu, l'inconnu s'éloigna et il se perdit dans les rochers.

Mirida reprit sa position au fond de sa cachette. Il y avait un tas de feuilles et de branches séchées qui avaient servi de matelas, sans doute à un berger. Elle se nicha dedans et ferma les yeux. Elle était épuisée. Rendue à la limites de ses forces. L'émotion et la fatigue, ajoutée au besoin d'échapper aux réalités de son quotidien, lui permirent de sombrer rapidement dans un repos profond.

Au petit matin, la végétation qui masquait l'entrée de la grotte filtra les rayons ; elle ouvrit les yeux encore accrochés par le sommeil. Plantée sur ses jambes, tous ses muscles noués par la course folle de la veille, Mirida secoua sa chevelure à défaut de pouvoir se peigner ; elle s'étira comme une chatte paresseuse, écarta prudemment les broussailles, observa les alentours puis, enfin se décida à sortir de sa cachette. A quelques mètres de là, prouvant qu'elle n'avait pas rêvé, la robe était suspendue à une branche. Elle était toute mouillée.

Elle se vêtit rapidement car le froid piquait et d'un pas hésitant, elle entreprit de retourner au village. Il était inutile d'attendre . L'affrontement s'avérait inévitable. Son mari aurait dormi. Sa colère ainsi reposée serait, fallait-il l'espérer, plus clémente. En chemin, elle croisa un berger et son troupeau de chèvres qui lui souhaita le bonjour. Il s'étonna de la rencontrer de si bon matin aussi éloignée de chez elle ; il ne possédait pas de femme, avait couché avec ses bêtes et personne n'était venu le déranger pour lui raconter la fuite de Mirida. Elle répondit aimablement à son salut et fut presque sur le point de parler du jeune démon. Mais elle ravala aussitôt ses paroles. Un détail dérangeait son esprit. Un génie pouvait-il être malade ? Tousser de la sorte…

Sous la bienveillance de la clarté du jour l'apparition nocturne se transforma pour Mirida en un pauvre égaré qui avait surtout besoin d'aide et non d'être craint ou chassé. Son bon sens de femme vivant intimement liée avec la nature prit le pas sur les idioties que la tribu lui avait inculquées. Néanmoins sa nouvelle croyance dans le réel des choses était encore fragile.

L'envoûtement de la nuit qui transforme le normal en magique lui avait fait perdre la tête. Le tumulte de son cœur y avait aussi contribué. A l'exception de sa jeunesse, de sa folle et pitoyable allure, ce pauvre garçon n'avait rien de surnaturel. Devenu par un hasard effroyable mi-homme et mi-bête, il était livré à la montagne aux aspects par bien trop hostiles pour celui ou celle qui ne la connaissait pas.

Mirida revit ses yeux et se demanda pourquoi sa mère lui avait toujours affirmé que les yeux bleus étaient un signe de malheur propres aux démons. Qui pouvait sans mensonge se vanter d'en avoir rencontrés ? Dans le commencement des temps un ancêtre leurs avait-il parlés au moins une fois avant d'offrir en religion sa conversation ? La majesté des montagnes, la noblesse des flancs abrupts couverts de chênes verts, de thuyas et de sapins, l'odeur de la terre grasse baignée par la rosée, étaient l'œuvre d'un dieu qui ne pouvait être que celui de la beauté. L'existence des génies ne devait pas, ne pouvait pas être toléré par un tel créateur. Pourquoi devait-on apprendre cette connaissance des autres, de tous ceux qui jouent la comédie du savoir, appliquer leurs règles en rejetant les lois du bon sens ? Y avait-il dans les montagnes quelqu'un qui pensait comme elle ?

Le douar se profila en contrebas. Quelques femmes étendaient du linge en bordure du torrent. D'autres se penchaient sur les potagers. Un gros muletier lui décocha un clin d'œil malicieux. Hautaine, elle détourna la tête et poursuivit son chemin en se défiant des sourires de ceux qu'elle croisait. Elle craignait que ces airs moqueurs ne ravivent son fier caractère. Une attitude qu'elle devait ignorer si elle voulait se mettre dans la peau d'une femme repentante. Elle se pressa et s'engouffra dans la maison de son époux. Des moineaux maigrichons qui picoraient devant la porte battirent de l'aile et se réfugièrent sur le toit. Son mari, vautré sur la banquette, prenait le thé à la menthe ; il demanda sur un ton particulièrement sec :
- Ah te voilà ! Où étais-tu ?
- Dans la grotte du vieil arbre saint.
- Tu sais ce que je devrais faire ? s'emporta-t-il ?

- Oui… Je suis impardonnable. Vous pouvez me punir. Voyez ! Je reviens soumise, indigne de votre pardon. Telle que je suis je pars si vous me l'ordonnez et je ne reviendrais plus jamais vous déshonorer.

La musicalité de cette phrase qu'elle avait modelée lors de sa descente matinale le long du sentier était quasiment parfaite. Elle l'observa à travers ses longs cils noirs… Le vieux ponctua sa mauvaise humeur d'un « bon » mettant ainsi un point final à la conversation. Il ne tenait plus à lui faire des reproches. Quant à exiger des promesses de bonne conduite cela était ridicule. Il n'était pas sot et avait mesuré le caractère de ce bout de femme qu'il dégustait comme une sucrerie. Elle avait du tempérament. Elle était aussi imprévisible. Il était même étonné qu'elle soit revenue si rapidement. Il était plus raisonnable de tout effacer et de vivre le présent.

Son autre femme se renseigna.
- Elle reste ici ?

Il se tourna agacé. En la menaçant d'un doigt frémissant, il lui répondit.
- Oui ! La nuit a été particulièrement mauvaise. Donne-lui des vêtements et de quoi manger. Va t'occuper de mes filles.

La grosse femme ouvrit démesurément la bouche. Elle fut sur le point de protester pour dire que c'était la première fois qu'elle voyait une punition si menue pour une faute aussi grande mais elle se ravisa à temps.. Exaspéré, il gronda :
- Et tais-toi !

Elle s'exécuta la rage au ventre. Mirida qui s'était agenouillée devant le maître de son alliance se releva. La mine confondue elle sortit de la pièce et grimpa à l'étage, sans se presser, fière de sa prestation théâtrale. Rassérénée sur son sort, plus tard, elle s'en fut à la rivière et se lava de son escapade.

## Qui se coupe le doigt

Sala était plus âgé que Mirida. Personne n'avait d'emprise sur lui, pas même son père. De tous les hommes jeunes du village c'était lui qui se livrait le moins... Il avait la manie de porter, glissé dans sa ceinture, un poignard au manche ciselé. Ajouté à la virilité de ses traits, à son regard dur, provocateur, l'arme inspirait davantage de méfiance. Lorsqu'il avait annoncé qu'un jour prochain il quitterait la tribu pour s'établir au Dar-Beïda, la ville blanche qui s'étalait depuis des siècles le long de l' océan, aucun reproche ne lui avait été fait. Il était le fils unique.
Ses aïeux avaient accumulé assez d'iquaridène pour permettre l'établissement d'un tel rêve.

Autrefois son père avait élaboré un plan similaire... Il s'était trompé de route malheureusement. Le mariage avait gobé l'œuf de son ambition. Son fils lui rappelait sa jeunesse et lui imposer un mariage n'aurait servi strictement à rien. Sala, contrairement à lui, n'avait rien d'un fils obéissant.

Le soir devant l'âtre crépitante il répétait dans sa barbe fournie, un proverbe ancien qu'il avait oublié mais dont il restait trois mots : « argent, femme, traîtresse… »
La mère généralement les insultait… Les nerfs ne la tenaient plus. Elle était contre le futur départ de son fils, irritée de voir son mari encourager cette obsession. Au cours d'une de leurs disputes, ciment des ménages, il lui avait dit qu'il regrettait de s'être marié, d'avoir écouté la volonté du père et de n'avoir pas su éviter le piège matrimonial alors qu'il était encore temps. Un homme avait toute sa vie pour se marier. Mais ce n'était pas le cas pour une femme qui devait profiter de sa jeunesse pour faire des enfants. A l'époque il avait même soupçonné sa mère de l'avoir rendu aboulique en lui donnant à manger de la cervelle d'hyène dans le dessin de vivre le jour attendu des épousailles.

Une fois marié, sa femme lui avait fait de la bonne nourriture. L'empâtement l'avait lié au métier à tisser de l'atelier familial, sans avoir la force de le déménager vers d'autres horizons. Sa femme avait rapidement mis au monde un fils, puis un second qui n'avait pas survécu. Ensuite le sorcier était venu. Elle tenait trop à la vie et la naissance d'un autre enfant aurait été un grand danger. Elle était la femme, l'épouse idéale, pareille au boulet de fer qui entrave la marche du prisonnier.

Son fils, outre son départ, avait une autre idée fixe. Plus secrète.

Sala voulait goûter aux charmes de Mirida. Son désir prédateur devenait chaque jour plus fort. Il voyait dans cette séduisante jeune femme, mariée à un vieux, une victime facile. Se prenant pour un fin tacticien, il s'était donné jusqu'à la fin de l'été pour la séduire. Il trouvait Mirida, avec ses longs cheveux de jais et surtout son air effronté, désirable, excitante. Il ne se passait pas une nuit sans penser aux courbes sensuelles de ce corps qui se cachait sous des robes amples. Il n'était pas juste qu'elle soit la propriété d'un vieil avare qui n'avait plus l'âge d'apprécier tant de splendeurs.

Un matin, de bonne heure, il jeta une selle sur le dos puissant de son cheval et le sangla énergiquement. Puis il roula un tapis qu'il devait livrer à un médecin français qui l'avait commandé lors de son passage au village. Cet homme lui avait fait forte impression. Il était escorté par des soldats. Il transcrivait sur des cahiers ce qu'il entendait et ce qu'il voyait. Personne n'avait été dupe de sa position d'espion. Cependant sa générosité, plus la crainte qu'inspirait son escorte militaire, avaient contribué à sa sécurité. Il avait acheté un tapis. Profitant de l'aubaine, le père l'avait étrillé sous la tutelle d'un sourire de coquin. Après avoir marchandé, le médecin avait payé comptant. Il leur avait donné une adresse à Demnate pour être livré. Il était en mission et il n'avait pas voulu s'encombrer.

Sala enfourcha donc sa monture et prit aussitôt le sentier du col de l'Arbre.

Le soleil s'élevait paresseusement.

De sa voix forte, il encouragea son cheval, son seul et véritable ami. La bête avait eu du mal à surmonter la peur des hauteurs ; mais la ténacité du cavalier lui avait donné la sûreté de la mule. Sala ne pouvait supporter que sa dignité soit véhiculée par une monture inférieure.

Comme un guerrier paradant devant le sultan il bomba le torse, se redressa sur sa selle, quand il croisa un groupe de femmes. Elles bavardaient le long du sentier et elles se poussèrent pour le laisser passer. Elles se turent et certaines le détaillèrent avec un sourire en coin. Sala était un beau parti... Lorsqu'il vit que Mirida n'était pas parmi elles, il claqua plusieurs fois des talons sur le flanc du cheval et repartit à l'assaut du sentier.

La veille il l'avait croisée. Elle était partie au bord du torrent. Il avait laissé son cheval précipitamment et avait couru jusqu'aux rochers. A l'endroit où elle lavait le linge. Pour la première fois de sa vie, lui qui était si imbu de sa personne, qui d'ordinaire bavardait si facilement avec les femmes, il avait été incapable de lui faire la cour, de lui dérober le moindre sourire. A l'abri des regards, leur conversation n'avait pas dépassé les limites de la banalité.

Cependant, malgré cette timidité nouvelle, le langage des yeux avait été clair. Mirida savait qu'il la voulait. Elle en était flattée mais il ne lui plaisait pas. En outre elle n'avait jamais envisagé de tromper son mari ; même si l'envie de connaître le plaisir d'une odeur plus agréable, de se frotter à un corps plus doux, titillait parfois son imagination exacerbée de femme. Malgré ses inavouables désirs, qu'elle admettait comme légitimes, elle demeurait fidèle.

Sur la défensive, devant cet homme aux manières surprenantes, elle avait su garder une attitude normale, voire distante... Nul témoin n'était venu aussi les déranger. Sala était reparti, frustré, penaud. Il avait eu l'impression d'avoir perdu sa chance. Pour chasser l'image de cette fille, il avait enfourché son cheval et soudain d'un bond avait plongé avec lui dans l'eau froide. Du haut d'un rocher, là où il y avait assez de profondeur. Puis, sur l'autre berge, il avait lancé sa brave monture dans une course effrénée le long du sentier. Mirida avait assisté à cette scène idiote. Et cette folie l'avait effrayée.

A l'entrée du col de l'Arbre il y avait un cairn. Sala n'était pas respectueux de l'ordre des choses. Il ne prit donc pas la peine de mettre un pied à terre pour ajouter une pierre supplémentaire au monticule. Il n'avait ni foi ni loi, ne respectait rien et se riait de tout. Il ne prononça pas la formule consacrée au passage du col : « Sans mal, avec le bien et pour le bien ». De toute façon il s'en fichait. Il n'avait fait aucune mauvaise rencontre et il ne craignait personne. Les détrousseurs ne se risquaient plus dans les parages. Une fois, un des leurs avait été capturé. Suspendu au-dessus d'un ravin il avait été abandonné aux charognards.

Au détour du sentier, Sala aperçut la silhouette d'une femme au pied du saint arbre. Qu'elle soit là en train de prier cela n'avait rien de surprenant ! Par contre ce qui attira son attention ce fut la mule. Il n'en existait qu'une au village qui portait cette tâche sur le flan : celle de Mirida. Il appela :
- Hé ! Là-bas…

 Elle se retourna. Sala n'en crut pas ses yeux. C'était bien elle, absolument seule. Il sauta lestement à terre et attacha la bride à une branche avant de la rejoindre sous le genévrier éclaté.
- Que fais-tu ici, ma toute belle ? Ton mari te court-il après ?

Sa verve et tout son aplomb étaient revenus. Il sentit la force s'installer. Elle mentit.
- Je priais le saint pour qu'il m'accorde le pardon de mes fautes.

D'un rire supérieur, moqueur, il répondit :
- De tes fautes ? Et lesquelles ?

Comme elle se taisait il poursuivit :
- D'être belle et de désirer un homme, à l'opposé de ton vieux pourrissant.

La jeune femme rougit et tenta de dévier la conversation en le questionnant sur sa destination. Il était comme le loup au pelage luisant, affamé, au ventre maigre, aux crocs aiguisés. Il tombait à l'improviste sur la brebis échappée de l'enclos de l'azib, de la protection des chiens. Cette fois-ci il n'était nullement question qu'elle s'échappe, décida-t-il sans l'once d'une hésitation.

Mirida n'osait prendre le risque de plonger son regard dans le sien. Lorsqu'elle s'y aventura, elle sut que c'était irrémédiable. Tout était à craindre... Elle recula précipitamment de quelques pas mais il la suivit si près qu'elle sentit le manche dur de son poignard contre son ventre. Elle recula encore et poussa un cri dans l'espoir de l'intimider. Il n'y avait personne aux alentours. Sala ne le savait que trop.

Il était inutile de tergiverser s'il désirait parvenir à ses fins.

Alors il allongea sa poigne de fer avant qu'elle n'ait esquissé le moindre signe de fuite. Il tenta sans aucune autre manière de l'embrasser ; mais elle se débattit si vigoureusement qu'il fut obligé de s'en abstenir. Possédant de la suite dans les idées, il employa une autre façon pour la convaincre de se laisser faire sans complication. Il essaya de la capturer au moyen d'un filet de paroles trompeuses et enduites de miel. Mais la rudesse avec laquelle il la retenait de force démentait formellement le ton employé.

- Calme-toi ! Personne ne nous dérangera. Profite de la chance. L'amour va nous emporter dans sa charrette. Tu es si belle, si désirable Mirida... Il n'est pas normal que tu appartiennes à un vieillard.

- Lâche-moi espèce de brute !

Elle réalisait soudain la véritable nature de Sala. Celle d'un poltron qui se jouait la farce du courage quand il se trouvait devant les autres et qui n'hésitait pas à s'attaquer à une femme désarmée.

Les hommes étaient tous semblables malgré leurs différences. Ils mangent à la même table, pensa-t-elle avec colère.

Elle hurla encore de toutes ses forces dans le fol espoir d'être secouru par un berger ou par un muletier. En vain. Par contre, le résultat ne se fit pas attendre. Sala perdit patience. Il la gifla et la mordit au cou.

- Donne-moi ta bouche.

Elle se tortilla comme le ver de terre empalé par l'hameçon du pêcheur. Adossée contre l'arbre, elle était coincée par le fils du tisserand. Perdant l'équilibre au cours de la lutte ils roulèrent sur l'herbe ; Mirida poussa un deuxième appel au secours mais l'écho fut seul à lui venir en aide. Sur un rocher un vautour qui décortiquait une charogne s'envola effrayé ; et dans la sécurité de son nid haut perché, ses petits yeux perçants fixèrent dans un air étonné ces deux minuscules points noirs qui très loin, tout au fond, s'agitaient près de son repas.

Mirida cessa de crier. C'était inutile. Réduite à l'impuissance il ne lui restait qu'une possibilité : couvrir d'insultes cet homme dominé par son plaisir égoïste, domestique de sa folie. Ils se battirent. Ils se ruèrent de coups. Elle avec ses ongles, avec ses dents. Lui avec ses puissantes mains.

Étranglée, assommée, épuisée, elle rendit les armes. Le sapin ne résiste pas éternellement à la hache. Sala la viola. Comme un coq. Il poussa un grognement lorsque le plaisir s'empara de son cerveau de brute. Puis, relevé, fier, la chaleur au visage, il se réajusta en crachant avec satisfaction.

- Tu as intérêt à te taire ! Nul ne voudra te croire si tu prétends que tu t'es débattue... Tout le monde sait que tu as épousé le vieux pour son argent. Qu'il arrive que tu quittes son toit durant toute une nuit !

-  Porc ! Tu n'es qu'un vulgaire porc ! répliqua-t-elle.

Il éclata de rire. Puis tournant le dos, sans plus se préoccuper de sa victime, il rejoignit son cheval qui broutait dans un coin.

- A bientôt ma toute belle ! La prochaine fois tâche d'être moins rebelle...

Il talonna le flan de l'animal et disparut.

Le visage inondé par les larmes Mirida récupéra ses sandales de cuir qu'elle avait perdues lors du viol. Sala, ce malfaisant avait raison. La situation était bel et bien à son avantage... Personne n'allait la croire. Elle se traita de fieffée idiote pour ne pas s'être enfuie dans la forêt. Si elle n'avait pas encouragé ce rustre au bord de l'eau, en plaisantant avec lui, et toutes les autres fois lorsqu'elle répondait à ses sourires, l' agression n'aurait jamais eu lieu. Elle se souvint de ce que lui disait son père quand elle était petite et qu'elle avait fait une bêtise : « Qui se coupe le doigt, ma fille, regrette d'avoir aiguisé le couteau. »

Pour une raison insoupçonnée elle leva la tête et vit le jnoun. Il était au-dessus d'elle. A plat ventre sur le rocher surplombant le genévrier à quelques dizaines de mètres. Il était immobile. Si le hasard ne l'avait pas guidée, elle ne l'aurait pas aperçu. Avait-il assisté à la scène ? Elle avait crié suffisamment fort pour l'avoir alerté. Curieusement elle n'eut aucune honte. Avait-il seulement compris ce qui s'était passé ?
S'étonnant de son attitude pétrifiée, comme s'il appartenait au rocher, elle constata qu'il était jeune ; sa chevelure ébouriffée lui procurait un air étrange ; cette fixité de léopard qui guette une proie, ou d'une couleuvre attirant la souris, ébranla le calme serein de sa curiosité. D'où elle était, il était impossible de voir ses yeux. Pourtant il n'y avait aucune erreur à ce sujet. C'était bien elle qu'il regardait.

Redoutant de l'effaroucher, de le brusquer, elle resta figée, sans oser respirer. Puis elle mit fin à ce duel oculaire. Doucement, elle lui parla.
- Génie… Joli jnoun…

Il se redressa souplement. Il resta encore debout sur le rocher à l'observer puis il s'éloigna et elle le perdit de vue. Sa réaction était celle d'un animal craintif. Mirida entendit une espèce de cri. Ensuite ce fut le silence. Elle grimpa sur le rocher. Derrière c'était la forêt noire, profonde et silencieuse. Elle protégeait son hôte. Se lancer à sa poursuite était mal venu. L'impénétrabilité du lieu donnait à réfléchir. Jugeant plus sage de rentrer, rassurée par la présence docile de sa mule indifférente aux événements, elle reprit le chemin du village. Elle était songeuse.

Pourquoi était-elle montée jusqu'ici ? Pas pour prier comme elle l'avait soi-disant prétendu à son mari. A vrai dire, plutôt dans le trouble espoir d'assister à quelque chose dans le genre de ce qui venait de se passer. Elle pouvait se l'avouer : l'arbre était un prétexte pour assouvir sa curiosité.
Sa prière une parodie.

Cet homme existait donc bien. Et ce n'était pas un démon. Mais un pauvre fou que beaucoup de bon sens rendrait à la raison. Sa tête était aussi dérangée qu'un fond de vase après le passage d'une mule. Une bien triste histoire devait se cacher sous cette douleur.

Cette évidence prit de l'aisance tout au long de son retour vers le village. Avec le fatalisme des montagnes elle relégua sa triste mésaventure dans le sac de ses déconvenues. Ce n'était pas le moment de s'apitoyer sur son sort. Sala restait le plus fort. Le génie avait fait diversion. Comme celui-ci avait besoin de son aide elle reporta toute son attention sur lui.

Il lui fallait un prétexte pour remonter au col régulièrement. Le le plus difficile était de convaincre son époux, de lui faire croire qu'elle désirait prier l'arbre saint, trois fois par semaine, avant que ne tombe les premières neiges. Avec beaucoup de charme et de la duperie, il lui serait aisé, pensa-t-elle, de se couvrir du voile de la dévotion. N'était-elle pas femme à se faire beaucoup pardonner ?

Enfant, elle avait apprivoisé un jeune renard en lui apportant régulièrement, devant sa tanière, de la nourriture. Chaque fois en s'approchant un peu plus, et jusqu'à la soumission complète de la bête. En usant de ce même stratagème, elle était sûre de gagner la confiance du malheureux.

# Mathias

Le mari fut assez surpris de voir sa jeune femme lui demander la permission d'aller prier de la sorte au col. Son naturel méfiant soupçonna immédiatement un amour illégitime. Un amour qui aurait choisi comme lit de ses ébats celui de l'arbre marabout. Il acquiesça favorablement à la piété pressante de Mirida mais avec le sentiment de faire une bêtise. En revanche il se promit, dès le lendemain, de surveiller les hommes jeunes susceptibles d'avoir séduit sa femme. Cette sage décision le tranquillisa.

Poussée par l'ambition salvatrice dont elle se sentait investie pour son égaré mental, Mirida n'avait pas songé que son mari pouvait être jaloux, qu'il rechignerait à lui accorder ce semblant de liberté. La première femme de son mari, toujours à l'affût d'une méchanceté, n'avait pas hésité à clamer qu'il y avait un homme là-dessous, qu'elle n'était pas dupe de cette nouvelle fantaisie. Elle avait ajouté avec perfidie qu'elle savait qui était celui qui montait la rejoindre au col... Bien curieuse prière ! s'était-elle exclamée.

Suivant son habitude Mirida n'avait pas daigné répondre. Mais si cette grosse femme avait eu cette idée malveillante d'autres esprits retors, ainsi que son mari, pouvaient y croire aussi. Il était nécessaire qu'elle rétablisse la situation à son avantage. Elle devait faire taire les langues, en accoutumant les femmes à son nouvel état de bigote. Elle devait entamer la comédie au village avant de se lancer sur le sentier du col.

Elle pleurnicha auprès du Cheick pour qu'il lui apprenne des sourates du livre sacré; elle visita les tombes de la famille de son mari, les nettoyant, les couvrant de fleurs ; elle respecta les prières quotidiennes et s'employa à régler cette mise en scène, savamment dosée, dans le but de parfaire la crédibilité de sa supercherie.
Au cours de la première visite qu'elle fit à l'arbre saint, sous le couvert de son apparente sincérité, ayant su que son mari avait soudoyé un jeune garçon pour l'épier, Mirida s'amusa fort et

poussa le simulacre à l'extrême en respectant une immobilité parfaite lorsqu'elle s'agenouilla sous les branches.

La chance aida la pieuse.

Par la suite, nul voleur de vertu féminine ne prit le chemin du col et ne vint troubler son recueillement.

Elle partait tôt discrètement. Son mari, de la terrasse, surveillait si personne ne prenait à sa suite le sentier. Ensuite une tournée de bonjours matinaux aux rares mâles soupçonnés dangereux, lui permettait alors d'envisager avec une sérénité relative la suite de la journée.

Il avait même parlé avec le fils du tisserand. A l'entendre, celui-ci avait expliqué que s'il existait une femme qu'aucun homme ne pouvait approcher, c'était bien elle, sa jeune épouse. Il avait rajouté, avec un ton malicieux, devant le vieillard étonné, qu'il avait lui-même tenté de la séduire et qu'il avait échoué et qu'en définitive la vie était mal réglée car, lorsqu'on avait besoin de femmes bien faites, on n'était pas assez riche pour les acheter. Alors, qu'à l'inverse, et lorsqu'on le pouvait, il était difficile de les garder couchées près de soi.

L'ancien adjudant piqué mais soulagé par le discours moqueur de ce fanfaron s'en était retourné sur sa terrasse.

Peu à peu la méfiance s'estompa…. Le vieillard oublia Mirida qui régulièrement prenait le chemin du col.

Depuis plusieurs jours, personne n'avait remarqué le sac de victuailles qu'elle tenait sous sa robe. Elle n'avait jamais revu le génie depuis le jour de l'outrage à son sexe. Cependant le paquet de nourriture qu'elle avait déposé devant l'entrée de la grotte, avait disparu. Ainsi, le jnoun, comme elle le baptisait, rôdait encore dans les environs du col. L'apprentissage pouvait commencer.

Le lendemain la disparition des aliments confirma la présence de l'inconnu. Au pied de ces sommets élevés, embusqué à l'orée de la forêt, la créature mystérieuse l'épiait.

Puis quand elle jugea le moment opportun, Mirida modifia sa tactique. Il s'agissait de pousser le malheureux à sortir du bois. Elle déposa un panier vide et s'en alla. Lorsqu'elle revint le surlendemain elle aligna en vue les galettes, les épis de maïs rôtis, le pain de datte et les fruits sur un linge. Elle s'éloigna et se cacha. Mentalement elle l'encouragea.

Baignée d'espoir elle attendit longuement. Mais le jnoun eut peur. Pourtant l'habitude de la bonne nourriture était prise. Elle se l'imagina la bouche baignée de salive, furieux, tapi derrière un rocher, guettant avec impatience son départ. Ce jour-là Mirida prit le chemin du retour le panier plein.

A la deuxième tentative, elle l'aperçut. Une soudaine apparition d'un gibier débusqué. Les aliments restèrent encore intacts. Il mangea deux jours plus tard, une heure après environ qu'elle eut déposé le repas. Alors, d'où elle était, pour ne pas l'effrayer, heureuse, et fière, Mirida entama le dialogue. Celui-ci débuta par un long silence qui dura les fois suivantes. Chaque fois se contentant de le fixer, de sourire mais réduisant la distance les séparant.

Lorsque le jnoun prit l'habitude de sa présence, Mirida prit le risque de chantonner à mi-voix. D'abord ce ne fut qu'un murmure triste et beau, constellé de sons graves, charmeurs qui s'infiltrèrent à travers la paroi du silence. La créature posa le pain qu'il tenait et la dévisage intensément. Il se frotta les yeux comme pour tenter de déchirer le voile de ses souvenirs.

Devant la réaction de son protégé, elle libéra son chant. Mais contre toute attente, le pauvre fou resta immobile, captif de ce charme. Puis quand la chanson mourut, faute de parole et de souffle, il se détendit et dans un bon élastique regagna la forêt.

Mirida redescendit au village. En chemin pour la première fois, elle s'arrêta. Installée sur une pierre, près d'un ruisseau qui traversait le sentier, la vallée sous ses pieds, elle s'abandonna quelques instants à la douceur du rêve.

Sa jeunesse s'était épanouie sur ces pentes abruptes, difficiles à gravir. Des siècles infinis avaient creusé et modelé la vallée qui s'étirait paresseusement engourdie par la chaleur de l'été. Dans les temps futurs, ce coin de terre serait encore là, semblable, tandis qu'elle serait morte, oubliée depuis longtemps. Être si petite quand tout était grand, se dit-elle. Pourquoi avait-elle eu la malchance d'être plus ouverte que ses amies aux énigmes de la vie ? D'inextricables pensées, toutes ces questions demeurées orphelines avaient tué son insouciance, avaient volé le bonheur idiot, béat, des gens de sa tribu. Pourquoi n'avait-elle pas été éduquée comme Madia et les autres filles de son âge avec un capuchon sur la tête ? Elle aurait pu vivre heureuse et remplie d'idées toutes faites.

Qui était cet esprit malin qui avait insufflé en elle ce désir de vouloir comprendre le pourquoi et le comment des choses ? Qui lui avait appris cette révolte viscérale devant le mâle ? Pourquoi ce manque de courage pour dire sa vérité aux autres, et aussi pourquoi cette lâcheté qui l'obligeait à vivre ainsi devant le miroir de ses pensées ?

Un gros caillou perdit soudain l'équilibre. Il dévala le long d'un éboulis qui se trouvait dessous. Durant quelques secondes une cascade rocailleuse résonna contre les parois abruptes. Plus haut un muletier approchait. Péniblement, la jeune berbère se releva. Elle soupira puis elle reprit sa route en marchant à côté de sa mule. La vie récupéra sa cadence.

Les visites de Mirida se succédèrent. Bousculé par l'automne, l'été tirait peu à peu à sa fin ; la pluie qui était tombée toute la nuit, qui arrosait abondamment cette journée ne fit pas renoncer la jeune femme. Elle prit juste son manteau et un foulard pour se protéger des gouttes qui fouettaient son visage.

Quand elle parvint au col de l'Arbre, la pluie avait cessé. Elle était trempée mais elle n'en avait cure. L'arc-en-ciel, le fiancé de la pluie, ceinturait le haut de la montagne. Agilement, elle sauta de sa mule, glissa sur le sol humide, le sourire aux lèvres, heureuse de revoir son génie.

Lorsqu'elle passa sous le genévrier une brusque rafale de vent secoua les branches mouillées. Elle reçut la douche comme un présent, riant aux éclats, oubliant de morigéner le vent. Les odeurs qu'exhalait la terre et qu'elle aimait tant la submergea. Elle adorait la pluie en ce moment délicat, insaisissable, quand elle cesse et qu'il ne reste plus qu'un monde éclaboussé par des millions de gouttes cristallines. Ce miracle sans cesse renouvelé de la tristesse des nuages, artisane des moissons, lui inspirait un grand respect. Elle savait combien ses frères du sud en étaient privés.

Effrayé, un écureuil minuscule occupé à grignoter les restes du repas laissé deux jours avant déguerpit à son approche. Mirida écarta la haie des broussailles et elle pénétra à l'intérieur de la grotte. Celle-ci était vide. Elle appela :

- Mathias !

L'appel, voilé d'un peu de crainte, rebondit sur la paroi, sur les rochers épars. Il s'envola sur le précipice et s'égratigna aux branches des arbres.

- Mathias !

Elle fouilla les alentours d'un regard éperdu et pensa avec anxiété qu'il s'était éloigné las de vivre confiné par l'étroitesse du col. En désespoir de cause, installée au pied du genévrier, pour surveiller la zone, elle décida de l'attendre.

Elle revit le jour béni qui avait enfin récompensé sa patience, lorsqu'il avait laissé échapper entre ses lèvres tremblantes ce nom bizarre « Mathias ». Ce mot avait été le seul ce jour-là. Le déclic ayant eu lieu, il avait recommencé à parler. Quinze jours plus tard, l'usage de la parole lui était revenu. Et son pauvre esprit malmené avait tant bien que mal suivi. Seule la mémoire lui faisait encore défaut.

Dès qu'il avait reparlé Mirida avait compris qu'il appartenait à la race de seigneurs. De ces étrangers arrogants qui avaient lutté contre son peuple. Lui en tenir rigueur ne l'avait pas effleurée. Peut-on ne pas aider un être en détresse, à la recherche de son passé ? Toutefois leurs discussions subissaient le handicap du langage.

- Mathias !

Le silence pesant écrasa l'appel. Mirida se mit sur ses jambes, grimpa sur sa mule et se dirigea vers le ruisseau. Il dévalait sur l'autre versant du col. Il était relativement éloigné du sentier. C'était un endroit agréable. Quand elle atteignit le petit pont, elle bifurqua et cacha la mule derrière un massif de genêts. Elle l'y abandonna. Pressée, la jeune femme remonta vivement le ruisseau jusqu'au cèdre bleu. Une plage minuscule juste à ses pieds y était née. Elle escalada un monticule de granit et faillit tomber. L'endroit était très escarpé.

Agenouillé, une main dans l'eau glacée du ruisseau, Mathias, était bien là. Il ne la vit pas arriver car il était occupé à chasser une grenouille. Réfugiée sous un caillou, acculée dans un trou, la reinette essaya dans une tentative désespérée de s'échapper. Dans un éclair, la main aux aguets la captura.

Ravi le jeune garçon se releva.

S'apercevant alors de la présence de sa protectrice, il s'avança, souriant, la main geôlière tendue comme pour offrir la bestiole en cadeau. Mirida fit le creux dans ses mains et le remercia :
- Merci ! dit-elle simplement.
- Mirida ! Petite reine ! Mirida ! Petite reine, répondit Mathias le sourire radieux.

Les yeux noirs taillés dans une belle longueur s'arrondirent de stupeur. Elle s'exclama :
- Que dis-tu ?

Sans hésitation il répondit encore une fois le même mot.
- Tu connais le nom de la reinette des près ? Ce nom qui est aussi le mien !

Incrédule, stupéfait, il avoua :
- Je ne sais pas... ce qui m'arrive. Je parle comme toi. Les mots sortent sans effort. Je ne comprends pas !

Mathias, bouche ouverte, les bras ballants, parût chercher la solution à ce réel prodige dans les yeux passablement excités de la jeune femme. Celle-ci, folle de joie, brusquement éclata :
- Mais c'est merveilleux... tu parles et j'entends tout ce que tu dis !

Elle embrassa avec reconnaissance la gorge froide de la bestiole palpitante de peur et lui redonna la liberté.
- Pars Mirida ! Chante pour la journée. Que la faveur divine te protège des hommes et de l'hiver à venir !

Prenant les mains mouillées de Mathias, elle les baisa le cœur encensé.

- Viens près de moi. Et parle. Je veux t'écouter…

Elle se laissa tomber sur les genoux. Puis tirant le garçon, elle l'obligea à s'asseoir… Avide de savoir, mésestimant le danger, à force d'encouragement, elle l'entraîna sur le chemin de ses souvenirs. Confiant, il accepta, ferma les yeux.

Dans le trou noir apparurent des images floues sur lesquelles il se concentra. Il décrivit des paysages secs, brûlés et parsemés d'herbes poussiéreuses dérangées par un vent tournoyant et siffleur. Une silhouette, le visage noyé dans un halo sombre, lui faisait face et l'insultait.

Les poings serrés, les paupières crispées sur des images floues, Mathias offrait l'image sacrée d'un dieu capable de transpercer les pensées d'autrui par la seule force de ce regard si bleu et si pur. Un regard qui semblait avoir été prélevé dans l'azur du firmament.

Mirida le regardait sans avoir honte. Son mari n'existait plus. Elle se laissait glisser vers un amour irraisonné, passionné. Un nouvel espoir formidable pénétrait sa vie à pas feutrés.

- Que vois-tu ? demanda-t-elle.
- Une grande vallée. Une rivière paisible.
- Et des gens… Y a-t-il des gens ?

Mirida était persuadée qu'il était bien plus facile de retrouver le souvenir par l'intermédiaire des hommes que par celui des lieux et des objets.

- Non. Il fait chaud. Et je me pique à un cactus…
- Que fais-tu ?
- Je traverse la rivière. L'eau est grise et…
- Et quoi ? s'impatienta-t-elle.
- Je cours ! Je cours !

Ouvrant les yeux, il se releva et s'écria :

- Je n'y arrive pas.
- Essaye encore une fois ! Cela vaut la peine. Tu dois me croire, lui confia-t-elle.

- Si tu y tiens. Mais recule et lâche ma main !

Rougissante elle s'exécuta.
Mathias blottit alors sa tête dans le creux de ses genoux et se concentra. Mirida s'installa à l'écart sur un rocher qui dominait la plage. Le temps prit alors possession du silence.

Le jeune garçon capta d'autres images encore... Des séquences brutales et floues d'un ancien cauchemar. Une tempête de sable, un homme vitupérant, vinrent combler certains espaces vides de sa mémoire.
Mirida, juchée sur son promontoire, buvait cet instant de fragile bonheur. Elle ne se doutait pas du combat dans lequel son jnoun se débattait.
Le braiment de la mule qui s'ennuyait près du pont déclencha la catastrophe.

Mathias fut catapulté sur une piste sableuse. Un cheval blanc, le poitrail couvert de bave, emballé par la plainte du vent, par des coups rageurs d'éperons, et par les hurlements de son cavalier dément, fonçait sur lui... La bête hennissante et monstrueuse soulevait de ses sabots puissants un nuage lourd de poussière. Relevant les naseaux au vent et secouant sa crinière sous la cinglante caresse d'une cravache elle renversa son cavalier et le précipita dans une rivière immobile et croupissante.

Mirida vit Mathias se redresser comme mordu par un serpent. Le temps juste de le rejoindre, il gisait évanoui. Pour combattre sa panique elle mordit son index jusqu'au sang. Après, elle mouilla son foulard puis elle humecta délicatement les tempes du garçon ainsi que son front et le visage tout entier. Elle vérifia si aucune morsure n'était la cause du malaise. Apaisée sur ce point, elle continua de lui prodiguer ses soins.
Mathias refit enfin surface au terme de quelques interminables minutes. Il bougea légèrement. La fraîcheur du tissu le réveilla. Ses yeux affolèrent son infirmière. Brusquement, alors qu'il s'était apaisé, un violent tremblement s'empara de son corps affaibli et le jeta comme un enfant dans les bras ouverts de la jeune montagnarde.

Plus tard, elle le ramena à la grotte et le laissa couché sur son lit de paille qu'elle lui avait fabriqué, bien au chaud sous l'épaisse couverture qu'elle avait subtilisée chez elle. A contrecœur, elle grimpa sur sa mule et regagna le village, dévorée d'inquiétude. Cette fois-ci son mari s'étonna de son retard.

## Moi Simoan sans autre nom que celui-ci

L'hiver pointa son museau froid à travers la porte de l'automne. Mirida songea qu'il était temps de trouver un refuge plus solide et plus chaud à son protégé. La chance jusqu'à ce jour avait été favorable. Grâce à son image de bigote, personne n'avait eu vent de la supercherie. Il était temps de trouver de l'aide. Elle pensa aussitôt à l'ermite des hauts plateaux qui vivait entre le ciel et ses moutons. Il avait été autrefois l'ami de son père.

Poète taillé dans un tronc de sagesse, Simoan n'avait eu durant toute sa vie qu'une pipe pour seul viatique. Sa marche solitaire, d'une cinquantaine d'années parmi les monts, les vallées, les villes et dans les déserts, l'avait mené sur les pentes reculées d'Imi n'Ikk. Son corps usé ne supportait plus les voyages. Pour le compte d'un commerçant il s'était établi berger. Le silence des pâturages était propice à sa méditation. L'hiver il se rendait chez une sœur qui lui faisait l'aumône d'une chambre. Dès les premières gelées, il partait chez elle.

Mirida n'eut aucune peine à convaincre son mari de la laisser aller au marché de Demnate pour y faire provision de sucre, de tabac et d'une certaine drogue qui adoucissait ses douleurs de vieillard. Conciliant il se soucia fort peu de la promesse qu'elle lui fit, de se dépêcher, se préoccupant davantage de s'assurer qu'elle n'oublie pas de ramener sa provision de kif. Elle devait se rendre chez un certain barbier qui officiait dans la médina. Ce dernier, profitant de la supériorité que lui procurait la lame effilée de son rasoir, proposait à des clients, désireux de se faire raser, un peu d'évasion, moyennant un prix raisonnable.

Elle chargea la mule et sans plus attendre Mirida prit la route à l'aube. L'air de la montagne lui fit du bien et la réveilla pour de bon. Quand la jeune femme parvint au col il faisait bon. La matinée s'étalait doucement sans brusquer la nature endormie. Elle se mis à courir jusqu'à la grotte. Mathias dormait encore dans la chaleur de la couverture. Sans faire de bruit, la jeune fille s'agenouilla près de lui.

Depuis l'incident survenu près du ruisseau il avait changé. Sa gaieté fragile, légère qu'elle avait vu renaître, semblable à la plante fanée à qui l'on redonne de l'arrosoir, avait disparu. A la place il affichait un mutisme quasi permanent qui commençait à inquiéter Mirida. Avec une facilité déconcertante au sommeil, il se prélassait des heures sur sa couche pour tenter d'échapper à toutes ces images tourmentées qui le submergeaient lorsqu'il était réveillé et qu'il était à même de se souvenir. Un sommeil refuge où ses forces résistaient, reprenaient pied.

Mirida, de son côté avait d'autres inquiétudes... La situation devenait insupportable. Au sein du clan, de sa famille abhorrée, elle vivait dans un mensonge permanent avec cette angoissante attente de remonter au col de l'Arbre avec l'idée insoutenable que, peut-être, un malheur avait eu lieu. Comment freiner le moulin de sa tête qui broyait mille pensées ? Comment faire, quel moyen employer ? Mathias avait survécu par miracle. Par quel prodige avait-il échoué au col ? Et combien de temps la faveur divine leur serait-elle favorable ? Elle craignait de lui en avoir trop demandé et commençait à craindre l'avenir. L'envie de tout abandonner et de rester cachée blottie contre lui dans la grotte la prenait souvent.
Cela ne faisait qu'accentuer son découragement.

La décision difficile de le conduire dans les pâturages et de le confier à Simoan lui redonna un semblant de vitalité. L'été, le vieil homme s'installait dans la bergerie la plus reculée, sous la protection des pierres taillées, dressées en direction du ciel. Ces blocs étaient les vestiges des premiers hommes du monde. Elle avait de fortes chances de l'y trouver.
Mais cet espoir traînait une ombre. Elle se savait condamnée à ne plus revoir son beau génie. Et pour combien de temps ? Elle n'osait y penser... L'hiver, les chemins étaient impraticables, sinon dangereux. Ne se rendait pas à Demnate qui le voulait.

Mathias se retourna mais il conserva les yeux clos. Elle caressa ses cheveux hésitant à le réveiller. Le risque de la séparation, pensa-t-elle, était important. Le berger reviendrait passer l'hiver chez sa sœur et son protégé guérirait rapidement.

Là-bas, il verrait du monde, entendrait la vie, le cri des enfants, celui du marchand de beignets qui aboie après ses clients, le gémissement de l'enclume du maréchal-ferrant. Il croiserait le sourire des filles qui ne sont pas laides. Il recevrait surtout la sagesse du vieux poète en médicament. Sous sa protection et sa bienveillance Mathias ne craindrait rien ; il pourrait surmonter la peur qu'il a des gens. Quand un muletier passait à proximité, avait-elle remarqué, il se blottissait au fond de la grotte blême et tremblant. Il n'était pas difficile de le comparer à une pauvre bête traquée, guidée par un instinct lucide, un instinct fort qui le prévenait d'éviter les mules et les chevaux.

Soudain une idée profonde, une évidence, sans prévenir, vint la heurter. Une fois guéri, au printemps, Mathias relogerait-il dans la grotte ? C'était peu probable. Et pourquoi y reviendrait-il ? Simoan le conseillerait certainement de tenter sa chance dans une ville ouverte sur l' océan. Matthias avait peur de son passé. Prendrait-il alors le premier bateau qui se présenterait ? Et dans son désir d'une vie nouvelle il ferait en sorte de ne pas revenir. Elle chassa l'idée et s'inventa un dénouement plus heureux. Si rien de fâcheux ne survenait, les contes de Simoan trouveraient en lui une bonne terre fertile. Ils ressusciteraient son histoire. La solidité du penseur, ajouté à sa grande expérience, tueraient ses craintes, refermeraient ses plaies. Le berger arriverait-il à le réconcilier avec les siens ?

Toutes ces questions lui arrachèrent un profond soupir. Elle se pencha sur son protégé, hésita, puis elle effleura d'un baiser ces lèvres qui frémissaient sous le souffle chaud d'une respiration agitée. Mirida était une fille des montagnes. La vie était rude et rares étaient les instants de bonheur. Elle n'avait connu que son vieillard de mari, son haleine empestée et la brutalité du porc tisserand qui l'avait violentée. Le désir qu'elle avait grignotait sa résistance. Elle était en équilibre entre l'envie de voler un deuxième baiser et celle que sa raison lui dictait, c'est-à-dire, le réveiller. Elle avait rêvé la nuit dernière que les belles mains égratignées se perdaient en caresses folles sur la peau de son ventre brûlant.
Elle soupira.

Le temps passait et la route était longue. Du bout des lèvres elle accentua la pression de son baiser. Mathias ne se réveilla pas pour autant. Il se frotta la bouche, poussa un long soupir et se retourna sur sa couche. Elle recommença jusqu'à ce qu'il ouvrit les yeux.

- Lève-toi ! Je viens te chercher. Nous partons vers les hauts pâturages. Nous devons retrouver le berger dont je t'ai parlé. Allez ! Réveille-toi... Il fait jour...

Il grogna, s'étira comme un animal et il s'humecta les lèvres d'une langue pâteuse.

- Quoi ?
- Espèce de génie fatigué ! Dépêche-toi donc de grimper sur la mule qui attend dehors. Tu n'as rien à craindre. Elle est douce et vaillante. Tu mangeras plus tard sur son dos. Je passe devant. J'ai envie de marcher…

Mathias ne semblait nullement décidé à bouger. Elle haussa le ton et poursuivit :

- Enfile ce vêtement que j'ai troqué contre une de mes robes. Tu passeras inaperçu avec ça sur les épaules. Tes loques sont trop voyantes.
- Je ne veux pas y aller ! marmonna- t-il.

Surprise, elle le regarda. Puis elle le secoua par les épaules et répondit énervée.

- Simoan est très bon. Il te donnera à manger chaque jour. Tu n'auras plus à attendre  deux ou trois jours comme maintenant.

Cette précision lui fit dresser l'oreille.

- Tu dis que j'aurais de quoi manger à ma guise ?
- Oui ! appuya-t-elle avec conviction. Tu auras même ses chiens pour compagnons.
- Je n'aime pas les chiens.
- Qu'est-ce que tu en sais ! Tu as tout oublié…
- Je le sais. C'est tout ! Ils ont l'instinct mauvais.
- Tu te trompes. Ce sont les hommes qui l'ont. Pas les animaux. Encore moins les chiens…

Elle voulut l'aider à grimper sur la mule mais il la repoussa d'un geste énervé. Mirida voulait en finir. Sans dire un mot, elle ouvrit la marche, pressée de quitter les lieux. La bête, habituée à sa maîtresse, la suivit calquant son pas sur le sien. Mathias, harcelé encore par la fatigue nocturne, ferma les yeux. Plus tard il entendit gémir son ventre affamé.
- Donne-moi à manger ! demanda-t-il.

Mirida se retourna et le dévisagea. Le ton avait été autoritaire.
- Tu ferais un bon mari ! répondit-t-elle en rigolant.
- Pourquoi ? s'étonna-t-il.
- Pour rien, soupira-t-elle. Si tu as faim, regarde dans le sac. A ta gauche il y a du pain sorti hier soir du four.
- Pourquoi allons-nous voir ce berger ?
- Pour qu'il te garde, moi je ne peux plus, l'hiver approche… Le froid te tuerait si tu passais tes nuits dans la grotte. Bientôt le vent et la pluie, avant la neige et les glaces, vont m'obliger à rester au village. Et dis-moi ? Qui te donneras à manger ?

Piteux il répondit.
- Je ne sais pas.

Elle jugea utile de ne pas insister.
Ils étaient sur un sentier abrupt, tourmenté par d'innombrables rochers. L'exercice était difficile Elle devait retenir le poids de son propre corps qui l'entraînait, conserver son équilibre, et se retourner pour surveiller Mathias juché sur la mule. Il se laissait guider aveuglément. Plus tard elle se retourna et lui ordonna :
- Relève ton capuchon ! Si quelqu'un nous croise fait semblant de dormir et surtout évite de parler.

Les quelques voyageurs qu'ils croisèrent les saluèrent suivant l'usage. Mais aucun ne s'arrêta. En fin de journée ils avançaient encore. Déjà le soleil déclinait derrière la présence majestueuse des sommets qui déroulaient leurs ombres immenses et tristes sur les vallées encaissées et solitaires. Ils quittèrent ensuite le sentier et empruntèrent celui des pâturages.

La jeune berbère infatigable en apparence, les yeux rivés sur le sol, se servait de son regard comme d'un bâton de marche. Elle respirait profondément pour conserver, suivant l'enseignement de son père, la jouissance de son souffle.

Le crépuscule tomba rapidement. On n'y voyait presque plus rien. Continuer était dangereux. Il fallait bivouaquer. Mathias avait parcouru les trois-quarts du chemin sur le dos de la mule. Il s'écroula toutefois aussitôt sur le sol. Il paraissait épuisé.

Mirida ramassa quelques brindilles et lui demanda de se relever pour aller quérir un gros fagot de bois sec. Pendant ce temps, elle prépara rapidement un repas frugal. Elle fit réchauffer de la viande de mouton qu'elle avait cuit la veille. La jeune femme partagea le pain qui restait en deux parts et s'installa tout près du foyer. Elle était exténuée.


Quand ils eurent terminé, ils s'enroulèrent dans les couvertures et s'endormirent sous le ciel étoilé.

Un vent violent réveilla Mirida au milieu de la nuit. Elle raviva le fond des braises et resta pensive devant les flammes. Puis, les paupières alourdies, elle s'allongea contre le corps de Mathias, véritable bouillotte humaine. Sa mésaventure avait aguerri le jeune sauvage. La fraîcheur ne le gênait pas pour dormir.

Enfin, quand Mirida parvint à trouver le sommeil, les braises étaient éteintes et l'aube se levait.


Il était temps de reprendre la route.

Mirida réveilla Mathias. Le ventre creux, ils reprirent la route et le garçon ne cessa de se plaindre durant la matinée. Peu à peu, les cèdres, les sapins, les mélèzes, disparurent. L'herbe fit son apparition. Le bêlement des premières brebis activa leurs pas. Un restant de courage leur donna la force de parcourir les derniers mètres. Ils oublièrent leurs pieds enflés, leurs jambes tremblantes, captivés par la contemplation de la vaste étendue verte, ondulante comme une vague sous les rafales du vent. Un nombre infini de moutons, gonflés de laine, paissaient dans la paix, ignorant de leur destinée, celle du couteau qui tranche les gorges.

Quelques chiens, dans une course folle, vinrent leur souhaiter la bienvenue et renifler leurs intentions avant de se rejeter dans les pattes du troupeau. Mordillant à gauche, de-ci, de-là, montrant les crocs, un œil toujours fixé sur les quelques chèvres au pied des rochers, l'autre sur le maître aimé, assis sur une bosse, la longue pipe calée entre les dents, le bâton sculpté au côté, avec le vieux gardien malade et retraité couché à ses pieds.

Les premiers vestiges, immenses lames de granit dressés par les anciens, se profilèrent enfin au loin, aux confins du pâturage. La « bergerie sacrée », baptisée ainsi par les gens des troupeaux était tenue pour enchantée. Du coup personne n'osait rendre visite à ce vieil excentrique. Cela ne gênait nullement Simoan. Le vieux conteur connaissait trop de têtes vides, trop de vies amères, trop d'espoirs illusoires, et trop de mensonges aussi, si peu de beauté, qu'il préférait le silence comme seul compagnon à ses ultimes jours.

L'hiver quand il habitait chez sa sœur, il voyait suffisamment de monde et tenait avant toute chose à sa tranquillité lorsqu'il se retrouvait ici. Devant ses bêtes, il laissait errer quelquefois ses doigts fragiles sur son vieil instrument de musique cabossé et chantonnait l'amour, la vie et la mort, croyant humblement et avec sa sincérité qu'il s'éloignait davantage chaque jour de cet état de sagesse qui avait été le but de sa vie et dont maintenant il avait sondé les limites.

Mirida et Mathias le trouvèrent ainsi, assis devant la porte de la bergerie. A même le sol, les jambes croisées. Il posa sa pipe qu'il tenait dans sa main. Machinalement, avec ce geste répété des milliers de fois, il jeta les cendres. Puis les regardant, l'un après l'autre, il les invita à s'asseoir.
Il se rendit sous l'abri de pierre et en ressortit presque aussitôt brandissant une outre pleine de lait de chèvre.
- Buvez les amis ! Que la bénédiction de Dieu vous ouvre le chemin de la paix !

Mirida but avidement et elle remercia. Mathias porta ses lèvres au breuvage mais le goût du lait ne lui plut qu'à moitié. Mirida prit la parole la première.

- Je suis la fille unique de Salma la femme de votre ami qui a fait autrefois le voyage sacré en votre compagnie.

- Tu es Mirida la fortunée, celle que j'ai tenue sur mes genoux il n'y a pas si longtemps que cela.

Elle rit.

- Il me semble au contraire qu'il y a des années !

- Petite, quand tu auras mon âge, tu verras de quelle manière s'étirer les heures. Mais qui est ce garçon qui t'accompagne ? Ton mari ?

Elle secoua la tête à regret.

- Non ! Mon mari c'est le vieil Ali du village d'Agouti. Je le déteste ! Lui s'appelle Mathias.

Gênée d'avoir livré sa pensée si promptement, Mirida cessa de parler. Se ravisant, face au visage souriant du vieil homme, qui s'était gardé de répondre pour ne pas interrompre la spontanéité de sa confidence, elle poursuivit ses explications.

- Il est étranger.

La parole se bousculait sans pouvoir sortir. Elle se tut pour la deuxième fois… Devant son désarroi Simoan la rassura :

- Parle Mirida. Tu es venue pour cela. Je t'écoute et je suis prêt à t'aider.

Elle avala péniblement. Puis de la façon dont on se jette à l'eau, avec force et détails, elle raconta leur aventure. Simoan l'écouta attentivement. De temps à autre il l'encourageait à poursuivre lorsqu'elle hésitait. Pendant tout ce temps Mathias, bercé par le ronronnement des paroles de la jeune femme, se perdit dans un rêve flou. Il s'envola dans le lointain des cimes, faisant peu de cas de l'empathie du berger et futur confident de ses tourments. Quand Mirida eut fini, Simoan conclut :

- Bien ! Je le garde avec moi. Tu peux t'en retourner en toute quiétude.

Le visage délivré, elle ne put que répondre :

- Vous avez un noble cœur. L'image que j'avais gardée en moi, celle de votre bonté, n'a pas été ternie par le temps. Merci !

Elle glissa sa main dans sa chevelure noire et rajouta sur un ton de confidence.

- Ma vie est lourde... Je n'ai pas le courage de m'y soustraire. Chacun suit sa destinée.

- La destinée est souvent perfide répondit Simoan. Les écritures sacrées demandent de s'y soumettre. Elles disent que ce qui est écrit c'est la volonté de Dieu. Mais moi Simoan, sans autre nom que celui-ci, vieux et grand marcheur, je dis que je me suis souvent désaltéré à la source du pêché. J'ai écouté et j'ai parlé aux hommes, aux femmes, de toutes conditions. Je te dis ceci : écoute ton cœur, suis ta pensée, n'hésite pas à repousser ce que tu appelles la destinée si elle te paraît mauvaise. L'important c'est le réel. C'est tout ce que tu crois. C'est ce que tu fais. La destinée est un mot inventé par les anciens. C'est une excuse à la paresse, à la couardise. Moi je te dis encore ceci : lutte sans te soucier de gagner ou de perdre. Peu importe le résultat, quoi que tu fasses, quoi que tu dises, au seuil de ta mort, tu pourras alors croire que tu as suivi ta destinée. Mais cela ne voudra rien dire…

- J'ai compris. Mais pour se battre, il faut être fort. Et je suis une femme…

- Tu penses ça parce qu'on t'a enseignée que la faiblesse est la seule parure dont peuvent se revêtir les femmes. La force n'est pas l'affaire des muscles. Avec du courage et de la volonté tu pourras prétendre à une vie différente. Tu n'es pas obligée de suivre le chemin que ta naissance t'impose. L'intelligence est une arme plus redoutable. Il en existe une autre : la ténacité. Tu as l'une et l'autre. Un jour viendra, tu pourras aimer le soleil du matin et les couleurs du couchant avec un sentiment de liberté. Mais là encore ne te trompe pas sur ce mot. La liberté n'est qu'intérieure. Jamais tu ne pourras la saisir.

- Vous êtes le sage parmi les sages. Mais ce n'est pas mon sort qui m'importe. C'est celui de mon ami.

- Je ne suis pas sorcier guérisseur ni médecin lettré.

- Il est malade à la tête... De l'intérieur, précisa-t-elle. Je voudrais qu'il soit libre, comme vous l'enseignez !

- J'essayerais… Cependant je ne suis qu'un pauvre bonhomme malgré mes belles paroles. Elles ne sont faites qu'avec du vent. Mais je te promets d'agir au mieux, d'aider ton ami. J'imagine aussi que sa présence à mes côtés doit demeurer un secret...

- Vous imaginez bien.

Elle rajouta :

- Je dois repartir avant la tombée de la nuit. Les mauvaises choses il faut vite s'en débarrasser pour avoir le temps de les oublier. Il faut aussi que je me rende à Demnat pour acheter le kif de mon mari

- Dis-lui bien qu'il ne faut pas qu'il en abuse. Je connais trop ce mal attirant.

- Je ne lui dirai rien... Au contraire ! Je souhaite qu'il meure le plus rapidement possible.

- Ce n'est pas charitable ce que tu montres là.

- Je le sais bien ! Mais pour être soi-même, doit-on cacher ses mauvaises pensées quand elles vous assaillent ?

Le vieux hésita puis il reprit.

- Tu es très vive d'esprit. La vérité est l'aliment le plus difficile à digérer. J'envie ta jeunesse, ta future vie... Reviens jeune fille au printemps prochain voir si ton oiseau blessé ne s'est pas envolé.

Elle embrassa Mathias et les mains du berger... Elle caressa le chien, empoigna la corde de sa mule. Puis elle tourna le dos, les épaules secouées par les sanglots. La nuque courbée par la peine de la séparation. Elle voulut se retourner une dernière fois mais craignit ne plus avoir la force de s'en aller.

Lui, resta droit, pétrifié, désarmé par cet abandon Il ressentit à son tour une peine profonde. La tristesse de cette journée, de cette déchirure, le souleva et le tira vers un songe brumeux, grisâtre. Victime, comme écrasée par cette fatalité, il s'apitoya sur le sort sa vie. Il s'enivra de ce bouleversement, et amplifia sa peine par diverses suppositions extravagantes et morbides établies sur le futur. Il joua même de la mort probable du vieux

Simoan, de Mirida et pourquoi pas aussi de la sienne propre. Développant ainsi sa divagation, pris par ce délire, par ce piège, il pleura de vraies larmes de chagrin.

Enfin quand son imagination fertile cessa cette production de pleurs factices, quand ces pensées bizarres furent évaporées, le sentier obstinément vide de son passé, vira vers le noir, sous le pinceau gorgé de la nuit.

Simoan était un solitaire impénitent et il n'aimait pas qu'on vienne l'aider à supporter ses peines. Elles sont plus faciles à surmonter, croyait-il, lorsqu'on est seul. Aussi, s'éloigna-t-il, en laissant au jeune homme l'initiative de rompre le silence quand il le désirerait.

Quand la nuit arriva, les foyers des autres bergers rougeoyèrent en contrebas. Les hurlements des chiens, le hululement des rapaces, l'appel du vent, maître en sa demeure, intimidèrent soudain Mathias. Rapidement il rejoignit le berger habitué aux longues nuits. Ils parlèrent peu. Il accepta quand même un bol de soupe et quelques figues séchées. Puis toujours inondé par la peine, cette maladie subtile qui gonfle les yeux, rétrécit le cœur, il s'allongea, le regard perdu face à l'immensité du monde étoilé.

Simoan se leva et revint près de son protégé. Délicatement il le couvrit d'une couverture et s'assit près du feu. Le crépitement des branches, l'odeur de la fumée, réveilla le garçon qui s'était assoupi.
- As-tu faim ? demanda le berger.
- Mathias, assis sur son séant et creusant les reins se frotta les yeux.
- Oui ! Mais j'ai surtout soif. J'ai dormi longtemps ?
- Nous sommes au premier tiers de la nuit. Veux-tu du lait ?
- Non juste de l'eau.

Simoan se pencha sur une casserole en fer blanc, cabossée et noircie, pleine d'un lait épais et parsemé d'éclats de cendre. Il s'empara d'un verre calé dans les cailloux, le remplit et le porta à ses lèvres.

- Tu as de l'eau juste derrière toi, dans la cruche. C'est celle du torrent que tu entends. Il passe derrière nous. Elle est fraîche. Un régal. Désires-tu aussi du pain ?
- Du pain ? Vous avez du pain ici ?

Simoan acquiesça.
- Pourquoi cette surprise ? Oui bien sûr ! Nous en avons…

Il désigna du bras une lueur qui scintillait au loin.
- Regarde ! Tu vois ce feu…celui des bergers. Ils sont jeunes et l'appétit exigeant. Les femmes leur apportent régulièrement de la nourriture. Près de la cascade ils ont construit un petit four. Ce sont eux qui me donnent le pain et le ravitaillement.
- Pourquoi ne restez-vous pas avec eux ? Vous ne vous ennuyez pas tout seul ?
- Je me doutais que tu me poserais cette question. J'ai passé ma vie à regarder les autres et à leur parler. Maintenant, je n'ai plus le désir de voir ni de discuter. Je cherche le calme et la paix de l'âme. C'est pour cette raison que je suis devenu berger. Mais tu peux constater que mon troupeau n'est pas important. Il est à la hauteur de mes forces.
- Vous passez donc votre temps à méditer, souffla Mathias, béat d'admiration.

Il hésita avant de lui poursuivre :
- Et sur quoi portent vos pensées ?

Simoan suspendit sa réponse. Seul, le bruit de succion sur le goulot de sa pipe sur laquelle il tétait, rompit le silence. D'une voix emportée, il s'écria :
- Sur l'homme petit ! Sur l'homme !

Mathias frissonna et il se rapprocha du feu. Les flammes rouges dansaient dans la nuit.
- Vous dormez dehors, demanda-t-il ?
- Non ! A l'intérieur de la cabane à l'abri de la rosée du matin. J'ai la carcasse usée. Mes os supportent mal le matelas du sol.

Je me suis fabriqué un lit avec de la mousse. C'est bien plus confortable. Toi tu es jeune, tu pourras t'en passer cette nuit. Demain je te dirai où tu devras aller pour t'en faire un.

Le chien rampa vers le foyer. Le museau posé sur ses pattes il poussa un long grognement de satisfaction. Le jeune homme se leva dans une détente brusque. Baigné par la quiétude du feu, l'animal leva sur lui un regard interrogateur. Debout, serré dans sa couverture, Mathias s'écria :
- Dites-lui qu'il parte ! Je veux qu'il s'en aille…

Simoan siffla son compagnon fidèle. Il lui donna un ordre bref et le chien disparut dans le gouffre de la nuit.
- Tu n'as rien à craindre de lui. Il ne s'attaque qu'aux mollets des brebis et des chèvres.
- Je ne tiens pas à ce qu'il me morde…

Au bout d'un moment Mathias, demanda :
- D'où venez-vous ?

Simoan se pencha vers le feu et il rajouta une branche de sapin. La résine claqua parfumant ainsi le brasier. Mathias dut reculer précipitamment et s'essuya les yeux sous l'assaut de la fumée.
- De Fès la magnifique.
-  Comment se fait-il que vous en soyez parti ?
- C'est une histoire tortueuse et compliquée. Je te la conterai une autre fois.

Le sentant disposé à converser, le vieillard  lui posa la question au sujet de sa famille. Le jeune garçon eut un soupir, un sanglot retenu. La tête baissée, le menton enfoui sous la couverture, il marmonna :
- Un jour, sous une pluie battante, je marchais et j'ai ramassé quelque chose qui sentait bon, une odeur de…
- Une odeur ? reprit le vieux.
- C'était un parfum … Oui ! On aurait dit celui d'une fleur. Mais ce n'était qu'un bout de tissu noir.
- Et c'est tout ?
- Non ! Il y avait un cheval blanc.

- Un cheval blanc, dis-tu ? Une mule plutôt…
- Non ! Un cheval avec une magnifique selle de cuir.
- Sais-tu à qui il appartenait ?

Mathias se referma, au bord des larmes. La main du vieillard se posa sur son épaule mais le garçon se dégagea brusquement. Il renifla bruyamment et s'écria à l'adresse de Simoan :
- Laissez-moi ! Laissez-moi !

Alors le poète fatigué se redressa et dit :
- Je vais me coucher. Si le feu se meurt, donne-lui du bois pour qu'il vive. Si tu as sommeil et si tu as froid tu n'auras qu'à me rejoindre à l'intérieur. Je suis trop âgé pour lutter indéfiniment contre la fatigue.

Il quitta Mathias, seul dans sa couverture et dans ses tourments. Au lever du jour, les brebis s'animèrent et firent du tintamarre avec leurs cloches. Simoan dormait encore. Le feu n'était plus qu'un amas de cendres tièdes. Quelques bouts de bois avec des reflets de rubis résistaient encore en repoussant la limite de leur flamboiement dans la splendeur de l'aurore. Mathias dormait toujours à poings fermés. Mais l'aboiement du chien le réveilla. Endolori par le froid, il se releva et se dirigea vers l'abri. Il poussa la porte qui résista dans un grincement ; elle était déformée par des années de gel. Le vieil homme aux cheveux blancs, à la barbe pointue, épaisse, sauvage, respirait avec la force d'un soufflet de forge. La mécanique de sa respiration, rongée par les ans, fonctionnait mais avec lassitude, avec parfois quelques dératés ; les yeux encerclés par les rides profondes qui sillonnaient son visage, brûlé comme un champ labouré par une charrue malhabile, bougèrent à peine. Les doigts crispés sur la couverture, il représentait l'image de la vieillesse qui s'accroche désespérément à la vie.

Mathias aperçut suspendu au crochet du mur une outre dans laquelle il pensa trouver de l'eau. Pour s'en saisir, il fit un pas mais dans l'obscurité il buta sur une cloche abandonnée. Le tintement réveilla Simoan. En voyant ce dernier bouger, il sortit vivement comme prit en faute.

A l'intérieur le berger se racla la gorge. Un bâillement sonore suivi d'une toux profonde parachevèrent le tableau final de ce lever. Matthias demanda à voix haute :

-Vous avez bien dormi ?

Simoan s'éclaircit une dernière fois la voix, cracha et enfin satisfait finit par répondre :

- Comme à l'époque de ma jeunesse ! Plus je m'avance dans les années, plus mon sommeil s'enfonce. Viendra le jour où sans doute je ne me réveillerais pas…

Il sortit et secoua sa barbe. Tout ce qui avait pu s'y accrocher durant la nuit s'éparpilla en pluie au grand étonnement du jeune garçon. Peut-être désirait-il un peu d'eau afin de se rafraîchir le visage ? Mathias lui tendit la cruche. Se méprenant sur ce geste, le vieux le remercia.

- Le matin je prends du thé. Allons ranimer le feu !

La journée se déplia au ralenti, au diapason du soleil, sous les ombres des nuages emportés par le vent. Mathias partit explorer les alentours ; il se proposa pour aller chercher de l'eau à la cascade ; il se fit donner du pain par les bergers ; il poursuivit une chèvre qui s'était enfuie et lorsqu'elle stoppa au sommet d'un rocher, il appela à la rescousse Simoan. En descendant, il perdit l'équilibre et manqua se briser une jambe, sous le rire du vieil habitué qui trouva la situation divertissante.

- Si tu as peur des chèvres autant que des chiens, il ne faut pas leur courir après.

A la tombée du soir, Mathias arrangea sa couche dans le fond de la cabane. Après avoir veillé auprès du feu, et avant même le vieil homme, il alla se coucher, effondré de fatigue et d'altitude. Six jours passèrent. Des jours vécus pleinement, durant lesquels l'amitié doucement se glissa entre le poète et le jeune homme. Mathias parla peu, prenant davantage de plaisir à écouter cette voix éraillée, aux accents aigus et qui s'emportait parfois au cours d'un récit, ou d'un conte extrait de sa mémoire, véritable bibliothèque où le livre de son premier souvenir était toujours intact.

## Il ose m'affronter derrière sa mort

Les mauvais jours approchèrent. Le plafond des nuages devint plus fréquent. Aussi, vint le matin où le ballot sur leur épaule, ils prirent le chemin de la vallée en compagnie des bergers et de leurs troupeaux. Quand Simoan quittait sa chère bergerie les regrets affectaient quelque peu son humeur.

Cependant quelque chose était changé. L'hiver promettait d'être différent. Mathias, cet homme jeune à la pensée flottante qui marchait à ses côtés en était la cause. Le vieillard n'avait jamais eu d'enfant. Et cette paternité, tombée du ciel, ravigotait son envie de vivre, de poursuivre son épuisante marche. Elle était une gourmandise sucrée pour sa curiosité. Avec toutefois le risque que cette jeunesse-là s'empare du fruit de ses certitudes, qu'elle le pèle, le décortique, le mastique avec la faim de la naïveté. Mais il s'en fichait... Au contraire. Un hiver neuf en quelque sorte !

Au son des clochettes, des bêlements, le troupeau s'étirait ou alors s'élargissait suivant les goulets du sentier. Le propriétaire des quelques brebis dont avait la charge Simoan était un riche boucher qui admirait beaucoup le voyageur qu'il avait été. Cet homme appréciait particulièrement les contes qu'il racontait, accroupi sur les talons, le jour du marché au milieu de la foule.

Mais cet aimable commerçant débonnaire, qui prospérait dans son échoppe, aurait-il compris que le vieux conteur mente si souvent à ses auditoires ? Simoan pensait que certaines vérités n'étaient pas bonnes à connaître, surtout quand il s'adressait à des enfants. Ces fillette ou ces jeunes garçon qui vivaient dans ces villages de montagnes étaient condamné à ne jamais quitter leur terre. Ce pauvre boucher aurait-il compris que cet ancêtre qu'il respectait tant était la proie au doute ? Que cet illustre vieillard n'aimait plus comme il se doit la religion alors qu'en des temps lointains il avait foulé avec une grande ferveur les lieux sacrés ? Simoan n'osait pas raconter à ceux et à celles qui l'écoutaient que la religion était fabriquée par les hommes, et dirigée par les puissants, par les riches acheteurs des bonnes consciences... Cela faisait trop longtemps qu'il s'était tourné vers une foi plus humble. Cet éleveur, propriétaire et mari de trois épouses, aurait-il compris la parole du poète s'il avait entendu dire que la femme était meilleure que son époux ? Que la tenir enfermée derrière des volets était un acte condamnable, que les traditions n'étaient pas bonnes à suivre, que la liberté de marcher sans contrainte était une chose sacrée ! Lui qui payait en toute honnêteté et sans rechigner ses impôts, qui aimait sa famille, qui faisait l'aumône au mendiant, qui parlait avec ses voisins, aurait-il accepté que le vieux sage aux babouches usées recouvre si souvent le puits de sa pensée ? Aurait-il supporté aussi de savoir que celui qu'il vénérait n'était qu'un vieillard épuisé mais lucide, et qui attendait avec sérénité la caravane qui ne menait peut-être nulle part ?

En prêtant ces quelques moutons, et cette poignée de chèvres, le boucher pensait s'acheter ainsi une amitié qui dans le futur pouvait être bénéfique puisque Simoan était appelé, après sa mort, à devenir un authentique saint. En outre, le vieil homme ne réclamait guère. Son salaire de berger se résumait en un seul mouton qu'il offrait à cette sœur pour fêter honorablement son retour et s'acquitter de son hébergement durant l'hiver.

Simoan avait percé le vrai visage de la vie. Il ne voulait effrayer personne, ni briser la belle insouciance des enfants et la toute huile habitude de leurs parents. Alors, lorsqu' il racontait sur la place ses histoires il se contentait de louer les vertus premières, celles du courage, du travail, de la ténacité, de l'honnêteté et de l'amour.

Simoan était certain d'une chose. Le jeune Mathias n'était pas voué aux marchés boueux, au travail dans les champs escarpés, au confort vétuste d'une bicoque, aux vêtements rapiécés, aux voyages à pieds, au mieux avec une mule, au pain trempé dans l'huile. Non ! Ce quotidien ne serait pas celui de Matthias. Ces cheveux, les traits de son pâle visage, ses yeux clairs étaient la signature d'une origine étrangère. Celle qui depuis des années, insidieusement, s'accaparaient des terres du royaume. Ce jeune homme était issu de la race des seigneurs. Certes, la noblesse du garçon était, pour l'heure, assez mal en point. Sa mémoire le trahissait. Mais pour le vieux renard l'observation était devenue une autre nature, un exercice qu'il cultivait avec brio. Mathias évoluait en dehors du cercle. Il était à la recherche d'une vérité. Sa vérité. Il avait besoin d'aide, d'une orientation, mais aussi d'une étoile. Et sa mémoire chancelante risquait de se perdre à jamais dans le labyrinthe du passé si personne ne lui venait en aide.

En fin de journée, la troisième depuis leur départ des pâturages, Simoan eut droit de choisir son dû. Il passa une ficelle autour du cou d'une brebis, prit Mathias qui ne le quittait pas d'une semelle par la main et s'en alla sur le chemin.
Azilal brillait de ses quelques lumières. La nuit était tombée. Simoan fatigué mais heureux d'être enfin arrivé au terme d'un voyage qui devenait, chaque année, plus long laissa tomber ces simples mots comme on jette un sac de voyage qui vous brise les épaules.
- C'est là !

Il désigna une porte et frappa quelques petits coups secs. Mais personne ne vint leur ouvrir.
- Elle n'entendait plus bien avant mon départ. Le mal doit être fait… Toi qui possèdes la voix de la jeunesse appelle-la. Elle s'appelle Malika.

Mathias poussa la porte qui s'entrouvrit avec un grincement. Il répondit alors :
- C'est idiot d'ameuter toute la rue puisque ce n'est pas fermé. Nous n'avons qu'à entrer…
- Jamais je ne passerais le seuil de cette maison si celle qui fut la plus belle femme d'Azilal, n'est pas là pour m'y inviter.
- Je ne vois pas quel mal y a-t-il à pénétrer dans la demeure de sa sœur sans son consentement. Surtout si elle est sourde ?

La voix métamorphosée par l'émotion le futur saint confia :
- Elle n'est pas ma sœur…
- Votre amie ?

- Non ! Mon hôtesse en souvenir d'un temps passé.
- Alors pourquoi dites-vous à ceux qui veulent vous écouter qu'elle est votre sœur ?
- Elle n'est point riche. Le fait d'être « ma sœur » lui ouvre le crédit et la générosité des commerçants. Heureusement qu'elle a ça!
- Bon et bien je l'appelle…

Mathias avait de la voix. Il cria le nom de la vieille femme. Des portes s'entrouvrirent pour savoir qui était à l'origine du raffut. Mais celle de Malika resta close. Puis, à l'intérieur de la maison on entendit marcher quelqu'un. Il était temps, maugréa Mathias. La porte s'entrebâilla dans un grincement. Une silhouette, un regard sombre caché sous un voile gris, s'avança pour découvrir qui était là.
Reconnaissant Simoan, le visage se détendit. Elle rabaissa son voile et libéra une longue chevelure blanche. La vieille femme offrit aux deux visiteurs un sourire et leur souhaita la bienvenue d'une voix douce. Elle s'effaça contre le mur pour les laisser entrer. Le vieillard, le garçon et la brebis pénétrèrent dans une grande pièce obscure qui donnait sur un petit patio fleuri. Le conteur posa son sac tandis que Mathias se vautrait déjà sur le premier pouf venu. Le conteur traversa la pièce en tirant la brebis par la corde et il l'enferma dans un petit enclos au fond de la cour.

Après les paroles d'usages, bu le thé à la menthe, ils mangèrent avec appétit les piètres réserves que Malika leur offrit ; puis ils montèrent sans attendre se coucher dans une des deux pièces du premier étage. Ils étaient fourbus.

Au lever du jour, Mathias sentit comme une peau neuve le recouvrir. Il laissa son regard errer sur la chambre. Il vida son esprit. Le lit de Simoan était déjà vide. Dehors, la respiration du village, le martèlement des sabots, le grincement des charrettes, les éclats de voix, étaient comme des notes de musique pareilles à une symphonie fantastique, bruyante de cacophonie et qui restait singulièrement mélodieuse. Il n'était plus le fou perdu de la montagne… Il sauta au pied du lit et s'habilla promptement avant de descendre.

Après ces mois de vie troglodytique, il se crut un instant non pas dans une maison, mais dans un petit palais, d'un moelleux et fantastique confort où il devait faire bon vivre. Tombant sur une selle de dromadaire qui servait de siège il décida d'attendre sagement la suite des événements.

Un chat noir tacheté de blanc, habitué des lieux, sauta sur ses genoux. Instinctivement, il se releva et l'attrapant par le cou il le jeta brutalement dans le patio. Le sang perla sur sa paume. Le petit félin avait été le plus rapide. Simoan qui connaissait son aversion pour les bêtes lui conseilla simplement d'aller se mettre un peu d'eau.

Mathias poussa la porte et traversa le patio. Dans un coin un seau en bois suintait. Il poussa d'un pied rageur une tortue qui obstruait le passage. Il rinça la cuisante estafilade résultat de sa maladresse… Quand il se redressa, il aperçut une cage en fer suspendue où un couple de perruches somnolait. Il retourna dans le salon et prit sans dire un mot la serviette que lui tendait Simoan.

- Il y a un chien aussi j'imagine ?

Étonné le vieillard répondit par l'affirmative.
- Cela ne me surprend pas, poursuivit Mathias.

Prenant alors le parti de rire, il s'exclama :
- Je tombe bien… moi qui ne supporte pas les animaux, voilà que l'hôtesse qui m'accueille élève, pêle-mêle, en leur demeure chat, chien, tortue et oiseaux !
- Et ce n'est pas tout ! ajouta Simoan visiblement satisfait de l'humour dont faisait preuve son jeune ami.
- Comment ? Il y en a encore ?
- Un écureuil que j'ai soigné l'année dernière et qui m'est resté fidèle. L'idiot ! Il doit être dans la cour ou sur le toit.
- Le chien que nous avions là-haut, où est-il celui-là ?
- C'est un animal dressé pour le troupeau. Il n'est pas à moi.

Simoan profitant de cette discussion détendue posa la question qui démangeait sa curiosité.
- Et ta mémoire revient-elle ?

Mathias posa la serviette sur la table et ne voulut pas répondre. Devant l'insistance du vieillard, il répliqua par une pirouette :
- Voyez vous-même ! Elle n'est pas bonne. Je ne me souvenais plus que nous avions laissé le chien avec les moutons.

Devant la gêne du garçon, Simoan ramena la conversation sur le chien :
- Heureusement qu'il n'est pas à moi ! Où dormirait-il ? C'est si petit ici.
- Je ne vous crois pas. Pour lui trouver une place, vous n'auriez pas hésité à lui donner votre lit. Pourquoi tant d'amour pour les animaux ?
- Écoute-moi ! Autrefois, dans les vieux récits, on a pu lire ces lignes : un homme sentit la soif s'emparer de lui car sa marche avait été longue. Il rencontra sur son chemin un puits. Il y descendit, se désaltéra, puis il en ressortit. Apercevant alors un pauvre chien la langue pendante, cet homme constata la chose suivante : ce chien est comme moi, il a soif ! Il redescendit dans le puits, remplit sa chaussure d'eau, il écarta les mâchoires du chien et le fit boire… Dieu à celui-ci pardonna ses pêchés. Par contre, il est dit qu'une femme est allée en enfer par la faute de son chat. Ce dernier était un sacré voleur car, il faut le savoir la faim souvent le tenaillait. Un jour, excédée, pour le punir, elle l'attacha, puis l'oublia. Le chat mourut de faim.

Fixant le jeune homme qui l'écoutait, Simoan demanda :
- Pourquoi n'aimes-tu pas les chats ? Regarde celui-ci. Il est doux quand je le caresse.

Mais au lieu de s'expliquer sur sa répulsion dont il ignorait la cause, Mathias demanda acerbe :
- Pourquoi dans cette histoire Dieu choisit-il une femme pour montrer l'exemple du pêché ?

Simoan lâcha le chat. Ce fut à son tour de ne pas répondre.

- A y réfléchir je suis de ton avis. Mon ignorance est totale en ce terrain. Les femmes sont-elles inférieures ?

- Vous pensez qu'elles le sont ?

- Je ne saurais le dire… Et toi le crois-tu ?

-Non ! Elles ne le sont pas… Regardez Mirida…

- Tu as sans doute raison. Mais je ne sais pas si elles-mêmes le savent ? Mirida s'en est rendue compte car c'est une fille d'une intelligence rare qui a bénéficié de la douce présence d'un père exceptionnel. A-t-elle peur des animaux ? Cela m'étonnerait.

- Elle n'a peur de rien. Pourquoi a-t-on peur des animaux ?

- Souvent ce sont les bêtes qui tremblent devant les humains et elles ont parfois des raisons. Autrefois on les torturait pour le plaisir en leur taillant les oreilles. Parfois quand un bédouin mourait, on attachait son dromadaire au pied de la tombe, et on l'abandonnait. Dans certaines tribus nomades on raconte encore l'histoire d'un père ayant enterré sa propre fille vivante pour la punir d'avoir perdu son honneur. Malheureusement les femmes sont souvent traitées comme de simples animaux. As-tu peur d'elles ?

Mathias n'osa pas répondre. Il en avait si peu vu. Simoan vit son regard se fixer. Une ombre svelte, une ombre noyée dans le brouillard des pics et des cols reculés. Le vieux sage n'insista pas. Il respectait ce qui aidait les gens à survivre, c'est-à-dire, le rêve, le cousin germain de l'espoir. Évitant de le déranger, il s'esquiva.

L'hiver passa long et monotone. Mathias voua au sommeil des journées entières. Seul, le jour béni du marché luisait d'un éclat différent. Perdu dans la foule, le visage caché sous un capuchon pour éviter qu'on ne repère ses cheveux blonds, cette tignasse d'étranger, il stockait pour le restant de la semaine sa provision de bousculades, d'odeurs, et de bruits divers. Il emmagasinait une profusion de couleurs, de visages et de décors qu'il tentait ensuite de se repasser pour éviter le soir, avant de s'endormir, de s'en aller errer dans la montagne et se perdre dans son passé qui dissimulait encore trop de choses. Il écoutait rarement le vieux conteur qui par la magie du verbe tenait en haleine, toute une matinée, un auditoire de pauvres gens. Il préférait suivre son inspiration, et déambuler au gré de la fantaisie de ses pieds.

Les trois premiers mois de la nouvelle année furent les plus longs. Le quatrième, entamé à peine d'une dizaine de jours, lui insuffla une bouffée d'espoir. Les hautes herbes et les pâturages revenaient alimenter les conversations. La neige fondait. Mirida surveillait-elle avec la même impatience la venue des premiers bourgeons, des premières montées de sève ? Béatement il se plaisait à le penser. Alors une douce euphorie l'avachissait et le maintenait dans une torpeur mélancolique.

Cependant un événement dramatique eut lieu. Mathias retrouva la pleine possession de son esprit, un matin au réveil, lorsqu'il ouvrit les yeux. En cette fin de nuit, lorsque le rêve se dilue dans le conscient, cette passerelle qui permet de quitter toutes les bizarreries nocturnes pour accéder à la réalité impitoyable de la future journée, l'adolescent fut pris au dépourvu. Les yeux écarquillés, le regard noyé au-delà des murs de la maison, il n'osa plus quitter le lit protecteur. Un voile s'était déchiré. La nuit lui avait révélé sa véritable identité. Il était recherché... Il était traqué et ce matin-là, il se souvint quelles en étaient les raisons. L'histoire était sombre. Des larmes de honte remplirent son désarroi  et son corps convulsa.  Malgré la chaleur du lit il se mit soudain à grelotter. Il perdit conscience.
Lorsqu'il émergea quelques instants plus tard Matthias comprit qu'il devait se taire. Il n'était plus question de parler. Il était vital de dissimuler la vérité. Ce qu'il avait fait ne méritait pas le pardon. En plus, il se demanda avec tristesse comment épargner l'amitié sincère que lui portait son protecteur ? Nul ne pourrait comprendre à l'exception de Mirida.

Lorsque Matthias se résolut à se lever, la matinée était déjà bien avancée. Il s'était habillé hâtivement et avait rejoint Simoan qui fumait sa bonne vieille pipe, installé sur la banquette, penché sur un journal aux pages maculées de graisse. Sur un plateau en cuivre posé sur un tabouret une assiette fendue sur la largeur, pleine de beignets encore chauds, lui donna envie de vomir.

Il s'était extirpé du lit avec une extrême lassitude. La journée s'annonçait lardée par cet événement tragique. Il offrait l'aspect d'un garçon malade. Il était assommé.

- Bonjour fiston ! Mange-donc. Tu es jeune, tu dois te restaurer. Moi j'ai fini.

En montrant les beignets le vieux poète précisa :

- Il me tarde qu'ils disparaissent ! Là-haut, à la bergerie mon régime est frugal. Quand je viens ici je capitule souvent devant ce vil pêché de gourmandise. Je ne suis plus aussi volontaire qu'autrefois.

Matthias, malgré son haut-le-cœur, se laissa tenter. La bouche embarrassée, il répondit sans malice :

- Quand vous étiez jeune, étiez-vous sans faille, fidèle au livre pour toutes choses ?
- Pertinent jeune homme ! Bien sûr que non... L'amour de la liberté et la recherche du pourquoi, n'ont pas empêché mes sens de s'ébattre parfois dans les plaisirs d'ici-bas.
- Vous voulez dire l'amour ?
- Un grand voyageur ne couche jamais au même endroit. Quand il le fait, c'est qu'il est devenu trop vieux. Et il se rabat sur les beignets. J'ai aimé la nourriture, la musique, la poésie et aussi la beauté dans toutes ses robes...
- Pourtant vous avez prononcé le mot « volontaire ».
- Tu cherches à me prendre en défaut et tu as raison. J'ai été orgueilleux en te disant cela. Si j'y réfléchis posément, il n'en a rien été. Disons que je n'ai rien fait pour détromper les gens.

Mathias posa alors cette question.
- Pourquoi le pensent-ils ?

Simoan répondit gravement.
- Au départ de ma vie, je me suis plié avec ardeur au rite de la prière et du jeune. Je me suis rendu plusieurs fois sur les lieux saints. A trente ans, j'avais déjà beaucoup étudié. J'étais connu pour ma grande piété. Je passais mon temps à parler et à donner des conseils aux miséreux, à ceux qui n'avaient pas la chance, comme moi, de posséder une si belle foi. Les religieux des

villes ne m'aimaient guère car cette renommée, et soit dit en passant, que je n'ai jamais recherchée, s'est vite amplifiée au quatre coins du royaume. Je crois même bien au-delà. Pourtant j'étais toujours aussi imprévisible. Durant toutes les années qui ont suivi le rite est devenu une manie ; je n'ai été qu'un homme faible parmi les faibles… Malgré cela, j'ai conservé l'estime et l'admiration d'une multitude de personnes. Quelque part, mon orgueil en était flatté. J'avais le besoin de ce regard sur moi. Tu vois, tu peux constater que mon paravent est maintenant percé de partout. Je ne m'en cache pas.

- Pourquoi me dire cela à moi ?

- Tu es jeune et tu ressembles au jeune homme que j'ai été. Je ne sais pas quel malheur t'a frappé mais moi aussi j'ai été blessé profondément. C'est ça qui m'a jeté sur les chemins. Peut-être ta recherche ira-t-elle plus loin que la mienne si je te confie, sans détour, vers quoi ou contre quoi mon expérience m'a jeté ? S'il t'arrive plus tard d'ouvrir un livre sacré, tu constateras ce que l'homme, découvreur d'un dieu unique, a voulu lui faire dire…

- Qu'a-t-il voulu dire ?

- Que l'humanité est ravagée sans cesse par les guerres, par les divergences des classes sociales, des religions, des couleurs de la peau, par les malheurs de toutes sortes. Seule la paix qui se réclame d'un dieu unique proclamant la bonté, la charité et la fraternité, peut sauver le monde.

- C'est ce qu'affirme ce dieu ?

- C'est ce que professe l'homme mais à travers ce dieu. C'est la solution qu'il a trouvée au pourquoi de la mort. C'est ce qu'il espère face au constat de la bêtise, de l'horreur et de la cupidité. Et c'est vers cette lumière qu'il avance, depuis des siècles, sous couvert d'une multitude de religions.

- L'atteindra-t-il ? avança Mathias.

- Je ne sais pas ! Vois-tu… J'évolue au milieu d'un cercle. Ton bon sens te fait croire que toi aussi tu es au milieu d'un autre alors qu'il ne devrait en exister qu'un seul.

- Je ne comprends pas.

- Tant qu'il y aura deux hommes face à face vivra la dispute. Tant qu'il y aura deux pays face à face vivra la guerre.

- Vous ne croyez-donc pas que l'homme, un jour sans doute lointain, pourra réaliser ce rêve ? Celui de tous les peuples unis avec comme seule frontière l'air qui entoure notre planète... Il existe pourtant des couples heureux qui s'aiment durant toute la vie. Pourquoi pas l'humanité entière ?

- Je suis un vieil arbre déraciné par la tempête. Mes certitudes d'antan sont parties, elles aussi, emportées par les rafales de ma lucidité. C'est ce qui me tourmente.

- Mais, en quoi croyez-vous donc ?

- En moi qui ne suis rien. L'intelligence… Le cercle…

En vérité la question avait pris Simoan au dépourvu. Il n'avait pas bien répondu. Il avait dit n'importe quoi et trop vite. Il avait notamment oublié de prononcer le nom de Dieu.

Cette discussion matinale et philosophique les avait pris, l'un et l'autre, au dépourvu. Sauf que Matthias était encore submergé par l'émotion et l'angoisse de son retour de mémoire. Soudain, et sans qu'il puisse la contenir, une vague de colère renversa son attitude paisible. Sans raison apparente pour le vieil homme qui bien sûr ne se doutait de rien, Mathias s'écria :

- Votre marche n'a pas abouti. Vous n'avez rien découvert. Vous avez détruit vos croyances. Vous êtes une coquille vide, sans rien du tout.

- Comment peux-tu prétendre cela ? rétorqua vivement le sage surpris de ce changement soudain d'attitude. Et toi ? Sais-tu qui sont tes parents ? Connais-tu la couleur de l'éducation que tu as reçue. As-tu seulement un dieu et si c'est le cas lequel est-ce ? Celui des musulmans, des juifs, des catholiques, ou encore un autre venu de plus loin ? Connais-tu le pouvoir de l'argent ? De l'amour ou de sa sœur jumelle la haine ?

Surpris par cette réplique, Mathias gonfla les joues. Un soupir de réflexion s'en échappa en sifflant. Sa bouffée de colère s'en alla aussi vite qu'elle était venue.

- De croire en un dieu cela ne me choque pas. Mais le contraire non plus…

Malika pénétra dans la pièce à point nommé pour interrompre leur conversation. Un homme demandait à parler à Simoan.

-  Mais dis-moi, toi qui connais tout le monde, est-il d'ici ?

- Non ! C'est un étranger. Il a une lettre pour toi.

Une simple lettre, froissée, salie par les mains du messager qui pour ne pas la perdre l'avait enfouie sous le sucre et les dattes séchées dans le fond de son sac de voyage.

Simoan vivait en labourant le champ de sa vie, en alignant les sillons d'une moralité toute personnelle, avec des règles strictes pour bien mener sa charrue. Mais il avait conservé une tradition de sa ville natale, la plus ancienne, celle de l'hospitalité. Il fit les honneurs au visiteur en l'auréolant d'un sourire poli. Il le fit asseoir sur la banquette et expédia Malika préparer du thé.

L'âge du visiteur pouvait osciller entre les trente et les quarante ans. C'était difficile à dire… Maigre, le visage buriné taillé en lame, les traits fatigués sous une barbe dure, il ferma les yeux, confia son dos aux coussins et prit le parti de jouir intensément de cette rare et délicieuse situation, en ce qui le concernait, lui qui ne connaissait que trop le pavé, les nuits à la belle étoile. Lorsque les premières gorgées du thé furent avalées, Simoan posa alors la question :

- Quel est ton nom ?  Je ne te dis pas le mien. Tu n'as pas fait un si long voyage, je présume, sans avoir été prévenu de celui dont m'a honoré mon père le septième jour de ma naissance, derrière les hauts remparts de Fès l'orgueilleuse.

- On m'appelle le Montreur.

- Montreur de quoi ? demanda Mathias, piqué par la curiosité.

- De singes, de serpents ou de scorpions.

- Tu les as avec toi ?

- Non ! Je n'ai plus rien. J'avais un compagnon, un singe et on me l'a volé récemment. Mais je ne suis pas ici pour vous parler de ma vie de vagabond. Je dois vous remettre cette lettre qu'un scribe qui travaille pour un notable de Fès m'a donnée. Il m'a promis en échange de m'offrir un autre singe et de l'argent.

Simoan déchira le cachet et parcourut le texte avec anxiété. Les lettres étaient rarement porteuses de bonnes nouvelles. C'était une calligraphie pressée et nerveuse. Quand il eut fini sa lecture il plia la lettre en quatre et la posa sur ses genoux. Son visage avait pris un air grave. Son front était barré d'un pli soucieux et ses sourcils étaient relevés en expression de bataille. La lettre annonçait un événement important. Comme un galet, jeté dans la mare endormie de sa retraite, elle éclaboussait sa tranquillité.

Son frère, le bourgeois, l'escroc, venait de mourir et lui faisait l'insoutenable affront de lui léguer sa fortune. Il était veuf. Ses deux filles mariées, vendues, étaient mères depuis des années et d'après la missive elles n'avaient eu droit à rien. Simoan se transforma comme l'eau qui commence à bouillir. Des petites bulles d'une colère sourde, une colère remontée du fond de sa jeunesse qui bouillonna et qui souleva le couvercle de l'homme sage qu'il était. Il ébranla soudain la maison par ses cris, par ses jurons, par ses gesticulations. Malika, regardait la scène avec des yeux horrifiés.
- Le lâche ! Il ose encore m'affronter derrière sa mort. Il refuse comme il l'a toujours fait de m'accepter tel que je suis. Il a jeté sa bêtise et son obstination dans ce papier.

Mathias essaya de le calmer.
- Je ne comprends pas. Il vous a légué ses biens. C'est qu'il n'a pas de rancune envers vous…
- Non ! Non ! C'est pour me tenter encore une fois. Il savait que j'ai fait le vœux de rester pauvre. Cet argent qu'il me jette à la figure c'est pour me salir, pour tuer mon esprit, et pour acheter mon âme.
- Si c'est dans cette intention pourquoi a-t-il agi ainsi ?
- Par vengeance.

Simoan fit plusieurs fois le tour de la pièce semblable à une bête piquée par l'araignée des sables. Peu à peu il se calma.
- Autrefois, poursuivit-il à l'adresse de Mathias, il y avait…

Il s'arrêta subitement au milieu de sa phrase et s'adressant au messager il dit :
- Tu as marché longtemps pour que je lise cette lettre. Je t'en remercie. Tu dois être passablement fatigué... Tu mérites un repos plus agréable que celui d'assister aux transes subites d'un vieillard. Prends ma table et restaure-toi. Si tu veux dormir tu trouveras un lit à l'étage. Malika te servira.
Ensuite, prenant Mathias par la manche, il le tira vers lui.

- Accompagne-moi dehors.

Ils marchèrent en silence.

La fraîcheur de l'air semblait calmer Simoan. Les pas du vieil homme raclaient les pavés de la rue. Par le filet de ses lèvres blanches et serrées s'échappait un mélange de respiration grave et de marmonnements inintelligibles. Mathias attendait qu'il veuille reprendre le fil de la discussion. La nouvelle était d'une sacrée importance pour mettre le vieil homme dans un tel état. Ils arrivèrent ainsi jusqu'à la fontaine. Simoan se pencha sur l'eau et en recueillit dans le creux de ses mains. Il avait soif.

- J'ai la gorge sèche, s'excusa-t-il.

Mathias se jucha sur le rebord et trempa lui aussi les mains dans l'eau. Un court instant il s'abandonna au bercement du jet qui se fracassait et qui explosait en mille gouttelettes d'argent sur la vasque. La céramique était cassée par endroits. Elle avait eu son époque de splendeur. Simoan alluma sa pipe et se hissa à côté de son « fils » comme il aimait parfois l'appeler. Il avala de longues bouffées, se pinça le nez et commença.

- Autrefois, avant que j'entreprenne mon grand voyage, j'avais un frère de six ans mon aîné. Mon père était un patron tanneur, précisa-t-il. Notre mère mourut tôt. Trop tôt… Et le bruit courut qu'une deuxième femme que notre père regardait assez souvent n'était pas totalement étrangère à la disparition de notre mère. Or, quelques mois plus tard, elle habita chez nous… Je refusais de vivre sous le même toit de cette intrigante et je quittais la maison familiale. J'avais treize ans. Notre père se prénommait Shob. Il avait une obsession : il désirait un autre enfant : une fille. Mais cette nouvelle femme se révéla stérile. Alors il la répudia promptement et il eut cette malencontreuse idée de lui proposer de rester comme servante, ce qu'elle accepta. Ayant de la suite dans les idées, il prit ensuite une troisième femme. Entre temps, il avait acheté une boutique dans un belle rue marchande au cœur de la médina. Avec quel argent je l'ignore. Sa nouvelle femme se retrouva vite enceinte conformément à ses espérances. De mon côté je ne mettais jamais les pieds à la maison. Je vivais dans les rues, en chapardant, en mendiant, en travaillant de-ci, de-là. Il m'arrivait de passer devant l'échoppe où j'entrevoyais mon frère… Il m'ignorait totalement. A cette époque, je ne savais pas pourquoi. Par la suite j'ai compris qu'il avait dû recevoir du père des consignes. M'ignorer devait être la condition pour rester un bon fils. Il devait déjà regarder d'un œil calculateur la boutique et sa promesse de développement avec les étrangers qui devenaient de plus en plus entreprenants sur notre sol. Sa filouterie, sa bosse du commerce, ont germé vraisemblablement pendant cette période. Ensuite le drame eut lieu. La troisième épouse poussa les premiers cris de douleur. Ce jour-là, par malchance, mon père était à l'autre bout de la ville. Alors elle mit au monde l'enfant, seule, aidée de l'unique personne qui restait dans la maison, c'est à dire la servante. Et comme par un fait exprès celle-ci ne trouva pas la sage femme. Par vengeance, par dépit ou même par ignorance, elle accumula les erreurs. Lorsque mon père arriva le soir, il trouva l'enfant mort-né et c'était une fille... On réanima la mère qui épuisée gisait sur sa couche sans connaissance. La vérité éclata tel un orage d'été. Fou de rage, mon père chercha partout son ex-deuxième épouse qui s'était réfugiée chez une voisine. Il la trouva rapidement et comme il était profondément violent, dans le tourment de sa peine, il l'étrangla. Ensuite, devant l'horreur de son geste, il s'empoisonna. Son épouse avait perdu trop de sang en couche et mourut à son tour deux jours plus tard d'une infection grave. Mon frère resta seul avec la boutique. Toute ma vie j'ai traîné avec moi la honte de cette journée. Lors des cérémonies funéraires, mon frère me proposa de travailler avec lui. C'était l'hiver et j'avais faim et froid… J'acceptais. Mais il avait oublié que nous étions des frères et il me traita comme un esclave. Alors, au printemps suivant, renouvelant mon exploit, je repartis à l'aventure, et quittais ma ville bien aimée, cette fois-ci, définitivement.

- Mais de droit la moitié de la maison et de la boutique vous revenait ?

- Non ! Il était l'aîné. C'est lui qui hérita de tout.

- Et vous n'êtes jamais revenu à Fès ?

- Oui quelque fois ! Je m'installais sous la porte Bab Mansour où je contais des histoires. Un jour un homme bouscula la populace qui faisait cercle autour de mes paroles, et méprisant, me jeta un sac rempli de pièces. Cela se passait vingt ans après. Cet homme c'était mon frère ! Goguenard. Souriant. Fier.

- Qu'avez-vous fait ?

- J'ai pris le sac. Je l'ai ouvert. Et puis j'ai distribué les pièces, jusqu'à la dernière, aux miséreux, à tous ces pauvres affamés qui m'écoutaient si souvent avec tant d'humilité. En faisant ça je me souviens d'avoir eu un sentiment troublant. Je me suis senti utile, parfaitement heureux, en accord avec ce geste de rébellion et de justice. Pour une fois j'avais autre chose pour nourrir ces gens que mes contes qui, certes, remplissaient l'âme mais jamais l'estomac. Et ils étaient nombreux, crois-moi mon fils. J'ai tout donné jusqu'à ce que la bourse soit complètement vide. Ce jour-là, je vis dans les yeux furieux de mon frère qu'il ne me pardonnerait jamais l'affront que je lui avais fait. Je constate aujourd'hui qu'il a tenu parole.

- Que comptez-vous faire maintenant ?

- Retourner à Fès et tenter de restituer une partie de l'argent à ses filles.

- Et le reste ?

- Malika et les mendiants en profiteront.

- Alors on ne part plus pour les pâturages ?

- De toute façon c'est encore bien trop tôt pour cela.

Mathias sauta sur ses pieds. Se retournant vers Simoan il fit remarquer timidement :

- Et Mirida ?

- Tu as envie de la revoir ?

- Oui ! Je dois la remercier de m'avoir sauvé !

- Bien sûr…appuya Simoan. Uniquement pour cela ?

- Mathias détourna la tête, ne voulant pas trahir son émoi. Il répondit bêtement et rougissant.

- Oui ! Uniquement pour cela.

Paternel, le vieux lui proposa alors :

- Écoute ! Demain si tu le désires nous pouvons nous séparer. Tu n'as pas les mêmes raisons que moi de te presser. Rejoins la vallée d'Agouti et préviens Mirida que cette année je ne serais peut-être pas là-haut avec les bergers. Ensuite, si tu le désires, tu pourras me retrouver à Fès.

## Il n'était qu'un fantôme

« Oh Taronja, oh toi la fiancée des nuages, appelle ton promis ! Rivière du ciel, ouvre tes eaux sur notre peuple assoiffé et ordonne au vent d'agiter les nuage. Qu'il les crève, qu'il balaye nos terres craquelées de sa richesse humide ! »

La femme enrubannée brandit au-dessus de sa tête la poupée grossière constituée par deux grandes louches en bois disposées en croix, emblème ancestral de la pluie. Elle l'agita et la montra à toute la tribu.
- Venez toutes accrocher vos rubans ! La fiancée doit être belle.

Les femmes s'exécutèrent et fixèrent leur bout de chiffon. Puis lorsque les ustensiles furent parés la meneuse reprit la mélopée.
- Oh toi beau prince des nuages, source éternelle de fécondité, regarde ta fiancée, pose les yeux sur nous, arrose la montagne, balaye la poussière et protège nos cultures. Toi qui gouvernes au côté de Dieu, soit miséricordieux, ne crevasse pas nos lèvres et nos champs…

Les participantes de ce rite agitèrent leurs mains tandis que les talons nus frappaient sourdement la terre. Les bracelets d'argent frottaient les chairs autour des chevilles. Aujourd'hui c'était un jour de liesse. Pourvu que vienne le vent béni ! Les you-yous, ces appels mystérieux sortis du fond des âges, jaillirent alors. Des cris perçants, hystériques, plaintifs et mécaniques.

Mirida à l'écart du groupe regardait comme une étrangère la mascarade traditionnelle. La tribu vivait suivant le rythme des saisons, présent et passé entrelacés si étroitement que chaque geste, chaque parole, dictés des premiers temps, étaient devenus immobiles, figés, semblables aux pierres abandonnées au futur. Elle scruta le ciel. Il était d'un bleu laiteux sans tâche. Il était le monde. Et elle se sentait si petite.

Les crêtes flamboyaient au soleil. Elles obligeaient les yeux qui s'y attardaient à dévier aussitôt. Elle se détourna puis rejoignit les femmes. Venue juste pour tuer le temps, elle répéta, docile, les couplets. La transpiration inondait sa nuque. Elle enleva son foulard, ses cheveux la gênaient et elle les roula avec dextérité en natte sur le devant de sa poitrine.

Elle n'avait pas vu Sala qui nonchalamment se dirigeait vers elle.

- Belle de mes nuits ! Tu devrais les couper et me les offrir pour m'en faire un manteau.

Mirida cracha dédaigneusement à ses pieds. Le poignardant du regard elle tenta de s'échapper mais il profita de la bousculade, occasionnée par la procession, pour lui glisser le bras autour de la taille. Avec aplomb, il lui souffla dans l'oreille :

- Te souviens-tu de nos ébats près de l'arbre vénéré ? Quand y retournerons-nous ? Ton mari est malade. Il ne risque plus de t'accompagner jusqu'au col.

Les griffes dehors, elle répliqua mauvaise :
- Recule ! Tu sens mauvais…

Impassible, il éclata de rire. La jeune femme jugea plus sage de battre en retraite et se réfugia sous la protection du groupe qui dansait.

Sur la berge, de l'autre côté du torrent, un homme debout, vêtu d'un vêtement gris, anodin, tenant par la main une mule noire, un petit baluchon blanc accroché au flanc de la bête, regardait fixement dans leur direction. Un colporteur sans doute, pensa-t-elle. Elle l'observa un bref instant en oubliant la procession qui s'ébranlait vers la sortie du village, sous la poussée des chants sacrés. Trop loin pour distinguer les traits du colporteur, elle lui fit signe de se joindre à la fête. Il ne répondit pas. Au contraire, il grimpa sur sa monture et paisiblement poursuivit son chemin. « Qu'il aille au diable ! Il aurait pu me répondre. » jura-t-elle. Puis, se tournant vers sa voisine :
- Allons-nous les marier ?

Les chants et ces fichues prières avaient entamé sa résistance. Il lui tardait que tout soit fini. Les you-yous rituels reprirent. La litanie s'amplifia, psalmodiée par les plus acharnées. Le futur époux, figuré par un pilon de bois pour broyer le grain dans le mortier, fut alors fixé par des mains expertes à l'intersection des deux louches. Le mariage était fait. Pour la millième fois. Le sexe accroché, la fiancée était devenue mariée. Il ne restait plus alors qu'à attendre la pluie. Le cortège reprit sa forme allongée et s'étira jusqu'à l'extrême, jusqu'à se briser. La nuit pointa. La fête était finie. Demain le travail reprenait.

Mirida traîna encore derrière le groupe. Elle n'était pas pressée de rentrer chez elle. Son mari ne pouvait plus bouger. Impotent et venimeux, il ne tolérait pas que sa vieille femme le soigne. Il préférait les doigts délicats et chauds de sa belle et jeune épouse qui apaisait, disait-il, le mieux ses souffrances, qui bourrait sa pipe, son poison quotidien, qui tenait sa main décharnée quand il chavirait, qui le faisait manger puis aussi qui le lavait quand l'odeur était insupportable.

Un sourire s'ébaucha timidement dans le creux des joues roses de la jeune femme. Son mariage arrivait à son terme. Elle serait bientôt veuve. Mais pas pour longtemps… Vraisemblablement, l'ignoble Sala, demanderait sa main.. C'était sûr ! Avait-elle le choix ? Elle envisagea alors l'éventualité avec objectivité, de la manière dont on soupèse le pour et le contre d'une affaire. Dans ces villages oubliés, au cœur de ces montagnes, la loi du plus fort restait toujours la seule vraie.

Son beau génie lui revint alors en mémoire. Il n'était plus qu'un rêve lointain. Quand elle se perdait dans le labyrinthe de ses illusions, lorsque le désespoir la poussait vers le renoncement, l'évocation de son visage qui lui était apparu telle une divinité l'aidait à retrouver un semblant de vitalité. Le souvenir, utilisé avec la parcimonie d'une drogue aux effets calmants, devenait un somnifère qui la couchait dans un rêve d'une douceur, d'une béatitude profonde. Cet amour impossible était sa béquille. Elle s'appuyait dessus pour se traîner d'un pas supplémentaire. Un pas, un jour, un souvenir. Un autre pas, un autre jour, toujours le même souvenir…

Elle soupira longuement et pénétra chez son mari. La maison était silencieuse. La chance, ce soir-là, fut de son côté. Le vieil homme venait de s'endormir. Elle était relativement tranquille pour le restant de la soirée. Remerciant la providence et sans faire de bruit elle se prépara à manger. Les filles de son mari de quelques années à peine plus âgées qu'elle, revenant de la fête, excitées, lui confièrent qu'un inconnu passait la nuit au village. Mirida pensa à l'homme qu'elle avait aperçu de l'autre côté de la rivière.

- Où est-il ? demanda-t-elle.
- Il a refusé l'hospitalité de notre chef. Il s'est installé près du torrent. Il a annoncé qu'il se reposerait quelques jours avant de repartir. C'est un jeune taleb.
- Un jeune instituteur, dis-tu ? s'étonna Mirida.

La plus jeune se leva, frappa dans ses mains et précisa :
- Oui ! Et il est comme un ange
- Le cœur de Mirida s'emballa.
- Un ange ? Et ses yeux ? As-tu vu ses yeux ?

La jeune fille avoua qu'elle ne s'en souvenait plus. Alors sa mère, qui écoutait derrière, sortie de nulle part, s'approchant à pas feutré, rompit son incognito.
- Bleus comme le ciel un jour d'été.

Mirida fit volte-face et s'exclama :
- Je parie que ses cheveux sont ceux du soleil ?
- Tu paries mal, railla la grosse femme. Ils sont noirs. Bien plus noirs que le charbon.

Pour masquer la déception qui apparut sur la transparence de son visage, Mirida activa les flammes du foyer. La face tournée vers les flammes, une larme perça le voile fragile qui tentait de la retenir. Elle coula le long de son nez brillant. Par un violent coup de tisonnier dans l'âtre, elle provoqua soudain un nuage de cendres et se redressa. Elle renifla bruyamment avant de parvenir enfin à sourire.
Dehors l'air frais lui fit retrouver son calme et sécha sa joue. Face à la somnolence de la nuit, elle se traita d'idiote. Pourquoi

tant se tourmenter, se dit-elle ? Est-ce donc la première fois qu'un voyageur s'arrête au village pour détendre ses pieds et ceux de sa mule ? Un fragment de lune tomba du haut d'un nuage et éclaira ses mains. Elles étaient rougies par le henné qu'elle avait préparé la veille pour sa voisine.

« C'est sûrement lui ! Suis-je donc devenue si bête depuis le jour de mes noces ? Il s'est teint les cheveux, mais, malgré sa ruse, ses yeux et sa beauté sont restés les mêmes. Il n'a pu les cacher »

Son enthousiasme retomba aussi vite qu'il était apparu.

« Mais non ! pensa-t-elle avec regret. Il doit être avec le sage Simoan. Il a retrouvé la mémoire et il a rejoint les siens. »

Troublée par cette dernière supposition, elle suivit le sentier qui menait jusqu'à la pierre fendue. Mirida possédait un caractère trempé et une bonne dose de bon sens qui lui dicta la conduite à tenir. Au lieu de te rendre folle à deviner sans savoir, court donc le regarder de plus près !

Anxieuse, elle stoppa à proximité de l'eau. Elle grimpa sur un promontoire et scruta attentivement le fond de la nuit. Elle vit une lueur. Un feu brûlait à quelques pas de cette fameuse pierre qui un jour d'orage avait dévalé du flan de la montagne ; elle s'était rompue en fin de course, tout près de l'eau.

Le jeune homme se déplaçait devant le brasier. Mais l'obscurité profonde l'empêchait d'apercevoir les traits de son visage. Elle s'approcha encore et se posta derrière un arbuste. La silhouette ne lui était pas étrangère. Elle l'observa avec plus d'attention. Il lui tournait le dos et s'était maintenant installé à même le sol. Il semblait ne plus vouloir bouger. Il était primordial pour elle de savoir. Elle se redressa donc, ostensiblement fit du bruit puis se dirigea d'un pas décidé vers l'inconnu. Si elle s'était trompée, elle saurait bien trouver une excuse.

Le voyageur entendit le bruissement du gravier et se retourna. Il ne vit, en premier lieu, qu'une silhouette légère qui avançait vers lui. Lorsqu'elle pénétra dans la lueur des flammes ils se reconnurent aussitôt, sourires immobilisés par la joie commune.

Les battements de leurs cœurs respectifs trahirent l'émoi qui les transportait. Mirida fut la première à recouvrer l'usage de ses mots.

- Mon beau génie ! Toi enfin…
- Mirida…ne sut que balbutier Mathias.

Il se précipita vers elle. Une force invisible tua sa timidité et il l'étreignit avec passion. La douceur de la jeune femme dans ses bras alluma un désir incontrôlé. Doucement il la repoussa. La nuit cacha son visage empourpré. Ses mains tremblaient tandis qu'un bonheur limpide irradiait le regard de la jeune femme. Avec délicatesse, il la fit asseoir près du feu.

- Je désespérais de te revoir un jour, commença-t-elle.

Mathias prit le temps de lui répondre. Il se plaça devant elle et rajouta un morceau de bois afin de mieux la contempler, jouir de sa beauté. N'était-il pas égaré dans un songe merveilleux ? Venait-il réellement de serrer contre lui cette jeune femme si séduisante ? Il se rendit à l'évidence. Mirida était bien là… Il répondit péniblement tant sa voix souffrait sous la force de la charge émotionnelle.

- Tu pensais  que je ne serais pas revenu ? Comment t'oublier ! Sans ton aide précieuse je ne serais qu'un tas d'os. Les bandits ne m'auraient pas épargné s'ils m'avaient rencontré. Pour eux, les fous sont des malfaisants. Je n'inspirais pas confiance quand tu m'as réveillé de mon cauchemar.
- Tu es guéri Mathias ! Je le vois bien... Tu prononces mieux les mots de chez nous…
- Je n'ai aucun mérite en cela interrompit le jeune garçon. J'ai eu... comment te dire, deux mères. L'une était la cuisinière de l'autre. Cette servante m'a appris sa langue. Elle était de cette région et elle me la décrivait à la moindre occasion. C'est sans doute pour ça, lors de ma folie, qu'instinctivement, je me suis dirigé vers ces montagnes.
- Et ta mère ? questionna Mirida.
- C'était l'inverse. Elle ne me parlait presque pas.

Mirida attendit la suite. Mais le garçon s'était tu.

- Maintenant plus rien n'a de l'importance, confia-t-elle. Tu as retrouvé ta raison, tu t'es souvenu de moi. Je sais que tu vas repartir car je ne suis qu'une montagnarde, mais je n'oublierai jamais le cadeau que tu viens de me faire : ta guérison.

Mathias contourna le foyer et la saisit avec douceur. Les yeux fermés elle s'abandonna. Elle était complètement grisée par son contact. La réalité était plus troublante encore que ses rêves. Le nez enfoui dans sa chevelure Mathias aspirait avec bonheur le parfum de Mirida. Seul le claquement des bûches qui brûlaient meubla la conversation tandis que le silence autour accordait l'instrument de leur amour. Les paroles n'avaient plus besoin d'être. Enlacés, ils firent connaissance, serrés l'un contre l'autre. Alors, timidement ils se donnèrent leur véritable premier baiser. Puis à contre-cœur Mathias se défit de cette prison charnelle et questionna maladroitement :
- Ton mari ?

 Le charme se brisa net. Mirida répondit :
- Il est vivant ! Mais il ne passera pas l'hiver… Azraïl viendra bientôt le tirer par les pieds.
- Tant mieux, décréta-t-il naïvement.

Dans la seconde, il réalisa ce qu'il venait de dire. L'incongruité de cette répartie n'avait pourtant pas choqué la jeune femme. Toutefois elle préféra changer de conversation et lui demanda s'il se souvenait enfin de sa vie passée
- Oui ! affirma-t-il simplement dans un soupir.
- Raconte-moi beau génie ! Que t-est-il donc arrivé pour que tu perdes ainsi l'esprit au point d'imiter les ours ?

Il hésita.
- Simoan m'a posé plusieurs fois la question. Je lui ai fait croire, grâce à sa bonne volonté, il est vrai, que je n'étais pas totalement guéri.

Mirida gênée précisa :
- Si tu ne veux rien dire, mes oreilles n'ont que faire de ce que ta bouche ne veut pas révéler.

- Toi c'est différent, la vérité t'appartient ! appuya-t-il.
- Pourquoi ? demanda-t-elle avec un peu d'hypocrisie.
- Parce que…

Ému, il avoua :
- Durant l'hiver, ton image ne m'a pas quitté, parce que j'ai un sentiment pour toi si fort qu'il est hasardeux, impossible, de le mesurer avec de simples mots !

La future veuve n'avait vécu durant ces derniers mois que pour ce moment-là. Pour entendre ces mots-là.
Transporté par cette déclaration pompeuse mais sincère, il la tira par la main. Mathias, dominé par son élan amoureux, lâcha la phrase glorieuse qui le brûlait, cette phrase qui avait gagné le droit d'être prononcée.
- Parce que je t'aime.

Il répéta radieux :
- Je t'aime ! Je t'aime ! Je t'aime !

Éclatant de rire, Mirida lui fit signe de se taire.
- Tu vas réveiller toute la montagne et mon vieux mari avec !

Cette première déclaration de leur vie jeta, sur le calme revenu, un embarras palpable. Pour le masquer, Mirida prit prétexte de rechercher quelques brindilles pour les nicher dans les flammes vacillantes. Mathias recula dans une zone d'ombre. Il ne voulait pas que sa dulcinée aperçoive son trouble. Il annonça :
- Je sais pourquoi les soldats me cherchent…

Mirida cessa son manège et se retourna. Elle fixa sa silhouette à quelques pas du foyer. Puis elle se redressa et se blottit dans ses bras.
- Tais-toi ! chuchota-t-elle. Si tu ne veux pas te confier, attends que je sois partie et parle au vent, à la nuit. Eux t'écouteront sans danger…
- Non, la nuit angoisse mes jours. Écoute ! Si je me suis enfui, au point de n'être plus qu'un égaré à moitié sauvage, c'est…

Un doigt s'écrasa sur sa bouche.
- Plus tard…

Glissant furtivement vers le creux du menton l'index impudique effleura avec une infinie délicatesse la commissure des lèvres de Mathias. Sa bouche frémit, hésita à céder à cette caresse surprenante. Alors Mirida se haussa sur la pointe des pieds et posa doucement sa bouche sur la sienne. Sous la poussée du désir, les deux corps perdirent l'équilibre. Ne faisant plus qu'un seul être ils roulèrent sur le sol. Le baiser dura une éternité.

Derrière eux, dans l'obscurité, un craquement à peine audible désigna une présence étrangère. Tapie, aux aguets elle les épiait silencieusement.

Mathias se redressa, il s'appuya sur un coude et il écouta. « Ce n'est rien ! » souffla-t-il. Il se retourna vers la jeune femme. La poitrine haletante de cette folle étreinte, les lèvres envieuses et tendues, la jeune berbère reposait, alanguie, confiante sur le gravier. Inspiré par le feu de son cœur Mathias se releva. Elle était la première fille qu'il embrassait. Une fille qui possédait une peau si douce, des mouvements si gracieux. Il pouvait la tenir serrée à volonté. La première... Il était impossible qu'elle ne le sache pas. Aussi le lui avoua-t-il naïvement. Mirida lui répondit avec un sourire désolé qu'il n'était pas le premier. Elle eut envie de raconter sa première nuit cauchemardesque, le jour de ses noces. Mais elle se ravisa.
- Moi aussi je t'aime ! avoua-t-elle, comme pour se rassurer de la folie qui les entraînait de plus en plus loin. Depuis l'instant où je t'ai vu, je n'ai pas cessé de penser à toi. Je t'aime sans retenue… Au point de faire tout ce que tu désires…
- Tout ce que je désire…reprit-il songeur.
- Oui tout !
- Alors tu vas m'écouter.

Elle haussa les épaules.
- Puisque tu y tiens tant !

Mathias s'assit en tailleur sur sa couverture et se plongea sans plus attendre dans une description compliquée de sa famille avec une voix chargée d'émotion. Il détailla avec précision les différents titres de noblesse de chacun, les fortunes réciproques, récit un peu embrouillé où Mirida eut beaucoup de mal à s'y retrouver. Mais soucieuse de ne pas trahir son ignorance elle acquiesçait, feignant une trompeuse assurance.

Mathias poursuivit en parlant de son père :

- Il était riche et voulait que le monde se plie à sa volonté. Mon grand-père paternel était banquier. Là-bas de l'autre côté des mers... C'était un étranger. C'est aussi de lui que je tiens mes cheveux blonds et mes yeux bleus…

- C'est quoi un banquier ? demanda Mirida.

- Un homme qui achète l'argent pour le revendre. C'est l'arme la plus redoutable. Elle dicte les lois et commande les hommes.

- Les fusils, les sabres ne sont-ils pas les plus forts en temps de guerre ?

- Non ! La force ne peut naître sans la richesse. C'est justement pour ça que notre famille a été épargnée durant les conflits. J'ai compris ce que représentait cette puissance qui te lie mieux que des sangles, qui te cloue comme au pilori et qui t'égoutte de ton énergie jusqu'à ce que tu crèves, vidé.

Mirida le ramena à la réalité de son récit. Coupé net dans son emportement littéraire, il reprit :

- Mon père s'appelait Théodore. Quand mourut le sien, durant la cérémonie, je l'ai observé longuement. J'étais tout jeune mais cela m'a frappé. Ce jour-là mon père se transforma d'une façon étrange. Jusqu'alors, il avait obéi à l'exemple du soldat aveugle devant son général. Après le départ du vieux banquier vers l'au-delà, il se passa quelque chose d'assez effrayant. On aurait dit que mon grand-père venait de se réincarner sous les traits de son fils. Son âme avait soudain investi le corps de mon père en chassant la sienne. Théodore qui avait toujours eu le dos voûté se métamorphosa en une fière raideur, la même que le défunt. Les expressions de son visage se firent plus dures. Les yeux se rétrécirent, la voix se mua, le ton devint brusque, sourd, cassé, autoritaire. La chaleur était insupportable. J'ai même eu envie de vomir. Je suis persuadé, aujourd'hui encore, que ce n'était pas mon grand-père qu'on enterrait mais plutôt son fils. Depuis cette époque j'ai eu peur de lui. Il n'était qu'un fantôme, une sorte de personnage inquiétant et surnaturel. J'ai eu peur de l'aimer... Peur de le décevoir... Peur de lui ressembler...

- Et ta mère ?
- Oh mon père la considérait comme une étrangère. Il ne l'avait épousée que par intérêt. Elle n'essaya jamais de lutter. Il était maître sur ses terres, cela seul importait. Il était barricadé dans une attitude cloîtrée, un espace égoïste où personne n'avait le droit de pénétrer.

Mathias s'arrêta.
- Que s'est-il passé, encouragea Mirida.
- On la retrouva morte dans la rivière. Elle était tombée du haut de la falaise. Dans la chambre où elle reposait, avant que l'on vienne la mettre en bière, je n'ai pas quitté le visage de mon père. J'attendais des larmes mais elles ne sont jamais venues. J'ai éprouvé sur le moment de la haine à son égard. Ensuite mon univers a basculé. J'ai l'impression, quand je repense à ça, que le jeune garçon qui courait dans les collines, qui traversait la rivière était un autre que moi. Les visages que j'ai connus, tous les sentiers que j'ai parcourus, sont restés gravés dans ma mémoire. Ils m'apparaissent brouillés comme si je les voyais à travers une vitre inondée par une eau tourbillonnante.
- Ensuite ?
- Quelques mois plus tard, nous nous sommes disputés. Cela devait arriver... Un événement grave eut lieu. Ce que j'avais découvert m'incita à penser avec une quasi-certitude que mon père n'était pas étranger à la mort soit disant accidentelle de ma mère. J'avais un torrent de mots, plein de questions à déverser. Et j'ai craqué. Malheureusement il n'a rien voulu me confier, il s'est obstiné. Alors je l'ai acculé en avouant ce que j'avais découvert. J'ai senti qu'il était ébranlé et j'ai constaté dans son regard que je détenais la vérité. Sa mauvaise foi, son mutisme ont fini par me mettre hors de moi. Je voulais qu'il parle.
- Qu'as-tu fait ?
- J'ai décroché son fusil qu'il tenait suspendu au-dessus de son bureau. Je savais qu'il était chargé en permanence.
- A-t-il eut peur ? questionna-t-elle.

- Oui je crois ! Je tenais l'arme avec laquelle il avait conquis son territoire.

- Comment en êtes-vous arrivés là ?

- C'était sans doute écrit, diraient certains. Conscient du danger, devant ma violence incontrôlée, il préféra avouer. Mais avec un tel cynisme, avec tant de cruauté dans ses paroles, qu'au lieu de me calmer cela ne fit qu'accentuer ma fureur. Je l'insultais, le traitais d'assassin. Alors il libéra tout comme moi sa brutalité. Il m'injuria à son tour, en oubliant le canon que je tenais braqué sur son ventre. Il m'a menacé en affirmant que pour lui j'étais déjà mort. Je n'avais jamais existé à ses yeux. Au paroxysme de notre mutuel acharnement il fit un geste déplacé certainement pour me désarmer. Mais je ne me souviens pas de ce qui s'est passé réellement. Je ne voulais pas le tuer. Juste lui faire peur. Sauf que cette arme noire, cet objet qui avait déjà ôté des vies possédait une gâchette gourmande qui répondait à la moindre sollicitation. Le coup de feu est parti…

Revivant ce moment terrible, Mathias s'arrêta. La gorge nouée. Mirida se rapprocha et s'empara de sa main. Elle attendit qu'il veuille bien reprendre.

- Je n'avais jamais tiré au fusil. Le bruit assourdissant, l'odeur de la poudre dans cette pièce fermée et sombre, le cri terrorisé du serviteur devant le corps de son maître et devant l'horreur de ce geste que je ne comprenais pas, ainsi que ces yeux ouverts qui me fixaient interrogateurs, ce sang noir, épais que buvait le tapis, je sombrais dans la folie. Je ne sais pas comment j'ai pu m'enfuir et parcourir un si long chemin pour me trouver hagard au col de l'arbre.

- Mais les soldats ?

- Logiquement ils devraient être à ma recherche. Mon père était riche. C'était une personnalité, proche du sultan. Je ne peux pas dire. Je n'ai aucun repère. Qu'est devenue aussi la propriété ? Je n'en sais rien.

- Que t'avait-il dit de si odieux ?

Mathias ne répondit pas. Il n'ouvrit la bouche que pour sourire et conclure :

- Pas maintenant Mirida ! Pas encore, je n'aurais jamais dû t'en parler si tôt.

Pelotonnée dans ses bras, elle l'embrassa encore tendrement, amoureusement.
- Serre-moi fort.
- Je vais te casser…
- Non ! N'aie pas peur. Serre-moi fort contre toi.

Il obéit la prenant dans ses bras.
- Tu penses que je ne t'aime pas ? demanda-t-il.
- Peut-être…
- Et pour quelles raisons suis-je donc revenu ?
-  Pour me voir…

Éberlue, il répondit :
- Je ne comprends plus !

Mirida secoua sa robe et ses cheveux. Elle éluda la réponse :
- Regarde dans quel état je suis.

 Plaisantant, elle se colla  à nouveau contre lui.
- Combien de temps resteras-tu ici ?
- J'ai dit au chef du village trois jours environ.
- Après, quels sont tes projets ? Où comptes-tu aller ? Où vas-tu vivre ?
- Je dois rejoindre Simoan. Je lui en ai fait la promesse. Ensuite, je n'ai aucune idée…
- Et ton ancienne maison comptes-tu y revenir ?
- Cette idée me poursuit. C'est dangereux. Je risque de me faire prendre…
- Fais attention Mathias, recommanda-t-elle, en lui baisant les mains.

# La loi du plus rude, du plus rusé

Mirida aurait aimé rester davantage. En outre, elle n'était guère rassurée. Le vieil Ali pouvait se réveiller et la réclamer. L'autre épouse s'étonner aussi de son absence. Sa volonté la poussait à rentrer seulement le corps n'obéissait plus. Leur amour était en villégiature parmi les étoiles. Il n'y avait plus rien de temporel que leur seule union. Mathias n'osait plus la toucher. L'amour, celui des caresses, des baisers, l'attirait mais il était retenu et, ne l'ayant encore jamais fait, il se retranchait dans une attente fébrile. Elle, au contraire, toute recouverte du moment délicieux qu'elle était en train de vivre, se contentait de tenir la main de son bien-aimé, de la caresser, de la couvrir de baisers. Pourtant elle fut la première à rompre le charme.
- Je dois m'en aller ! expliqua-t-elle.

La timidité pousse aux actes les plus fous, Mathias l'attira puis l'embrassa fougueusement. Mirida n'offrit aucune résistance et relégua pour plus tard son retour auprès de son mari malade.

Gauchement Mathias essaya de la dévêtir. Ne sachant comment s'y prendre, il s'enferma dans un sac de maladresses. Prenant l'initiative la jeune femme l'attira avec décision vers le lit de gravier. Tremblant, impatient et honteux à la fois, tendu comme un arc, il se laissa faire ; le couvrant d'un sourire énigmatique, elle souffla :
- Beau génie ! Je vais t'apprendre…

Les sentiments retournés, les yeux à demi-fermés, et le ventre creusé, le jeune homme vivait un rêve. Avec délicatesse, avec amour, elle le déshabilla afin que plus rien ne la sépare de ce corps dont elle avait si grande soif. Elle lui montra comment il devait s'y prendre. Mathias s'apaisa, s'abandonna aux mains légères, aux lèvres chaudes et humides. L'espièglerie de cette langue étrangère, douce et fruitée, le troubla. Les frissons qui avaient envahi ses membres disparurent. Étendu, nu, il accepta alors sans pudeur l'euphorie de son sexe dressé. Encerclé dans ses intimes retranchements, il poussa alors un gémissement de stupeur, de plaisir, quand la bouche habile le captura avec une audacieuse et touchante précaution.

Il la supplia de se dénuder. Alors sans un mot elle obtempéra. La peau en flammes, elle le rejoignit toute pressée de nouer son corps au sien par la clef arrogante qui se tendait fièrement.

Les instants qui suivirent les soulevèrent en terre sauvage, les conduisirent vers une terre baignée d'espérance et de joie. Mirida connut son premier trouble. Dans le profond des yeux clairs de Mathias, elle découvrit ce que pouvait être l'amour. Dans un murmure elle lui jura fidélité.

La tête blottie contre son épaule elle rêva un bref instant qu'elle était enfin libre de pouvoir s'endormir près de l'être aimé. Mais à regret, elle s'extirpa de cette douce et trompeuse léthargie et se vêtit rapidement. Mathias la regarda s'agiter.

- Quand reviendras-tu ? se renseigna-t-il.
- Demain ! Je dois laver le linge…
- Et si nous nous retrouvions à la grotte ? proposa-t-il.

L'idée était excellente.

- Quand le soleil chauffera au plus haut, répondit-elle. C'est le meilleur moment. Les villageois restent chez eux pour manger. J'en profiterais pour me faufiler. Je trouverais bien une excuse. Toi par contre, tu pourrais partir tôt demain et m'y attendre. Te souviens-tu ? Mais il fait encore frais. Couvre-toi bien.

Il soupira.

- Oui ! Et nous serons ensemble.

Sa soif renaissant, il sauta sur ses pieds et tenta de l'embrasser.
- Il faut que je parte. Laisse-moi m'en aller…

Déçu, il la laissa partir. Elle disparut sans se retourner.

La vie était belle. C'était nouveau.

Mathias devant le trou noir de la nuit qui s'était refermé sur sa bien-aimée était partagé entre la tristesse de se retrouver seul et la fierté de son exploit d' homme. Il rangea ses affaires, réanima le feu, et se glissa sous la couverture. Il eut du mal à trouver le sommeil. Il était trop excité par ce qu'il venait de vivre.

Mirida aimait l'obscurité pour la paix qui s'en dégageait. Elle s'y sentait protégée. Lorsqu'au détour du sentier surgissait un espace plus sombre que les autres, une ombre plus inquiétante, plus énigmatique aussi, elle imaginait qu'un regard surnaturel et bienveillant la surveillait. Peut-être s'agissait-il de son père ? se plaisait-elle à penser. Mais rien n'était sûr.

Le mystère de la nuit allégeait ses jambes. Il donnait une autre dimension à ses sentiments. Elle regrettait aussi de ne pas avoir d'immenses ailes pour voler comme les aigles, très haut dans le ciel, vaincre sans effort les cimes pour respirer l'air sacré des nuages.

Le claquement d'une branche brisée attira son attention. Sans doute un petit animal crut-elle innocemment. Elle s'arrêta un instant au bord de l'eau. Elle avait soif. Penchée, le nez enfoui dans le bol de ses mains, elle se désaltéra. Mais un deuxième craquement, plus prononcé, la fit se redresser promptement. Elle sentit brusquement une présence dans son dos. Elle eut peur et se retourna.

Sala, le fils du tisserand, main droite posée sur son poignard, lui demanda :

- Te promènes-tu ainsi toutes les nuits rejoindre les voyageurs ?

Le piège tendu avec art se refermait une nouvelle fois sur elle. Ce chasseur-là ne respectait rien. Il ne connaissait pas la pitié. Blême, elle répliqua toutefois :

- Tu te trompes ! Je voulais juste prendre l'air. Je ne savais pas qu'un muletier campait.

Elle se raidit et posa la question s'attendant au pire :

- Que veux-tu ?

- Le même cadeau que tu as offert à l'autre, précisa-t-il sans vergogne.

Une boulette de sueur dégoulinait le long de son nez, signe de son excitation. Il s'essuya rapidement du revers du pouce et fit un pas vers elle. Mirida bloquée par le torrent n'avait aucun moyen pour se défiler. Elle serra les poings pour juguler sa peur et, faisant face à l'inévitable choc, elle tenta de l'intimider une dernière fois.

- Si tu approches davantage, je crie de toutes mes forces ! Gare à toi si l'on m'entend !
- Sûr de ses atouts, il persifla :

Tu ne donneras pas l'alarme. Ton petit ami est recherché par les soldats. Il a tué son père… J'ai tout entendu ! J'ai même tout vu…
- Oh ! Ignoble…Ignoble…
- Mais si tu es soumise et douce, je ne dirais rien. Sinon, à la première heure je le dénonce…

La gifle partit. Sala s'y attendait et il para avec son coude. Elle eut mal et il éclata d'un rire désagréable. Méprisant, abject, il considérait ses actes justes, des actes dictés par la loi du plus rude, du plus rusé. Il avait fait sienne celle du lion toujours à l'affût d'une proie. La femelle n'avait qu'à s'incliner.

Elle se cambra, s'élança sur le côté gauche mais le bras d'acier, trop vif pour un gibier si désemparé, la captura au passage. Il tenta de la retrousser. C'était son habitude. Il n'aimait que dans la violence. Mirida, vaillante se débattit de toute la vigueur dont elle était capable. Mais le combat restait par trop inégal. Pour sauver son aimé il ne lui restait qu'à se taire, se soumettre. La promesse de vengeance qu'elle avait formulée quand il avait abusé d'elle lui revint en mémoire. Sur le point d'admettre encore sa défaite, sa main droite accrocha le poignard. Elle tira sans réfléchir et recula, un pied dans l'eau, le bras tendu et l'arme menaçante, éblouissante de désespoir. Elle l'invectiva :
- Recule sale porc ! Recule ou je te troue comme un bouc !

Sala entendit le conseil mais ne le comprit pas. Aveuglé par son désir, et certain qu'elle n'oserait pas, retranché dans l'évidence de sa force et de ses réflexes, il fonça sur elle.
- Chienne ! dit-il. Les femmes n'ont aucun droit sur les armes des guerriers… Excepté celle de notre ardeur !

Il voulut la désarmer. D'un geste guidé par la haine exacerbée par cet odieux chantage, elle enfonça la lame brillante dans le

ventre musclé. Jusqu'à la garde… Hébété, il stoppa net. Son immense corps brusquement se figea dans une stature idiote. Les yeux écarquillés, ahuris, il articula :
- Non ! Non !

Mirida retira sèchement l'arme. Sous la douleur Sala se plia en deux en essayant encore de la ceinturer. Dans la lutte, elle lui accrocha la gorge d'un deuxième coup et finalement il lâcha prise et s'écroula lourdement, si près du torrent, qu'il faillit être emporté. Le fils du tisserand demeura immobile et silencieux. Dans un dernier hoquet, un liquide jaune s'échappa doucement de sa bouche et se mélangea au sang des blessures mortelles.

Quand elle parvint à s'extirpa de la stupeur de son geste, de ce cauchemar, elle était encore agenouillée devant le cadavre. Combien de temps était-elle restée prostrée devant cet homme qu'elle venait d'assassiner ? Il voulait dénoncer son beau génie, et la déshonorer encore. Il méritait bien son sort ! Pourtant la vie était sacrée. Pourquoi donc Dieu avait-il permis cela ? La situation était désastreuse. Demain le corps de sa victime serait découvert, demain l'épouse chanterait son absence, demain elle serait accusée. Demain…
Prise d'un malaise subit, elle réalisa alors la monstruosité de son geste. Que faire ? songea-t-elle. Elle pensa à son beau génie et se précipita à la pierre fendue en abandonnant le corps du tisserand.

Mathias avait fini par s'endormir. Elle le secoua énergiquement en lui laissant à peine le temps d'ouvrir les yeux. Elle se jeta ensuite dans un flot d'explications haletantes et si compliquées que le garçon ne comprit rien sur l'instant. Il tenta de la calmer et demanda de reprendre calmement depuis le début.
- Je l'ai tué ! pleura-t-elle. Je l'ai tué...
- Mais qui ? s'écria-t-il gagné par la panique contagieuse de la jeune femme.
- Sala ! Il voulait te dénoncer si je ne lui cédais pas.

Mathias ne répondit pas. Ce nom ne lui disait rien. Par contre ce qu'il retint c'est que l'homme en question était sur le point de le dénoncer. Elle l'avait tué avec un poignard. Étrangement lucide il se leva et plia sa couverture tandis que Mirida répétait en boucle le drame qu'elle venait de vivre l'entrecoupant de sanglots et de reniflements.

- On s'est battus ! Il avait une arme et je l'ai tué.

Enfilant ses chaussures il demanda.
- Tu es certaine qu'il est mort ?

 Déconcertée, elle eut une moue dubitative.
- Il est tombé ! Ensuite il n'a plus bougé.
- Allons voir ! ordonna-t-il.
- Non je ne veux pas y aller ! Azraïl doit le garder, s'écria-t-elle prise d'affolement.
- Ne t'inquiètes pas ! Reste là. Prépare mes affaires. Il faut fuir. Tu ne peux pas rester chez toi.
- Je n'ai jamais été chez moi dans ce village ! répondit-elle, pleine de colère.
- Alors c'est une raison supplémentaire pour filer.

Mathias découvrit le corps étendu. Il avait un bras dans l'eau et une jambe repliée sous le ventre, à une centaine de mètres du village. Il le détailla longuement… Son visage, à peine éclairé par un rayon de lune, lui sembla familier. Il effleura du doigt le cou mutilé et posa la main sur le cœur. Nul souffle ne l'agitait. Apercevant alors le poignard gisant par terre il s'en empara avec précaution et l'examina attentivement. La longue lame acérée était maculée d'un sang épais rouge et sombre. Dégoûté, il le jeta mais il se ravisa aussitôt. Dans leur position cette arme risquait dorénavant de leur servir. Il la récupéra, la nettoya dans le torrent puis la sécha avec de l'herbe fraîche. Ensuite, il défit la ceinture du mort, la boucla autour de ses reins et il y glissa son trophée.

Des voix étouffées le firent tressaillir. Des femmes parlaient mais dans la nuit il eut du mal à définir si elle étaient éloignées ou pas. Il attendit un instant puis précautionneusement tira le corps dans les fourrés pour retarder un peu sa découverte.

Il se sauva et rejoignit Mirida qui déjà finissait de charger la mule.

- Viens ! chuchota-t-il. Il est bien mort. Et nous devons nous éloigner le plus vite possible.

La prenant par la main, il l'entraîna. Et la peur au train, il ouvrit le chemin. Ils fuirent ainsi toute la nuit, le jour, encore la nuit et un autre jour avant de chercher enfin un véritable repos.

## Être saint ne veut pas dire être dupe

Harassés, les membres lourds, mais heureux d'être parvenus au terme du voyage, ils gravirent un dernier sentier et la ville leur apparut sous un soleil couchant rose carminé. Vaste étendue de terrasses, de maisons blanches, la ville orgueilleuse, prisonnière des collines, frémissait d'une effervescence grouillante en ses entrailles.

- C'est Fès, dit Mathias. Nous y sommes enfin.

Mirida n'était jamais allée dans une ville d'une telle dimension. Confondue devant ce spectacle grandiose, elle n'avait jamais croisé une foule si grande. Au fur et à mesure qu'ils s'étaient rapprochés de la cité, la défilé des mules, des chariots, des voyageurs, était devenu plus long, plus dense et plus oppressant aussi. Ses sens en étaient malmenés.

- Comment allons-nous faire dans cette cohue pour trouver notre chemin ? demanda-t-elle.

Il la rassura.

- Ne t'inquiètes pas ! Ce soir nous irons dormir dans une auberge à proximité de l'une des portes d'entrée. C'est Simoan qui me l'a indiquée.
- Et pour payer ?
- Il m'a donné de l'argent. Demain nous nous mettrons à sa recherche. Son frère était riche et nous aurons tôt fait de trouver sa maison.

Ils reprirent la route. Quand ils passèrent sous la porte des Charognes le soleil était bas. Le quartier était encore animé et il les enveloppa. Désorienté, le jeune garçon se perdit malgré les explications du vieux Simoan. Ils aperçurent un homme de grande taille qui vendait de l'eau. Dans un costume chamarré, à l'abri du soleil sous un chapeau multicolore, avec ses outres coincées dans le dos, il avait fière allure. Cet homme arpentait les rues depuis plus de trente ans pour épancher la soif des fassis. Ils le rattrapèrent :
- Nous voulons boire.

Acquiesçant, il remplit la coupe attachée à sa ceinture et la présenta.
- D'abord elle ! dit Mathias.

L'homme haussa les épaules et tendit la coupe à Mirida qui s'en saisit. Mathias but à son tour et lui tendit ensuite deux piécettes. Le porteur d'eau refusa la seconde et précisa :
- Pour ta femme c'est cadeau…

Mirida, surprise, le remercia. Elle était loin de sa tribu et de ses rudes coutumes.
- Puisque tu es si aimable, peux-tu nous indiquer un refuge pour la nuit ? Nous t'en serions reconnaissants.
- Vous avez de l'argent ?

Prudent Mathias répondit :
- Pas beaucoup.
- Je vois… à mon avis vous trouverez de la place près d'ici. C'est une baraque où s'entassent les voyageurs avec leurs mules et leurs bagages. La paille n'est pas souvent changée Un jour, le feu emportera tout ce fatras…

Il vit aux têtes que firent les deux jeunes gens que cette solution ne les tentait guère.
- Mais si votre bourse le permet, après le marchand de soupe, vous trouverez une ruelle si petite qu'on peut toucher les deux murs avec les bras tendus. Au fond, il y a une immense porte en bois jaune. Ce n'est pas une auberge… C'est plutôt une maison bourgeoise qui propose le gîte. Si vous avez de la chance, vous aurez peut-être une place et un coin de la cour pour votre mule.
- Pourquoi de la chance ? Y a-t-il tant de monde ?
- Le propriétaire choisit sa clientèle… Si votre aspect ne lui convient pas ce ne seront pas vos pièces qui le feront plier. C'est un original.

Ils le remercièrent et s'en allèrent en pressant le pas.

L'entrée en question était encombrée par une grappe d'enfants déguenillés. Le lieu présentait un aspect anodin. Pas d'enseigne et rien pour annoncer aux passants que l'on pouvait s'y arrêter. La porte n'était pas fermée. Dans un coin, des ordures, un chat crevé, donnait à l'impasse un aspect repoussant qui semblait nullement gêner les petits qui jouaient. Ils ignoraient la douceur d'un vêtement lavé dans l'eau glacée du torrent Timouta, pensa Mirida qui échangea avec son ami un long regard interrogateur. Ensemble ils poussèrent la lourde porte.

Un couloir les aspira. Quand ils débouchèrent au fond, un cri d'émerveillement leur échappa. La cour de la maison recelait un véritable trésor. Le contraste avec la rue était déconcertant. Couvert d'une mosaïque de fleurs multicolores, d'une myriade de cœurs grenats auréolés de pétales décorés par un collier de mousses lumineuses accrochées à de minces rigoles ornées de céramiques azur, ce patio resplendissait à la manière d'un soleil dans le noir absolu. Des filets d'eau chantaient, se perdaient dans un labyrinthe de pierres et de nénuphars épars dans un désordre étudié. Des tourterelles roucoulaient sur le rebord d'un chaudron rempli d'une terre jaune. Tous les jours une main affectueuse y jetait une poignée de graines. Cette oasis de pureté dans ce quartier de saleté, cette note de musique dans ce brouhaha infernal de bruits, de cris, ce parfum dans la puanteur échappée des tanneries proches, des relents de friture, des effluves nauséabondes, envoûtait dès que l'on franchissait le seuil. Ils ne s'attendaient pas à jouir d'un tel spectacle.

Les chambres donnaient sur un couloir ceinturant ce minuscule paradis. Des colonnes supportaient le poids de plusieurs étages. Chaque occupant de n'importe quelle pièce n'avait qu'à ouvrir sa porte, traverser le couloir et se pencher pour admirer le jardin merveilleux.
Les clients de cette belle maison discutaient ainsi, accoudés, profitant des dernières lueurs du jour et de la fraîcheur du soir.
Mathias s'enquit auprès du premier venu de la présence du propriétaire. On lui répondit qu'il devait se trouver à la gargote, devant un verre de thé.
- Comment est-il ? se renseigna le garçon

- Si laid qu'il est impossible de ne pas le remarquer ! Il est borgne de surcroît...
- Ses habits ?
- Noirs ! Il s'habille toujours de noir.

Loti de ces renseignements précieux, ils se dépêchèrent. Le propriétaire les reçut courtoisement. Son habit et sa calotte étaient noirs. Avec son œil crevé, son nez tordu il ressemblait, pensa Mirida, à un corbeau. Une chambre restait inoccupée... Touché par les compliments qu'elle lui fit au sujet de son joyau de verdure, il la leur proposa pour une somme modique.
La mule eut droit à un coin de paille. Leur voyage mouvementé les avaient épuisés. Ils s'endormirent en oubliant qu'ils étaient, pour la première fois, réunis dans un même lit.

Le lendemain, un gamin les réveilla. Il était tard. Une jeune femme nettoyait les chambres, arrosait les carrelages à coup de seaux d'eau. La propreté de la maison était connue. Il n'y avait plus personne. Ils étaient les derniers.
Ils se dépêchèrent donc de quitter les lieux. Avant de récupérer la mule, ils achetèrent des beignets et des olives fourrées. Leur faim calmée, ils se lancèrent à la recherche de Simoan. Le sage qui venait d'hériter.

Dans une rue étroite de la médina, ruisselante de monde, une mule, outrageusement chargée par son portefaix défiait les lois de l'équilibre. Elle obstruait le passage. Un enfant fut bousculé par l'animal apeuré et tomba dans une flaque sans que personne ne fasse attention à lui. Maculé de boue, le gamin se releva et recroquevillé contre le mur pleura à chaudes larmes. Ce qui devait arriver se produisit.
Le chargement de bois qui pliait le maigre dos de la pauvre bête s'écrasa sur les passants, blessant légèrement une femme noire à la jambe. Celle-ci couvrit d'injures cet inconscient qui avait chargé ainsi sa mule. Ce dernier n'apprécia pas d'être ainsi pris à partie par une femme, noire de peau de surcroît ; il détourna son regard et ne daigna même pas lui offrir un mot d'excuse.
Cette femme s'appelait Rouna. Elle était au service de la fille d'un bourgeois. Cette dernière l'avait envoyée très tôt le matin

se renseigner auprès d'une marieuse sur un homme, un fils de famille, que son père exigeait qu'elle épouse. Le rendez-vous avait été fixé au hammam mais la marieuse n'était pas venue et Rouna, fort en colère, était repartie.

Elle trouva donc en cet homme grossier une occasion pour lâcher sa mauvaise humeur. Sa condition de femme inexistante risquait moins à se rebeller devant un simple déménageur que devant une marieuse ou la femme d'un bourgeois. Le portefaix qui peinait pour ramasser son bric-à-brac répondit vertement quand elle lui montra sa jambe égratignée. Ulcérée, Rouna n'attendait que ça. Fondant sur lui, elle essaya tout bonnement de l'assommer à coups de panier.

En quelques secondes la populace, friande de ces bagarres de rue, entoura les protagonistes. Le spectacle promettait d'être fort divertissant. L'homme était grand et pesait presque autant que sa mule alors que la femme aurait pu se blottir dans son sac.

Elle essaya d'abord de l'atteindre au visage en essayant de le griffer. Hilare, le rude gaillard l'envoya bouler du revers de sa puissante main. Rouna se releva comme un serpent venimeux à qui l'on aurait marché sur le corps, cracha avec mépris dans sa direction et l'invectiva de la plus outrageante des façons. Elle se jeta encore sur le géant et réussit à lui arracher le turban bleu qu'il arborait noblement ; elle le brandit comme un étendard devant les badauds hilares. Puis rageusement elle le piétina en ricanant de toute sa hargne. L'homme perdit alors patience et il eut une réaction inattendue, violente.

La farce se mua en tragédie. Il se jeta sur Rouna et lui décocha son poing gauche dans la figure. La pommette ouverte, la robe blanche fut entachée de sang. La foule méduséé cria de stupeur. Indignation et admiration se côtoyant, chacun ayant pris parti pour l'un ou pour l'autre.

Rouna se releva avec une certaine difficulté, aidée par Mathias qui se trouvait derrière elle. Courageuse, elle voulut continuer le combat. Le garçon la retint alors par les épaules. Pour la calmer il lui chuchota dans le creux de l'oreille :

- Il va te tuer, c'est une brute ! Un jour il tombera sur un plus fort… Laisse-le !

Rouna ne voulant pas l'entendre ainsi. Elle tenta de se dégager mais prise soudain d'un vertige, elle accepta de capituler. La populace fort déçue commença à se disperser. De son côté le portefaix comprit qu'il était débarrassé de cette peste et il s'en retourna à son chargement. Mirida se pencha alors sur la figure de la jeune femme ; elle n'avait rien sur elle pour la nettoyer.
- Il faudrait un peu d'eau, dit-elle.

L'esclave fut alors sur le point de défaillir. Ils la juchèrent sur la mule et ils se mirent à la recherche d'une fontaine. Pendant ce temps, Rouna reprit ses esprits et récita avec une nouvelle et véhémente énergie un autre flot d'injures.
- Le lâche ! Le porc ! Ce sale pouilleux ! Cet immonde scorpion !

Mathias voulut répondre que ce n'était pas la peine de jurer de la sorte puisque le principal intéressé n'était plus là mais il se ravisa. Mirida intervint :
- Oublie tes injures. Elles ne servent à rien. Il a profité de sa force mais dans son crâne il n'y a pas le moindre courage. Par contre, tu as été magnifique.
- Merci beaucoup, répondit Rouna, mais je suis comme ça ! Il y a des instants où l'on voudrait, non pas être un homme, mais avoir la même force pour leur faire ravaler les humiliations et l'égoïsme dont ils nous accablent.
- Heureusement il n'est pas toujours besoin d'avoir de la force pour les vaincre, se défendit Mirida.

Rouna oublia sa joue et voulut sourire, ce qui lui arracha une mauvaise grimace.
- De toute façon nous sommes plus lestes dans nos idées.

Mathias commençait à se sentir de trop. Il ne put s'empêcher de remarquer :

- Pas si leste que cela… Autrement tu ne te serais pas attaqué à cet homme. Après tout, il ne l'a pas fait exprès de te blesser à la jambe !
- Et le coup de poing sur ma figure est-ce par inadvertance qu'il me l'a donné ? rugit-elle.
- Non ! Mais avoue que tu as tout fait pour qu'il se mette en colère.

Rouna le toisa dédaigneusement et persifla :
- Ils sont tous pareils !

Puis s'emparant de la main de Mirida, elle lui demanda :
- Que puis-je faire pour toi ? En remerciement de ton aide…

Et comme elle n'avait pas de rancune, elle se tourna aussi vers Mathias :
- Ainsi que pour la tienne.

 Mirida profita de l'occasion.
- Nous sommes à la recherche d'un de nos amis. Il s'appelle Simoan et il vient d'hériter de son frère.
- Un notable ?
- Oui ! Un bourgeois très riche.

Mathias précisa :
- Le frère en question était riche.  En ce qui concerne notre ami Simoan c'est tout le contraire. Il est berger et il entend  le rester jusqu'à sa mort.
- Si c'est son idée, répondit l'esclave, c'est son droit. Moi à sa place je prendrais la fortune sans me poser des questions.

Elle fit stopper la mule et se laissa glisser lourdement à terre. Certains rêves restaient inaccessibles. Rouna avait passé une partie de sa vie à Marrakech, la ville rouge. Elle avait été la concubine d'un marchand d'huile. Après sa mort ses héritiers l'avaient vendue au père de sa maîtresse actuelle. Il y avait deux ans de cela. Ses enfants, une fille et un garçon, qui étaient nés du temps de sa beauté vivaient là-bas. Affranchis à leur naissance, ils lui envoyaient de temps en temps des nouvelles par un marchand qui venait régulièrement à Fès. Ici elle était étrangère et ne connaissait pratiquement personne.

- Je ne peux pas vous renseigner. Mais je connais quelqu'un qui pourra le faire.

- Qui est cette personne ? s'emballa Mathias.

- Une marieuse…Nous devions nous rencontrer au hammam mais elle n'est pas venue… Je dois la voir le plus vite possible. Vous n'avez qu'à me suivre.

- Elle saura nous guider ? s'étonna Mirida.

Rouna prit un air de conspiratrice.

- Ces femmes connaissent les secrets. Elles sont les gardiennes de la cité, du plus vil au plus amusant. Une parole de l'une d'entre elles et l'honneur d'une famille s'écroule le lendemain.

- Ceux pourtant qui n'ont rien à se reprocher n'ont aucune raison de trembler, répondit Mathias.

Rouna poursuivit :

- Dans toutes les familles il existe toujours une brebis galeuse, un pain moisi, un vase ébréché. Ce sont les honnêtes gens, ceux qui se disent propres  comme des draps rincés qui les craignent le plus. La médisance est l'arme la plus redoutable. Toutes les marieuses cultivent cet art.

Dégoûté Mathias jeta :

- Elles font du chantage tout simplement.

Rouna le toisa intensément ; et appuyant l'index fortement sur son ventre, elle grogna :

- Tu ne comprends rien  à rien ! Elles n'en font jamais... Par contre, oui tu as raison, elles en ont le pouvoir. Et c'est là que réside leur puissance. On ne les aime pas vraiment mais elles sont redoutées. Chaque famille trouve plus prudent de se les attacher à vie.

- Et toi les crains-tu ? demanda Mirida.

- Je ne suis qu'une esclave mais je n'ai pas peur d'elles. Je n'ai pas d'argent, de plus, je suis noire et elles le sont toutes…

- Conduis-nous ! conclut Mathias impatient, et que Dieu te rende grâce.

Agressive elle répliqua :

- Laisse Dieu là où il est ! Il n'a que faire d'une esclave.

Ils contournèrent le palais, traversèrent un jardin et pénétrèrent dans un quartier tranquille. La maison qui abritait le groupe des marieuses occupait le fond d'une place. La façade ne montrait en aucune manière le niveau social des occupants. C'était fermé. Rouna frappa ; du bruit signala une présence... Puis la porte s'ouvrit sur un œil, un nez, une bouche.

Rouna prit la parole :

- Je voudrais voir Nadia ! Dis-lui que c'est Rouna l'esclave qui la demande.
- Et ceux-là ? questionna la voix.
- Ce sont des amis. Eux aussi voudraient lui parler.

La porte se referma sèchement. Bien plus tard, elle s'ouvrit encore. La même bouche leur annonça :

- Rouna tu peux entrer ! Ton amie aussi. Mais le jeune coq restera dehors...
- Bonne idée... Il n'a qu'à attendre ! appuya derechef Rouna qui retrouva le sourire instantanément.

Alors la porte se referma pour la seconde fois. Mathias prit son mal en patience. Il s'assit sur les marches d'une autre entrée, un peu plus loin, et ferma les yeux.

Il dériva vers une tendre somnolence... Le soleil se répandait en bonne température. Une heure plus tard du bruit le tira de son léger sommeil. Des voix aiguës se livraient un âpre combat derrière la porte. Soudain, elle grinça sur ses gongs et il put furtivement jeter un œil à l'intérieur.

Une cour blanche de chaux renvoyait la lumière avec tant de vigueur qu'il dut cligner des yeux pour se protéger contre la réverbération. Le soleil commençait sérieusement à plomber. Deux femmes, apparurent. Dès qu'elles eurent franchi le seuil de la maison la dispute cessa comme par magie. A l'extérieur elles paraissaient deux amies. Mais au sein de la confrérie, de cet univers de femmes, elles étaient ennemies

Un autre tour d'horloge se referma. Enfin elles sortirent. Mirida radieuse annonça :
- Nadia est gentille. Elle ne connaissait pas le frère de Simoan. Mais elle a demandé aux autres marieuses. Sa patience a été récompensée. L'une d'elles a marié ses filles. Rouna va nous accompagner.

Mathias avait trouvé le temps long. Il s'était juré de leur en faire le reproche. Il n'en eut pas le temps. Ravalant ses paroles, il emboîta le pas aux deux femmes qui s'enfonçaient déjà dans le dédale compliqué de la vieille ville.
Au terme d'une marche tortueuse dans les rues encombrée ils débouchèrent dans une zone calme, sillonnée de parcs, avec de larges avenues, de belles villas, appelée simplement « nouveau quartier », celui des étrangers, des ambassades.
- Nous y voilà ! souffla-t-elle.

De l'extérieur, la maison revêtait un aspect massif et anodin suivant les us et coutumes. La façade jaune était impeccable. Il n'y avait aucune fenêtre, à peine des embrasures qui offraient un peu de jour à des soupentes qui servaient à observer la rue. La porte bardée de clous, montée d'un unique battant puissant, était fermée ; elle était d'un rouge éclatant.

Mathias frappa avec force pour être entendu. Un domestique vint leur ouvrir et  demanda ce qu'ils désiraient.
- Voir Simoan ! annonça Mathias. Pouvons-nous entrer ?

 S'introduire dans une maison bourgeoise n'est pas si facile. Le cerbère repoussa fermement du plat de la main le jeune garçon et se renseigna.
- Pourquoi voulez-vous le voir ?

Mathias s'énerva. Il faisait maintenant très chaud et il n'avait plus envie de perdre son temps devant une autre porte close.
- Je suis Mathias ! Elle c'est Mirida !

L'homme d'une cinquantaine d'années environ illumina son visage tourmenté par un large sourire.

- Je suis prévenu de ton arrivée... Tu peux entrer avec tes femmes. Je vais prévenir mon nouveau maître. Il travaille dans sa chambre.

La maison était opulente et possédait trois étages. Le patio était fermé sur trois côtés. Le quatrième donnait sur un beau jardin luxuriant. Au cœur d'un bassin en marbre noir et incrusté de fossiles chantait une eau rendue folle sous la torsion du jet. Des poissons rouges s'égayaient parmi les quelques rochers et les algues qui en ornaient le fond.

De nombreuses mosaïques foisonnaient dans la demeure. Dans la cour, les colonnes, le bas des murs, les vasques, les marches, en étaient couvertes. Les plafonds en stuc terminaient ce décor d'une richesse irréelle pour une montagnarde. Mathias semblait s'en accommoder parfaitement, comme s'il était déjà habitué à ce luxe. Les terrasses, depuis le mariage des deux filles, étaient tombées en désuétude ; l'étanchéité laissait à désirer ; mais dès son arrivée Simoan avait ordonné leurs réfections et aussi le nettoyage de la maison dans le but d'une éventuelle vente. En vérité cet argent ainsi que cette bâtisse étaient comme une épine douloureuse. Il voulait s'en débarrasser au plus vite. Il craignait de ne pas savoir se tirer honorablement d'une telle situation.

Être un saint ne voulait pas dire être dupe.

Le domestique avait remarqué le regard attentif et médusé de ses visiteurs. Il était très fier de servir dans une telle demeure.

- Le frère de Simoan était très riche…

Mathias qui en savait suffisamment grâce aux confidences de son ami ne put s'empêcher de retenir sa langue.

- Pourtant à la mort de son père, ton maître n'avait hérité que d'une minuscule boutique.

L'homme n'était pas sans ignorer que son défunt maître avait bâti en partie sa fortune sur le dos des esclaves. Les caravanes qui avaient sillonné les pistes poussiéreuses n'avaient jamais troublé son sommeil. Il répondit sèchement que son maître ne lui avait jamais parlé de ses affaires. Il s'était toujours tenu à sa place, et sans poser aucune question. La discrétion chez lui était

une seconde nature et cela lui avait réussi. Il poursuivit pour enterrer définitivement la question.
- Au fond du jardin, il existe un bain pour les femmes, à côté des écuries…

Rouna s'extasia.
- Quel luxe ! Un bain sans bousculades et sans commérages…
- On peut l'utiliser ? quémanda Mirida qui n'avait jamais de sa vie passé le seuil d'un hammam.
- Oui ! Il n'y a qu'à le demander à Simoan…

Mathias avait grandi avec des domestiques et des employés. Il retrouva cette intonation spéciale qui signifie à un serviteur la distance obligatoire entre lui et son maître. Ou un ami à son maître…
- Je me charge de le prévenir. Rouna tu pourras l'utiliser si tu le désires. Nous te devons bien cela…

Mathias était comme un paon. Le domestique ne rétorqua pas. En outre il était perplexe. Simoan ne lui avait-il pas dit que le garçon devait arriver, mais seul ? De toute évidence il avait fait des rencontres et il se prenait pour un homme…


Le domestique les précéda dans une salle à l'étage. Le faste de ce lieu surprit Mirida qui ne s'attendait pas à un luxe pareil. Le rêve des pauvres n'atteint jamais la réalité des riches. Le salon était couvert de coussins brodés d'or et d'argent. La pièce était meublée avec des coffres exotiques parés de dorures. Les murs, étaient ornés de grandes parures en bois sculpté et d'arabesques en plâtre. Dans un coin des fourneaux portatifs en terre cuite et vernie. Des tables aux pieds entrelacés s'enfonçaient dans de moelleux tapis verts et jaunes. A l'opposé, accrochés au-dessus d'un joli guéridon, deux horloges complétaient le tableau ; elles étaient arrêtées. Intimidées les jeunes femmes s'assirent sur une confortable banquette. Mathis se campa devant les horloges.
- Pourquoi ne fonctionnent-elles pas ? dit-il étonné.
- Le temps ne compte pas. Elles sont là pour étaler la grandeur du propriétaire. Elles coûtent une fortune.

Sur cette réflexion prononcée sur un ton qui en disait long sur l'estime que le valet portait à son ancien maître, Simoan entra. Vêtu de blanc, avec sa barbe bien taillée et son œil vif, il leur souhaita avec sa réserve habituelle le bonjour. Puis il dit :
- Quelle folie ! Mirida t'accompagne…

Mathias se leva avec empressement. Il prit son protecteur par le bras et de son regard clair et insistant, lui signifia de changer la conversation. Il ajouta :
- Rouna nous a beaucoup aidé pour te retrouver. J'ai osé lui promettre que vous la laisseriez utiliser le bain.

Simoan comprit l'allusion. Il donna sur le champ les consignes en conséquence. Dès qu'ils furent seuls, Mathias se lança dans une explication à n'en plus finir. Quand il eut donné les détails de leur fuite, il s'arrêta effrayé… Le vieil homme avait écouté sans dire un mot ; il avait juste dodeliné de la tête sans poser de question. En écoutant, il avait bourré sa pipe qu'il n'avait pas encore calée entre ses dents…
Puis, il rompit le silence qui s'était installé entre eux. Contre toute attente, il n'accabla personne et tenta de les réconforter.
- L'histoire paraît assez grave ! Cependant il se passe en ville des événements plus importants. Cette maison pour l'instant est la mienne. Elle est donc la votre. Personne ne viendra vous y chercher. Mais restez tranquille ! Nous verrons un peu plus tard de quelle façon vous envisagez les jours à venir. En attendant reposez-vous. Mirida tu peux rejoindre ton amie si tu veux… J'ai encore à parler à Mathias.

Il s'approcha de son protégé. Se saisissant du poignard glissé dans la ceinture de son jeune ami il précisa :
- Tu peux t'en séparer ! Ici tu n'auras pas à t'en servir.

Là-dessus Simoan entraîna Mathias dans un coin du jardin, à l'ombre d'un oranger. Il posa la question fatidique :
- Te souviens-tu ? Es-tu redevenu maître de ton passé ?

Le jeune homme fut pris au dépourvu. Il ne s'attendait pas à ce que le vieux sage la lui pose si rapidement. Il paniqua. Dans un tumulte d'idées, pour éviter de répondre, il tenta de trouver une excuse. Le mensonge était sur ses lèvres mais l'insistance du vieux curieux lui fit immédiatement cesser toute réticence. Il eut la désagréable impression que Simoan savait tout.

Alors il se jeta à l'eau et parla. D'une voix sans heurt, sans passion, il se déchargea de son angoisse. Il se purifia l'esprit avec une confession humble et totale, tandis que les femmes se baignaient ravies de sentir la chaude vapeur pénétrer les pores de leur peau.

Des rouges-gorges troublèrent sa confession. Les péripéties, la souffrance réveillée par certains passages du récit, mouillèrent ses mains et son front. Enfin quand la barrière de ses dents se referma, Simoan le rassura :
- Ton histoire est vraie, me dis-tu ? Je te crois. Le malheur n'a pas le temps de s'occuper de chacun de nous en même temps. Mais lorsqu'il tient une victime il la relâche rarement... C'est une sanglante lutte que celle du bonheur. Mon fils tu es jeune et courageux. Tu as le sens de l'équilibre. Un jour, tu parviendras sans doute à t'échapper définitivement.
- Lorsque je mourais ?
- Rien n'est sûr...Rien n'est sûr...

Mathias voulut répondre mais les femmes étaient sorties du bain et se dirigeaient vers eux. Simoan le prit par les épaules.
- Repose-toi ! Ici tu ne risques rien... L'épisode le plus dur de ton existence est passé et tu verras que le reste à côté ne sera rien.

 Le jeune garçon répondit avec amertume :
- Le plus dur moment  fut celui de ma naissance.
- C'est vraisemblable. Mais nous en sommes tous là... Allez ! Rejoignons les femmes.

Ils se reposèrent durant les jours qui suivirent. De chaudes et tranquilles journées à se prélasser dans la maison ou dans le jardin. Simoan avait un programme chargé et les jeunes fuyards de la Tassaout ne profitèrent guère de sa présence que durant les heures du soir.

Ce jour-là, le vieil homme ferma le cahier des comptes. Il s'était enfermé dans le bureau sinistre de son frère ; tout cet argent souillait son entendement. Il avait hérité d'une fortune difficile à estimer... Des capitaux dormaient sous diverses formes : des tonnes de grains, des centaines de caisses mystérieuses stockées dans des entrepôts, des boutiques croulant sous des rouleaux d'étoffes rares étaient sa propriété ; des troupeaux paissaient dans des fermes lui appartenant ; des maisons se louaient à son nom ; des armateurs ligotés par des dettes armaient des bateaux sous sa tutelle, de longues caravanes sillonnaient le sud, des marchands, des fonctionnaires, des officiers, voire des étrangers étaient compromis dans des trafics sous le couvert de lettres imprudemment signées et attestant de leur bêtise. Ces papiers accablants prouvaient le fruit d'un chantage minutieusement entretenu.

Son brigand de frère n'avait jamais eu confiance au numéraire en vigueur dans sa ville. Il y avait trop de systèmes monétaires reconnus par les agents officiels du royaume. Aussi avait-il confié tout son argent aux banques étrangères.
Devant ce livre, constitué d'une multitude de colonnes pleines de chiffres, l'histoire d' une vie, construite sur le seul appât du gain, étalait ses sinistres épisodes. Simoan pensa à ce frère. Cet homme, qui avait vécu sans luxe apparent, tirant sur les ficelles d' innombrables pantins, cet homme qui était passé à travers les représailles de ses ennemis, cet homme qui avait souvent traité ses affaires par personne interposée, cet homme qui pour ses voisins avait toujours été un bourgeois sans histoire, aimable et posé, sortait rarement. Même ses filles ignoraient à quel point leur père était riche et puissant.

Simoan repoussa avec lassitude le livre de comptes. Combien de tromperies, de misères, de ruines, de pleurs et de sang, son frère avait été responsable. Il pensa par association d'idées au père de Mathias et il se dit que ces deux-là, s'ils ne s'étaient pas vus de leur vivant, avaient dû se retrouver ensemble devant le diable.

Était-il juste de léguer cette fortune à ses nièces, à ses petits-neveux ? Ces enfants n'avaient besoin de rien. Ils étaient déjà nantis avant même d'avoir fait connaissance avec la réalité de la vie. Simoan se souvenait de la misère qui avait été la sienne. Il était un homme foncièrement honnête. Cette richesse qu'il avait l'intention d'offrir au peuple, celui de la rue, celui de la misère, ces preuves dégoûtantes liées à tout cet immonde chantage qu'il se promettait de faire bientôt disparaître, étaient la confirmation qu'il ne s'était pas trompé de chemin soixante ans auparavant.

Puis, il se leva avec lenteur, fatigué, rangea sa plume et quitta le bureau avec soulagement, remettant à plus tard les décisions importantes et qui lui donnaient mal à la tête.

Au rez-de-chaussée il croisa l'ancien serviteur de son frère qui donnait quelques directives aux femmes chargées de la tenue de la maison. Il lui demanda à l'improviste :
- Aimerais-tu la liberté si je te la donnais ?

L'homme s'émut.
- Vous voulez m'affranchir maître ?
- Si tu le désires, dans la journée qui vient.

Décontenancé par cette décision à laquelle il ne s'attendait pas, l'homme prit le temps de la réflexion.
- Si je suis libre, dit-il, je serais obligé de quitter cette maison. Où irais-je alors ?
- Tu n'y tiens donc pas ? s'étonna Simoan.
- De ma vie je n'ai jamais imaginé que cela pourrait m'arriver. Est-ce la liberté que vous m'offrez ou me retirez-vous par la même occasion le privilège de servir dans la maison ?

Sans préambule Simoan posa alors la question piège :
- Que ferais-tu si un jour tu avais de l'argent ?

L'homme se raidit.
- Ce n'est pas en votre honneur de vous moquer ainsi.

- Qui sait le destin n'est-il pas écrit ! Alors ? insista-t le vieil entêté.
- Je m'achèterais une boutique. Je vendrais de vieux uniformes et des armes anciennes. Je connais les secrets du commerce.
- Pourquoi des oripeaux ?

L'homme bomba le torse. Il était très fier de son idée.
- Les étrangers sont de plus en plus nombreux. Dans les années qui arrivent, ils le seront encore plus.
- Comment le sais-tu ?
- C'est votre défunt frère qui me l'avait expliqué. Les étrangers vont s'installer chez nous, par milliers, disait-il, et bienheureux celui qui saura les exploiter !
- Je vois, admit Simoan.
- Déjà ceux qui sont ici raffolent de ce bazar. Il me suffirait de fouiller les caves et les détritus.

Simoan éclata de rire.
- Tu es malin ! Presque autant que ma canaille de frère. J'espère par contre que tu es plus honnête. Peut-être un jour pourras-tu réaliser ton rêve. En attendant, tu vas aller faire une course.

Simoan eut soudain le désir d'une compagnie plus agréable. La lecture de ces chiffres inhumains avait obscurci sa quiétude. Il savait, bien sûr, à quoi s'en tenir au sujet de l'humanité. Cette fois-ci il se sentait cruellement concerné. Il avait le cafard.
Il gagna le jardin. Mirida était suspendue au bras de Mathias savourant dans le silence rassurant de cet éden le plaisir d'être avec son aimé. La jeune fille aperçut au détour d'un massif le vieillard courbé qui hésitait à les déranger. Elle laissa aussitôt son jeune ami. Intuitivement elle avait vu la soudaine tristesse du poète. Le sourire qu'elle lui offrit eut un effet apaisant. La lueur perçante qui illuminait d'ordinaire le regard de Simoan revint immédiatement se planter, fière, dans le centre même de ses pupilles.

# A mort les étrangers

Mathias se leva de bonne heure. Mirida alitée depuis plusieurs jours s'était réfugiée dans la chaleur de ses draps et refusait de mettre le nez dehors. Le lit était pour elle une découverte. Elle n'était pas habituée à ce confort, cette mollesse sous les reins. L'escapade que lui proposait son ami ne lui disait rien.
Le printemps attendait dehors.
Mathias quitta donc seul la maison et prit la direction du centre. La vieille ville avait sa préférence. Le quartier où se trouvait la demeure du frère de Simoan était trop propre, les bâtisses trop spacieuses et les allées désertes le déprimaient.

Devant la porte du palais il ralentit sa marche et hésita à aller plus loin. Un garde, appuyé nonchalamment sur le pommeau de sa selle, lui fit signe de déguerpir. Mathias était encore sous l'effet de sa nuit. Il était mal réveillé, perdu dans une dimension différente de la réalité. Il resta planté sur place. A l'évidence il n'avait rien compris au geste du militaire. Le cavalier avait reçu des ordres très précis. Personne ne devait approcher sous aucun prétexte. Alors entaillé par un éperon courroucé le cheval piqua droit sur lui.
Évitant la charge de justesse, Mathias réalisa le réel danger à rester là. Il prit alors ses jambes à son cou, contourna l'enceinte puis se perdit dans le jardin. Quand Rouna les avait conduits le premier jour, cet endroit reposant, ces allées fleuries n'avaient pas attiré son attention. Or, depuis qu'il séjournait à Fès, il en avait fait son lieu de prédilection.

Une cigogne, régulièrement perchée au sommet d'une tourelle abandonnée, était devenue son amie. Il s'asseyait sur le sol, à l'ombre d'un grand cactus et passait ainsi de longues minutes à la contempler entre deux cils papillotants noyés de rêverie. Les passants dans ce coin étaient rares. Une vieille femme, à peine était-il installé, vint pourtant le déranger.
Elle l'apostropha d'une voix chevrotante :
- Au feu les chiens d'étranger !

Puis sans rien ajouter, elle disparut par magie. Ce n'est qu'une radoteuse se rassura-t-il. Une jeteuse de sort qui lance au hasard quelques malédictions gratuites afin de fortifier la folie de son personnage.

Il leva les yeux vers l'ouest. Le nid était vide. La femme avait effrayé la belle voyageuse. Il patienta et guetta son retour mais elle ne revint pas. Il abandonna alors son refuge. Dans une rue aux alentours, il dénicha un gargotier accueillant qui servait ses clients sur des caisses de munitions vides. D'autorité un jeune garçon lui apporta un verre de thé et des gâteaux au miel ; sur le feu de la viande de mouton grillait ; elle dégageait une odeur empestant à dix pas. Du temps de son enfance choyée l'odeur forte de cette viande grillée l'aurait rendu malade.

Le ventre satisfait, il reprit sa promenade et parvint au cœur de la vieille ville. Cette gente bigarrée et bruyante constituait les parents pauvres du royaume. Ce quartier était devenu un asile pour les ivrognes, les mendiants, les voleurs et débauchés. Et sa réputation de coupe-gorge, effrayait les bonnes gens. Hasardeux pour un bourgeois il était mortel pour un étranger. C'était ce qui attirait Mathias. Jusqu'alors, il s'en était tiré sans anicroche. En outre le poignard qu'il portait dans sa ceinture avec la fierté de sa jeunesse lui procurait une sensation de sécurité.

La prostitution s'épanouissait dans les rues près de la porte du pendu. Racolant les campagnards, les saisonniers, les soldats, les artisans, les courtisanes entraînaient leurs clients dans les étages d'une misérable maison où elles logeaient. Le chef du quartier prélevait sur ces femmes une taxe en échange de sa tolérance.
Mathias aimait cette ambiance-là. Il s'y sentait en sécurité ; les filles des rues lui faisant peur et l'attiraient en même temps. Il aurait pu choisir des lieux de promenade moins sordides mais, dès qu'il arrivait à l'entrée de ce quartier, sa volonté fléchissait, et ses jambes le poussaient malgré lui dans cette direction.
Lorsqu'il avait réalisé la première fois ce que manigançaient toutes ces femmes voilées, cachées sous des robes amples, il était resté longtemps statufié devant leur manège.

Le marché battait son plein sur la fameuse place triangulaire. Une animation singulière régnait tout autour du campement des caravaniers. Les bateleurs rivalisaient d'adresse. Les droguistes avaient étalé leur bouteilles multicolores et bonimentaient les curieux. Les rebouteux remettaient en place les membres de leurs patients installés sur des caisses en bois. Les arracheurs de dents qui étalaient leurs trophées sur une couverture avaient fort à faire. Les maraîchers, les danseurs et les musiciens, animaient par la fièvre de leur vie la torpeur habituelle de cet endroit.

Une fois, une belle hétaïre lui avait adressé la parole et il avait fui précipitamment, honteux. Malgré cela, mû par une invisible force, ses pas le ramenaient toujours dans ces parages ; lorsqu'il apercevait ces femmes le trouble envahissait sa personne ; l'air lui manquait, sa gorge se nouait.

Un aveugle assis sur un tapis usé travaillait des flûtes dans le bambou et tentait de les vendre. Touché par la pitié Mathias lui en acheta une. Elle sonnait faux... Mal habitué au désarroi des estropiés jetés à même le sol et qui étaient réduits à s'accrocher aux pans des djellabas pour arracher une pièce, il donnait à celui qui réclamait le plus fort, malgré le regard insensible et réprobateur de certains passants.

Au détour d'une ruelle il croisa Rouna et l'interpella ; elle était accompagnée et ne l'avait pas vu absorbée par la discussion qui la tenait liée à une autre personne. Une belle femme aux traits métissés d'une trentaine d'année et qui marchait à ses côtés. Rouna n'était pas sourde. Malgré le tintamarre des forgerons dont c'était la rue, elle se retourna et vint à sa rencontre.
- Voici Nadia ! annonça-t-elle fièrement.

Intimidé, Mathis ne trouva rien à dire tant les femmes dès le premier abord le paralysaient.
- Ainsi c'est toi le mari de Mirida ! dit-elle.
- Nous ne sommes pas mariés, se défendit-il aussitôt.

Complice, elle rajouta :
- Surtout ne le fait jamais ! C'est une marieuse qui te l'affirme.

Le front du garçon se colora . Il répondit lamentablement :

- Pourquoi ne devrais-je pas me marier ?

- Tu es bien trop jeune pour te mettre en cage, nigaud ! Avec une montagnarde sans idée, sans argent tu n'iras pas loin… Je connais les hommes et leur manière de vivre. Je lis dans leurs pensées comme dans un conte pour enfant. Mais ceci ne serait rien si tu n'étais pas un étranger…

Surpris par cette réflexion il songea à la prédiction de la folle du jardin. Il se défendit sans trop de conviction.

- Je n'en suis pas un.

- Méfie-toi jeune écervelé ! Tu réponds trop vite aux questions que l'on te pose. Tes yeux et tes cheveux te trahissent.

La première idée de Mathias fut qu'il avait eu tort de n'avoir pas renouvelé la teinture noire qui lui avait permis de passer inaperçu au village. Ses cheveux avaient repoussé. Ses racines le trahissaient. Se reprenant il la coupa sèchement et répondit mal à propos.

- J'ai été élevé entre la religion de mon père et celle de ma mère. Elles se sont combattues et se sont détruites.

- Dis-moi alors en qui crois-tu mon garçon ? questionna Rouna inquiète d'un tel aveu.

- Aux hommes ! Aux animaux ! A la beauté.

- En rien à ce que je vois ! Et aux femmes ? demanda la métisse moqueuse.

Mathias n'eut pas le temps de répondre. Ceci fut heureux car il aurait été bien en peine de le faire.

Brusquement une clameur mêlée de coups de feu retentit à proximité. Plus exactement à l'intérieur de la caserne.

- Que se passe-t-il ? chercha à savoir Rouna auprès du premier venu.

Les passants s'attroupèrent pareils à un essaim d'abeilles. Des questions fusèrent ainsi que des réponses, aussi fausses les unes que les autres. La fusillade s'amplifia. Une rumeur se répandit à une vitesse extraordinaire. " C'est une mutinerie " criait la foule qui s'ébranlait en direction des grandes baraques. Mathias ainsi que les deux femmes, pris aussi par la curiosité, suivirent la masse excitée. Soudain, des soldats surgirent dans la rue. Les sabres au clair et les baïonnettes au fusil. Ils couraient à perdre haleine sous la chaleur écrasante.

- A mort les étrangers,  les chiens d'officiers !

La peur s'empara de Mathias... Nadia le sentit. Instinctivement, elle s'empara de sa main et la serra nerveusement.

- Rabat vite ta capuche et cache tes cheveux ! conseilla-t-elle vivement.

Deux soldats aux traits déformés par la haine et l'ivresse de la tuerie, traînaient derrière eux le corps d'un lieutenant à peine plus âgé que Mathias. Il était criblé de balles.

Une furie, yeux hagards, les encourageait à tue-tête. L'un d'eux, dans un instant de délire, leva haut son sabre et trancha la tête de la dépouille devant les yeux horrifiés de l'assistance. Puis la saisissant par les cheveux, il repartit aussitôt. En l'espace de quelques minutes les boutiques se vidèrent de ce qui tranchait, coupait, entaillait. Tout ce qui servait d'arme.

Une partie de la population, souvent les plus misérables, ceux qui n'avaient rien à perdre se rangèrent au côté des insurgés. Un remuement sourd, mêlé d'invectives s'amplifia. Les soldats se regroupèrent. Nombreux étaient effrayés par ce qu'ils avaient déclenché. Ceux-là décidèrent alors de se rendre au palais pour exposer leurs griefs. Cependant les gardes les voyant arriver fermèrent vivement les portes ; aussitôt après ils ouvrirent sans sommation le feu.

Le quartier des étrangers, de ceux qui ne priaient pas comme les autres, de ceux qui ne suivaient pas les mêmes rites, de ceux qui n'avaient pas les mêmes fêtes, se situait derrière, à quelques rues du palais.

" Ils mourront les premiers ! " décidèrent les meneurs.

Le pillage s'annonçait inévitable…

Mathias et les deux femmes n'avaient pas suivi la troupe. Dès qu'ils avaient entendu les vociférations, ils avaient saisi de suite l'ampleur du désastre. Incapable de prendre la bonne décision,

Mathias, ne pensait plus qu'à une seule chose : retourner à la villa et prévenir les autres. Nadia n'était pas de cet avis.

- Ils vont piller le quartier derrière le palais ; c'est le meilleur butin ; le plus près et le plus facile.

- Que faire ? dit Rouna.

- J'ai une idée proposa la marieuse. Tu vas te faufiler parmi la foule et prévenir Simoan… Une esclave ne risque rien.

- Et moi ? demanda Mathias, avec un tremblement dans la voix.

- C'est trop dangereux pour toi de rester dans la rue. Viens avec moi !

- Où allons-nous ?

- A la confrérie. Rouna tu nous y rejoindras. Espérons que le calme revienne rapidement.


Un homme par mégarde bouscula violemment le jeune homme qui s'étala sur le pavé. Dans sa chute il perdit son capuchon qui le masquait aux trois-quarts. L'homme vit les racines blondes et surtout la frayeur apparente sur le visage du jeune garçon. Une lourde hache à la main l'inconnu hésita. Réalisant le danger, Nadia s'écria, brisant ainsi la soudaine tension meurtrière :

- Mais cours donc ! L'étranger t'attend… Il ne restera plus rien pour toi.


Ce rappel à l'ordre fit aussitôt son effet... La brute se détendit soudainement et repartit avant même que Mathias n'ait eu le temps de se remettre sur pieds.

Blême, il implora la jeune femme.

- Allons nous cacher.


Rouna se sauva en promettant de faire au mieux. De leur côté, Nadia et Mathias s'éloignèrent pour échapper au déchaînement. Mais la ruée avançait dans la rue telle une vague puissante. Ils eurent alors toutes les peines du monde à progresser sans être piétinés. Quand ils arrivèrent enfin à la maison de la confrérie la marieuse frappa la porte d'entrée à coups redoublés. Celle-ci s'ouvrit rapidement. Puis empoignant son protégé, repoussant la gardienne, obstinément en travers, Nadia força le passage. Il était temps, pensa Mathias soulagé, tandis que la fusillade de l'autre côté du mur continuait.

La gardienne regarda Mathias avec des yeux démesurés. De sa vie elle n'avait jamais vu un homme franchir le seuil de cette communauté de femmes. Elle s'en prit à Nadia et gronda.
- As-tu oublié la règle ? Espèce de folle !

Très digne la métisse répondit :
- Aurais-tu oublié à ton tour la loi de l'hospitalité en cas de danger ? Ce jeune garçon est pour une moitié de sang étranger. Dehors il risque sa vie. Et il est de notre devoir de le sauver.

Face à cette affirmation qui n'attendait aucune réplique de sa part, la gardienne répliqua toutefois :
- Nous verrons ce que dira notre supérieure ?
- Oui ! Nous verrons appuya fièrement Nadia… Et gare à toi si tu colportes des bassesses dans mon dos.

La femme se referma comme une huître sur sa perle nacrée et s'engouffra dans le couloir laissant dans la cour Mathias fort décontenancé et Nadia folle de colère. Peut-être, venait-elle de faire une bêtise en amenant dans ce repère de femmes aigries ce jeune mâle si beau mais si fragile. Personne n'ignorait qu'elle possédait un sérieux penchant pour les hommes. Elle ne s'en était jamais cachée, au risque de déplaire. Son caractère fort, ajouté à ceci, faisait d'elle la marieuse la moins appréciée par la hiérarchie.
Mais, songea-t-elle, en repoussant l'idée que les pires ennuis risquaient de s'abattre sur elle, il convenait d'attendre le retour de Rouna.

La directrice de la confrérie descendit quelques minutes plus tard à l'annonce de cette intrusion. Âgée et malade, en voyant Mathias, elle ne put s'empêcher de faire une vilaine grimace. La beauté masculine lui était insupportable... Seuls les bossus, les estropiés, les vieux fripés, recevaient de sa part une certaine et distante compassion. La beauté ne pouvait être que féminine avait-elle cru tout au long de son existence. Lors de sa jeunesse, certaines d'ailleurs l'avaient beaucoup aimée car la maison était un univers clos où s'épanouissaient toutes les tendresses.

A l'écart, Mathias patientait en attendant que ces femmes qui se disputaient âprement sur son sort se mettent enfin d'accord. La belle métisse était têtue. Elle réussit à convaincre l'octogénaire qu'il resta dans la cour le temps nécessaire à sa sécurité. Mais le prix de cette permission était élevé et Mathias était loin de se douter du risque que prenait Nadia. En agissant de la sorte elle s'était mise en faute. Elle avait failli à la sacro-sainte règle. La punition viendrait à ne pas en douter. Les revanches odieuses de la matrone étaient redoutées. Ces réprimandes humiliantes et musclées représentaient le sceptre de cette autorité féminine qui faisait régner l'ordre dans la communauté.

Soudain la porte s'ouvrit violemment sur une nouvelle venue. Une femme d'une trentaine d'années, vive comme un ruisseau rapportait des nouvelles de la bataille. Nadia l'intercepta.
- Qu'est-ce qui se passe dehors ?

La femme ne se fit pas prier. D'une voix aiguisée par la fièvre, les yeux mi-clos par l'importance qu'on lui accordait, elle relata ce qu'elle tenait de son cousin.

Celui-ci était soldat. Contrairement à tous ses camarades, soit par lâcheté ou bien par sagesse, il avait jugé plus prudent de se tenir à l'écart de l'altercation, ceci pour éviter de tomber sous les balles ou de se faire remarquer par un supérieur. Il s'était empressé de se réfugier chez lui.
A la surprise de sa famille, il s'était séparé de ses armes, de son uniforme, puis, ayant caché le tout dans un débarras, il s'était servi une rasade d'eau fraîche. Enfin, il s'était assis sur un siège et sa cousine n'avait rien perdu de ce qui avait été dit.

Vers onze heures, l'officier avait fait sonner le rassemblement. Les soldats avaient obéi avec un zèle inaccoutumé. Les nerfs depuis plusieurs jours étaient tendus à l'extrême. Des bruits circulaient parmi les hommes. Certains avaient constaté que des sacs étaient entassés dans des caisses soigneusement alignées. Quand leur officier leur avait annoncé que ces sacs étaient pour eux un tollé général avait jailli. Nous ne sommes pas des mules, nous n'avons pas à porter ces sacs ! avait grondé le cousin et tout le rang. Seulement c'était ce qu'avait décidé l'état-major. Les décisions d'un gradé correspondaient rarement aux souhaits de la piétaille.

Les instructeurs, aussi fiers qu'ils étaient jeunes et sans aucune expérience des hommes, avaient donc ordonné la distribution immédiate. Défiler dans les rues, parmi la foule, et marcher le dos courbé sous cette charge vulgaire de portefaix, était une idée insupportable pour tous ces soldats. C'était la « shouma ». Un certain énervement, au début à peine perceptible, avait gêné l'alignement des têtes. Le « garde-à-vous et présentez arme ! » avait été difficile à exécuter.

Les étrangers, avait dit le cousin, n'avaient jamais compris leur façon de vivre. Devant ces fiers-à-bras à peine calmés, le jeune officier français ajusté dans son uniforme impeccable, et tiré à quatre épingles comme on le lui avait appris à l'école, leur avait fait part d'une autre décision ayant trait cette fois-ci à la solde. Il avait annoncé une augmentation d'un « bilioûn » par journée et la clameur qui avait jailli des torses figés aurait pu laisser croire que le problème du sac était oublié.

Mais quand le brillant lieutenant, sèchement, du ton qui plaît à l'autorité des cheveux courts, avait expliqué, avec une absence de psychologie, que sur les six « bilioûns » quotidiens la moitié serait retenue pour la création d'un ordinaire, la colère latente avait alors explosé. Les sous-officiers à grands coups de gueule avaient aussitôt tenté de ramener l'ordre dans la troupe mais en vain… Un sergent criard avait même reçu un coup de crosse sur la figure et l'apprenti lieutenant, pour ne pas être malmené sur place, avait fui précipitamment.

Quelques gradés, trop sûrs de leur ascendance sur les hommes, trop respectueux de la discipline, avaient eux aussi mordu la poussière.

Une députation s'était rendue dans l'heure au palais afin de protester contre la rupture du contrat. Mais le ministre n'aimait pas résoudre ce genre de problème, trop attaché aux étrangers qui faisait sa fortune. Il leur avait promis du bout des lèvres un arrangement en leur conseillant de se réfugier dans la caserne et d'attendre dans le calme. Devant de tels propos, trop vagues à leur goût, les soldats de la députation étaient revenus remontés de colère.

Proclamant leurs griefs à la foule, ils avaient invité celle-ci à les suivre, à prendre les armes avec eux. Les palabres à l'intérieur de la caserne s'étaient envenimées ; le ton était monté. Attiré par l'esprit d'aventure et par un butin facile, les soldats avaient perdu le sens de la mesure. Un coup de feu avait éclaté donnant le signal de la mutinerie. Avec la population hurlante sur les talons, ils étaient alors repartis vers le palais pour une ultime entrevue mais elle avait échoué.

Cette vague de fureur déferlait actuellement dans les rues du quartier du Deuh, c'est à dire celui des étrangers et aussi sur les nombreuses boutiques de la ville. Un torrent d'horreur et de haine qui détruisait, qui cassait et qui tuait sans aucun souci d'humanité.

- Mais pourquoi, demanda Mathias, augmenter d'une pièce pour diminuer de deux ou trois ?

La messagère ne sut que dire... Par contre Nadia répondit à sa place.

- Ces soldats sont tous des engagés volontaires à la solde des étrangers… La plupart ont une femme, des enfants. Les autres ont des maîtresses, des sœurs, des cousines ou une vieille mère. Ils mangent le soir à l'extérieur de la caserne.
- Les obliger à rester manger à la cantine, est-ce un mal ?
- Les étrangers croient tout savoir ! s'emporta la marieuse. Il paraît que notre nourriture est mauvaise, qu'elle ne convient pas, disent-ils, aux braves soldats. Ceux-là sont comme des chiens fidèles, bien dressés. Ils doivent obéir, et même se battre contre leurs propres frères, en échange d'un argent misérable !

Prenant alors la messagère à témoin elle continua sur un ton tout aussi emporté :
- Sais-tu pourquoi je crie ?
- Non ! balbutia la femme.
- Parce que c'est une insulte envers les femmes. L'état major a décidé que nous ne savions pas nourrir nos hommes. Ce général de chiffon a-t-il goûté à notre cuisine, insinue-t-il que notre thé

n'est pas assez fort, que nos galettes sont trop dures, qu'elles cassent les dents de nos vaillants guerriers ? Ils ont dévoyé les nôtres, les plus faibles de la tête. Ils ont profité de la faiblesse du palais. Le sultan Moulay Abdelaziz n'est plus le renard. Et son frère Moulay Hafid qui gouverne à sa place a oublié ses promesses. Il signe des tas de papiers en écrivant son nom dans le silence de sa couardise. Les soldats en ont plus qu' assez ! Ils se rebellent et moi Nadia je suis avec eux…

Timidement Mathias avança :
- Va les rejoindre ! Ils massacrent des innocents.

Nadia se reprit adroitement. Elle ne supportait pas l'injustice.
- Oui je suis pour la révolte mais pas pour la tuerie. Les soldats devraient se battre contre leurs officiers étrangers mais ils ne devraient pas se livrer au pillage. La plupart malheureusement montrent les crocs dès que l'on touche à leur os.
- Et ceux qui les ont rejoints… Que dire de ces gens-là ? coupa la messagère.
- Des vermines ! Des voleurs ! Laisse donc ! Ils vont se faire écharper. Les autres ont des canons.

Quelques femmes alertées par le tapage s'étaient penchées à la terrasse. La vieille matrone qui avait écouté sans proférer un mot remonta chez elle ; cette publicité tapageuse nuisait à son autorité.
Mathias, mal à l'aise du fait de sa présence tout juste tolérée, tenta de calmer la jeune femme. Mais submergée par sa diatribe elle le rembarras avec éclat.
- Maintenant nous n'avons plus la liberté de manger à notre guise. Comprends-tu cela toi l'étranger qui ne connaît rien à la religion.

Atteint dans sa fierté, Mathias répliqua de mauvaise grâce :
- Je ne bois que tu thé et je n'avale que du sucre ! Tout comme toi. Mais par contre, ajouta-t-il perfide, es-tu noire ou es-tu blanche ?

Certaines paroles caracolent sans réponse. Cependant, trouvant dans sa maîtrise un sourire crispé, Nadia répondit comme si elle n'avait rien entendu :
- Viens ! Ne restons pas ici…

Puis s'adressant à la messagère :
- Va raconter tout ça aux autres ! Tu dois avoir certainement d'autres détails à leur fournir…

La gardienne qui était restée appuyée contre la porte se redressa et s'approcha indolente. Puis, elle prit la main de Nadia et la porta à son ventre, à sa bouche puis enfin à ses yeux. Mathias ne comprit rien à cette scène. Mais la marieuse s'empressa sous le couvert d'un juron de glisser quelques pièces dans la main de la femme. Elles eurent ensuite un petit rire de connivence. Il ignorait que la gardienne avait saisi la pensée de la métisse et qu'elle venait de lui vendre son silence.

Nadia, pendant qu'elle fulminait contre les généraux, avait été submergée par une pulsion, mais avec une telle force, avec tant d'évidence dans le brillant de ses yeux, ainsi que dans le parlé de ses mains, qu'il avait été difficile, sinon impossible, de la soustraire à la vieille harpie qui possédait un œil aiguisé et un à propos bien planté.
Malgré l'ordre de ne point bouger de cette cour, un besoin aux frontières du désir incitait Nadia à désobéir. Un imprudent et soudain projet, ligoté par son envie aventureuse, se dessina sans pouvoir stopper le crayon de son imagination. Celui d'attirer ce beau et jeune garçon dans sa chambre. L'excitation du moment et la situation inhabituelle dans laquelle se débattait Fès, ainsi que l'opportunité de se jouer des règles de la confrérie, avaient aiguisé son bel appétit. Lorsqu'il s'agissait de son plaisir, elle ne perdait guère de temps ; elle vivait au rythme de son instinct, préférant les actes, reléguant la réflexion vers un plus tard qui n'arrivait jamais...

Mathias chercha comment et surtout par quel prodige, et par quelle volonté, il s'était retrouvé dans cette minuscule chambre, en compagnie de cette ensorceleuse. Elle lui avait pris la main et elle l'avait guidé jusqu'à son lit. Plongé dans une incertitude mollassonne il n'avait opposé aucune résistance. La chambre donnait sur de nombreuses terrasses qui offraient un spectacle de vie tranquille. Il y avait des vêtements suspendus, des tapis, des draps blancs, des couvertures, des abris derrière lesquels les femmes vaquaient à leurs occupations. Les enfants jouaient et couraient dans les terrasses. C'était des lieux pour la détente, pour la vie sous le soleil, pour les veillées. Ce décor proposant une gamme de couleurs étendue régala son attention.

Au loin le quartier des étrangers hurlait sa douleur. Les cris et les supplications des mourants ne parvenaient pas jusqu'ici . On entendait seulement les coups de feu... Des coups de feu qui troublaient la quiétude de ces lieux de vie tranquille. Des coups de feu qui paraissaient ici anachroniques mais qui imposaient la réalité terrible qui se jouait là-bas. Des coups de feu différents suivant le modèle et le calibre des armes. Il suffisait d'observer les fumées pour imaginer la terreur des pillages, la détresse qui allumait le regard éperdu des êtres innocents qui avaient, en cette journée de plomb, rendez-vous avec la mort.
Il se retourna la gorge nouée.

Dans la chambre il y avait deux lits de chaque côté. Au milieu un tapis de laine. Des étagères terminaient de meubler la pièce. Une femme dormait sur le lit opposé. Quand Nadia tira sur le rideau, pour faire de la pénombre, et par la même occasion pour signifier à sa colocataire de s'en aller, la femme ne se réveilla pas ou feignit de ne rien entendre. Mathias jusqu'alors n'avait rien osé dire. Il était resté assis sagement sur lit où Nadia l'avait poussé. Celle-ci maintenant le dévisageait avec une certaine fièvre, une langue gourmande sur ses lèvres épaisses. Profitant de l'incrédulité visible sur le visage de Mathias, elle dégrafa sa robe qu'elle fit glisser le long de ses hanches pleines avec une lenteur prometteuse et provocante.
Elle défit la ficelle de son « saroual » en soie qui glissa le long de la peau suave de ses jambes sous l'effet de son tortillement de diablesse.
Mathias ne récupéra qu'une partie de ses esprits, qu'allongé sur le lit, quand il se rappela qu'une tierce personne, impudique,

voyeuse et réveillée, assistait à leur étreinte, bien assise, jambes croisées sur son lit en profitant pleinement du spectacle.

Nadia chercha le sexe durci et se l'appropria. Caresses, baisers, flatteries, elle sut l'amener au maximum de sa force. Puis sans prévenir, elle le guida dans son propre fief. Un râle de victoire souligna cette prise. Un cri de guerre, de vent et de sable... La tempête se déchaîna. Annihilé par la cascade des événements, le jeune garçon oublia la voyeuse. Trop attisé par l'érotique de la situation et par cette beauté qui déshabillait la pudeur, néophyte en matière d'amour, Mathias se fit surprendre par son plaisir. La marieuse, toute déçue par ce duel si rapide, emprunta alors un chemin détourné pour aller chercher son plaisir. D'une petite main vaillante et précise, elle poursuivit sa caresse toute seule, comme elle l'avait si souvent pratiqué quand la chaleur était insupportable et qu'elle n'avait pas d'amant pour se faire aimer. Lui, puceau à peine dégrossi, penaud et ridicule avec son sexe ramolli, contemplait abasourdi, ahuri, cette femme surprenante.

Les remords au guichet de sa conscience, il songea là-dessus à Mirida qu'il venait de trahir avec tant de facilité. Submergé par la honte, il se réfugia dans un coin du lit, recroquevillé comme un escargot. Il ne put éviter le regard ironique de la femme en face, toujours assise sur sa couche. Il haussa les épaules. Elle riposta par des moqueries.
- Quel beau sabre Dieu t'a offert mon garçon ! Il est dommage qu'à peine sortie du fourreau la lame se torde…

Nadia baignée de transpiration, ses longs cheveux encollés sur son visage, parvint enfin à son but. Elle ouvrit les yeux, et se tint immobile, écartelée, soupirant de satisfaction. Mathias lui tendit en silence sa robe pour qu'elle cache enfin son impudique corps qu'il trouvait maintenant obscène. Elle posa le vêtement sur son ventre et refit lentement surface. Affectueusement elle lui demanda :
- Tu es jeune, mon bel animal ! Veux-tu que je t'apprenne l'amour ?

La camarade de chambre reprit :

- Ils le veulent tous. Mais aucun n'a la franchise de l'avouer.

Le jeune garçon se vêtit rapidement tandis que Nadia prenait ses aises en restant nue, allongée, appuyée sur un coude. Puis il se tourna ostensiblement vers le tableau des terrasses plutôt que de voir cette femme sortie d'une autre morale. La sienne depuis son séjour ici s'émoussait par bien des endroits. Il répondit sans la regarder :
  - Non ! Il n'en est pas question…

Nadia ne se vexa pas. Avant de répondre, elle prit le temps de se lever et d'enfiler ses jolis sandales constellées de paillettes dorées, qu'elle avait fait voler au moment de son déshabillage.
- Je n'insiste pas. Le plaisir est-il si dangereux ? Tu as peur de lui dirait-on ?

Acculé dans cette vérité, Mathias se tut. Il avait encore le dos tourné dans la contemplation d'un paysage qu'il ne voyait pas.
- Les hommes en général se lassent vite de la pureté, continua-t-elle. Ils réclament des plats plus épicés, de l'ingéniosité, et de l'inattendu, et parfois de la violence…

Il se retourna lentement :
- La violence, dis-tu ?
- Celle des batailles acharnées où se mêle les cris, les coups, les caresses et le plaisir. Connais-tu le pouvoir d'un regard appuyé, celui d'un certain sourire ?
- Non ! Je ne connais que le pouvoir des armes ! coupa-t-il en songeant à son père et à leur fuite éperdue le long de la vallée de la Tassaout.

Nadia ignorait le fondé de cette remarque. Elle crut qu'il faisait allusion au massacre qui se déroulait si  proche et si lointain à la fois.
- Ceux qui se battent dans les quartiers ne sont pas les derniers à convoiter l'épouse du voisin… S'il n'y avait pas les règles de la morale et la peur d'être un jour répudiée, jetée à la rue, la plupart des femmes favoriseraient plus souvent l'ouverture de

certaines portes. Le plaisir se cache souvent dans ce qui est défendu. Rappelle-toi cela !

- Un plaisir dégoûtant ! jeta Mathias.

- Hypocrite ! Lorsque je me suis mise nue, tu as  posé tes mains sur moi, sans rechigner et devant une femme qui nous regardait.

- Oui ! avoua-t-il piteusement.

Devinant qu'il lâchait prise, elle accentua son avantage.

- Ta conscience n'était pas d'accord mais ton corps l'était ?

- Oui ! répéta-t-il encore pris de court devant tant d'évidence.

- En ce domaine, la conscience ne sert à rien. La belle Mirida t'a-t-elle procuré autant de sel dans l'aventure ?

- Ce n'est pas la même chose.

Elle haussa les sourcils et questionna :

- Que veux-tu dire ?

Gravement, il dit, tellement c'était simple.

- On s'aime…

Un hoquet de surprise étouffa Nadia qui lança :

- L'amour ! Je l'avais oublié celui-là ! Mais il est rare. Et dure-t-il aussi longtemps que les sens ? J'en doute…

Mathias sentait l'énervement le gagner. La discussion l'agaçait. Rouna ne revenait toujours pas, la fusillade au loin persistait ; il répondit toutefois :

- Il ne peut jamais mourir…

Les nuages qui stationnaient sur la ville s'ébranlèrent vers le sud. La métisse respira à pleins poumons le rayon de soleil qui venait de la frapper au visage.

- Voilà le plaisir ! s'écria-t-elle. Sais-tu ce qu'un vieux poète, un jour m'a dit ?

- Que t'a confié ce sage que je ne connais pas ?

- Personne ne peut connaître l'amour qui habite le cœur de chacun. Bienheureux, celui qui aime sans retenue et qui se croit aimé… Pour d'autres, il n'existe que la souffrance et Dieu seul pourra apaiser leur malheur.

Elle s'arrêta. Le reste était oublié.
- Il m'a offert ces vers, ponctua-t-elle, un soir, en échange de ma tristesse.
- As-tu aimé quelqu'un ? demanda Mathias.

Elle se cambra, main sur les hanches, dans un redressement de rein tandis qu'un léger voile soudain brumait son regard.
- Les marieuses ne se marient pas.
- Je ne parle pas de mariage, mais d'amour.
- Je tiens à ma liberté, à mon plaisir, pour m'être laissée ligoter à un arbre. Les noces sont arrangées par les familles. Et les questions d'argent sont les premières à être réglées. C'est grâce à cette pratique que nous existons. Les époux doivent suivre ce qui est écrit. Mais pour le plaisir, il n'y a qu'une porte : celle du mensonge.

Étourdiment, Mathias avança :
- Quand on aime le mensonge doit être banni !

La troublante et cynique Nadia le regarda avec des yeux ronds :
- Raconte cela à ta chère Mirida. Dis-lui ce que nous venons de faire ensemble, s'empressa-t-elle de rétorquer.
- Non ! Je ne peux pas…

Victorieuse, elle s'exclama en se jetant en arrière sur le lit :
- Tu vois, rien n'est simple.

Mathias pensa soudain à sa mère. Une silhouette lointaine qui venait de surgir brusquement de son jeune passé. Ces questions s'embrouillaient. Il ne comprenait plus rien. Il fit un effort pour éviter de pleurer et pour chasser le souvenir de cette morte qui avait osé mentir à Théodore, son mari, durant des mois. Peut-être même durant des années. Et pourtant, quand il avait appris la vérité, il lui avait donné raison. Elle avait cru se marier au bras de l'amour…
- Oui! Tu es parfois dans le vrai, avoua-t-il toutefois, avec une mimique d'approbation. Cependant le mensonge reste un jeu dangereux.

- Ce n'est pas un jeu, mon cœur, mais juste une nécessité que tu dois apprendre. Le maniement perfide de la langue est un vrai apprentissage. Il est aussi dur que celui du sabre pour l'homme.

L'allusion était parfaitement claire. Il devint écarlate et tenta de détourner la conversation.
- Si nous descendions...
- Pourquoi, tu n'es pas bien ici ?

Il insista.
- Nous risquons de nous faire surprendre. De plus Rouna doit nous attendre.

La marieuse acquiesça et ramena son jeune protégé dans la cour où il n'y avait plus personne à l'exception de la gardienne. Elle était positionnée sur un banc, prête à bondir et à glapir dès le moindre bruit suspect venant de la rue.
- Si tu racontes que nous sommes montés dans ma chambre je te cogne dessus jusqu'à ce que tu tombes tes dernières dents, glissa sournoisement Nadia dans l'oreille de la vieille.
- Il est inutile que je vante tes exploits ! Tout le monde  connaît tes frasques…

En vérité la concierge craignait la grondante métisse, non pas, parce qu'elle était une femme libre, qu'elle se moquait de sa propre réputation, mais parce qu'elle était l'amie d'un horrible forgeron qui, paraît-il, servait d''intermédiaire entre le diable et le feu. La pauvre femme était d'une superstition maladive. Elle évitait lors des commérages quotidiens auxquels elle participait allègrement de commettre un quelconque impair au sujet de la vie tumultueuse de Nadia.
A peine furent-ils installés à côté d'elle que la porte fut ébranlée par plusieurs coups de poings. C'était Rouna toute dépeignée, écorchées aux paumes et respirant à poitrine soulevée. Elle était seule.
- Je n'ai pas pu atteindre la maison, confia-elle. Il y avait des émeutiers partout. Des soldats m'ont tiré dessus !

A cette annonce, le sang de Mathias ne fit qu'un tour. Ses yeux s'allumèrent d'un éclat enflammé. Il proclama que ce n'étaient pas quelques fantassins qui lui feraient peur. Puis, gonflé par cette bravoure idiote, il s'élança comme un fou dans la rue en espérant ainsi racheter sa conduite.

Pendant qu'il faisait l'amour, Mirida risquait sa vie et il n'était pas là pour la défendre. Il s'en voulait à mort. Culpabilisé par sa conduite il était comme le ressort soudain détendu, projeté vers l'avant avec une force inattendue.
Lors de sa course effrénée dans les rues il lui sembla entendre Mirida crier son nom. Mais pendant qu'il courait ainsi le feu qui alimentait sa colère commença à faiblir. A l'approche du quartier où les combats faisaient rage, la prudence, l'instinct, de survie freina son emportement. Les allées étaient remplies d'émeutiers. Le pillage n'en finissait pas.

Des gens fous de terreur se précipitaient vers le palais qui avait ouvert ses portes. Mathias avait cessé de courir. Le capuchon rabattu sur la tête, il avançait rapidement, égaré au milieu des égorgeurs qui s'en donnaient cœur joie. Il n'avait jamais vu ni même imaginé un spectacle aussi sinistre, une telle horreur. Des femmes hystériques, du haut de leurs terrasses, stimulaient les combattants par leurs cris. Des civils, des militaires jonchaient les trottoirs. Certaines maisons éventrées subissaient le pillage et le vandalisme. Des villas résistaient encore et l'on voyait les occupants qui défendaient chèrement leur vie. Ceux-là, avaient eu la chance de posséder des armes. Les renforts étaient leur unique espoir.
L'armée du palais était dépassée par les événements.

Mathias trébucha sur des cadavres jetés dans un coin les uns sur les autres. Contre toute attente, celui de dessus, un officier au vu de ses épaulettes, tenait encore serré dans sa main la crosse de son pistolet. Sous lui deux autres corps donnèrent au jeune garçon l'occasion de graver à vie dans sa mémoire cet instant dramatique où il put mesurer la bêtise, la bassesse, la cruauté de l'être humain. Ces misérables dépouilles étaient celles d'une belle femme blanche avec son petit garçon. Ils étaient habillés à l'européenne. La femme avec une robe bleue dont les fleurs étaient maintenant maculée de sang. L'enfant, un garçonnet possédait un short blanc en coton et une chemisette brune. Son corps de martyre semblait désarticulé. Mathias comprit qu'il avait devant lui la famille du militaire.

Avec dégoût, il se pencha sur le corps de l'homme et écarta les doigts encore tièdes pour s'emparer de l'arme. Il récupéra la ceinture de munitions puis, aguerri par cette assurance précaire, fonça aussi vite qu'il le put en direction du grand hôtel. Des clients barricadés sur la terrasse se battaient farouchement. A quelques pas de là une vingtaine de télégraphistes tenait tête vaillamment à une troupe de révoltés. Seul l'hôpital militaire n'avait pas subi d'attaque. La fanfare d'un bataillon qui avait été cantonnée dans ces murs, tout le personnel hospitalier, plus des malades, une appréciable poignée de fusils intimidaient les mutins.

Mathias parvint à bout de souffle jusqu'à la villa. Il tambourina à la porte et se fit reconnaître. Le domestique qui portait au côté un magnifique sabre ainsi qu'un fusil attaché dans son dos, lui ouvrit précipitamment la porte. Mirida, grelottante de peur et de fièvre, dans une longue robe rose, se tenait derrière lui. Quand elle l'aperçut, elle se précipita dans ses bras en pleurant.
- Où étais-tu donc passé ? Nous t'avons cru mort, articula-t-elle péniblement.

Rassuré sur le sort de ses amis, il demanda des nouvelles de Simoan.
- Il est là-haut. Allons voir ! Il se mange la barbe d'inquiétude à ton sujet.

Ils grimpèrent vite à l'étage. Le vieil homme contrairement à ce que disait Mirida n'avait pas vraiment l'air troublé. Il accueillit Mathias en ces termes :
- Enfin ! Maintenant tu es là. Nous allons savoir ce qui se passe.

Mathias relata ce qu'il savait, ce qu'il avait vu. Ayant retrouvé une respiration normale il abandonna son siège et s'approcha de la fenêtre.

- Ce n'est pas prudent de rester ici, nous risquons d'un instant à l'autre une invasion par le jardin. J'ai vu la foule... Rien ne la retient ; il y a trop de richesse dans cette maison. Ce ne sont pas ces quelques murs, un sabre trop brillant, un vieux fusil et un pistolet qui vont les repousser.

- Ils ne tuent que les étrangers, ceux qui n'ont pas la même religion... tenta de se rassurer Mirida.

- Ils se soucient fort peu de la couleur de ta peau ni même de ton Dieu. Ce qui leur importe c'est la rapine ! Prédire l'attitude d'une foule hurlante est impossible. L'occasion pour eux est inespérée. Ces pauvres misérables se défoulent. Le monstre habite chez l'homme, caché derrière son âme. Chacun est capable de tuer. Même le cerveau le plus brillant, le mieux éduqué, peut chavirer dans la folie !

Simoan continua.
- Je suis bien trop vieux pour courir dans les rues. Vous devez vous enfuir sans vous soucier de moi. Je ne défendrais pas ces richesses honteuses. Mais qu'ils viennent ! Tout est pour eux...

Le domestique plus pratique précisa :
- L'artillerie des français a pris position sur le haut de Dhar Mharez. Les canons sont pointés sur le quartier. Trois bataillons se préparent à rentrer par la porte Bab el-Hadid. D'ici peu nous serons secourus.

- Et nous serons bombardés avec les tabors qui se sont révoltés, s'alarma Mirida.

-Raison supplémentaire pour ne pas rester ici, appuya Mathias.

Mirida poursuivit :
- Moi j'espère que les renforts n'arriveront jamais ! Vous vous préoccupez de votre vie. Ce qui m'intéresse ce n'est pas mon sort, malgré mes tremblements qui pourraient faire croire le contraire. Si la ville se révolte c'est avant tout contre ces chiens d'étrangers. Nos pauvres soldats, même s'ils ne sont que de vils mercenaires, se battent contre ceux qui ont tué mon père.

Mirida était éclairée par la colère. Simoan se dirigea vers elle. Tendrement il effleura les joues rosies et dit :
- Par une ironie superbe nous sommes de leurs côtés.
- Un sort macabre ! ajouta Mathias.

Mais la jeune berbère ne l'entendait pas de cette oreille. Prenant encore le groupe à témoin elle s'acharna :
- Mon père s'est battu contre eux… et il en est mort ! Jamais je ne voudrais leur devoir le prix de ma vie. Si j'étais toute seule, j'irais me blottir dans le nid d'une cigogne. Simoan m'a offert son hospitalité et je ne l'abandonnerai pas... Par contre sachez que s'il m'arrive encore de prier pour la victoire d'un camp, ce n'est pas pour celui de l'étranger et de son valet, le fourbe, le sultan Moulay Hafid qui a pactisé avec eux, comme son frère.

Simoan était désabusé sur le comportement humain. Échapper à la souricière pour riche bourgeois était sa seule préoccupation. Des êtres qu'il chérissait étaient en danger, pire, ils risquaient de perdre la vie par sa seule faute. Une vie à peine entamée. Il parlementait depuis trop longtemps avec sa propre mort pour en être effrayé. Qu'elle le prenne sous les débris de cette bâtisse pourrie ou dans un coin reculé de ses paisibles pâturages, cela ne faisait aucune différence. Le pourquoi de chaque chose ne trouverait la réponse qu'à l'instant suprême. Il était inutile de se tracasser. Entre deux lassitudes, dans un éclat de temps, Simoan distinguait les formes confuses d'un être bizarre qui attendait patiemment, avec une main tendue dans sa direction.
« C'est bien lui ! Je le reconnais, c'est le passeur ! Il détient la réponse » se disait-il

Au milieu de l'après-midi, conformément à ce qu'avait prévu le domestique, l'artillerie, embusquée sur les collines, ouvrit le feu sur les quartiers occupés, sans souci de la population civile qui se terrait chez eux. En fin d'après-midi, après une lutte acharnée aux pieds de l'Agdal, des remparts du Mellah, et à l'intérieur de l'oued Zithoûn, les trois compagnies venues à la rescousse des civils assiégés subirent de lourdes pertes devant les émeutiers.

La villa de Simoan était passée au travers sans subir d'attaque. A croire que la réputation de gredin de son frère était intacte, ou plus vraisemblablement que la hauteur des murs avait suffi à décourager les pilleurs.

Pourtant les combats s'étaient portés dans leur propre rue. Une ambassade qui se trouvait à quelques pas avait subi la marque impitoyable de la révolte. Cachés derrière une fenêtre à l'étage ils avaient assisté impuissant à la bataille. Quand les émeutiers, après de longues palabres devant la porte de la maison, étaient repartis, poursuivre leur œuvre dévastatrice, Simoan, au lieu de remercier Dieu de sa grande mansuétude, s'était mis sans raison apparente à vociférer après les émeutiers. Une colère dont il avait le secret.

- Ils nous épargnent ! Ils refusent de prendre ce que mon frère leur a volé.

Après ce court esclandre il s'était réfugié dans le bureau tandis que les autres s'étreignaient. Par prudence, le domestique avait rejoint son poste d'observation dans le jardin, juché sur une échelle, au-dessus du mur, poste qu'il avait vite abandonné dès le premier coup de feu. Puis n'y tenant plus il était sorti à la recherche de sa famille.

# Dieu s'est fourvoyé

A l'aube du deuxième jour le combat dans les rues reprit avec plus de vigueur. Mirida frissonnait à chaque fusillade. Quelques autres tribus rejoignirent les émeutiers, attirées par les richesses abandonnées dans le quartier des européens et des juifs. Les rues du mellah n'étaient plus qu'un amoncellement de murs écroulés, de ruines fumantes, de meubles éventrés, d'ustensiles de ménages brisés. Au milieu gisaient les cadavres. Des chiens, des chats à moitié sauvages et des hordes de rats dans une puanteur épouvantable se disputaient en toute quiétude le festin des corps abandonnés.

Les renforts arrivèrent enfin en fin de journée. Malgré la fatigue après une marche exténuante ils parvinrent à inverser le combat à leur avantage. Des bourgeois, plus courageux que certains et qui se tenaient barricadés, ouvrirent leur porte et montrèrent un nez apeuré. Quelques-uns sortirent leur tapis de prière et remercièrent Dieu de sa miséricorde. Dès le lendemain matin, de nombreuses maisons hissèrent sur les terrasses vides des drapeaux blancs pour éviter d'être bombardé à nouveau. Des voleurs en grand nombre, craignant ensuite d'être arrêtés se débarrassèrent de leurs butins en les jetant dans l'oued. La ville devint une vaste poubelle.

Cachant sous une attitude indifférente son impatience, Mathias attendait l'opportunité de se glisser hors des murs de la villa. La curiosité le chatouillait. Il voulait s'imprégner de ces journées terribles mais néanmoins exceptionnelles. Une page d'histoire venait de s'écrire avec des lettres de sang. Mirida n'était pas dupe du calme apparent de son ami et elle le surveillait comme la marmite sur le feu. Elle tenta d'user de son charme pour l'en empêcher. Fâché par cette sollicitude amoureuse et étouffante, il mit pourtant son projet a exécution en profitant d'un instant d'inattention pour se faufiler dans la rue.

A chaque croisement de rues, des soldats veillaient, le doigt sur la détente. Mathias hésitait, ralentissait le pas, et courbait la tête bien enfouie sous le capuchon de son burnous. La curiosité lui titillait la plante des pieds. Un légionnaire lui adressa la parole d'un ton bourru. Il lui répondit, sans se démonter, avec imitant un mauvais français pour ne pas éveiller son attention, et n'eut donc aucune peine à lui inspirer confiance.

Il prit la direction de la confrérie et traversa le quartier saccagé des étrangers. Il ne s'y attarda pas. Les morts avaient disparus mais des ruines se consumaient encore. Des objets hétéroclites et des meubles brisés embouteillaient les rues.

La maison des marieuses était intacte ; seul un pan de mur avait été soufflé par un obus. Dans la zone les combats avaient été moins meurtriers, le pillage inexistant. Mathias ne se donna pas la peine de frapper à la porte. Il escalada les gravats et sauta dans la cour. Une femme lui demanda ce qu'il faisait là. Ce n'était pas la vieille.

- Je suis un ami de Nadia. Puis-je la voir ?
- Ah ! c'est toi qui le jour de la révolte est venu te réfugier ici ?
- Oui ! affirma-t-il vivement. C'est bien moi !
- La matrone était furieuse. Elle a donné la consigne si l'on te voyait de te mettre dehors.

C'est ce que craignait le garçon. Il fit demi-tour. La marieuse le rattrapa.
- C'est vrai ce que je t'ai dit. Mais Nadia est gentille avec moi. Attends ici, je vais la chercher.

La métisse descendit très vite.
- Je t'ai vu arriver, commença-t-elle. Je m'en vais au palais. Veux-tu m'accompagner ?
- Que se passe-t-il ?
- Le seigneur Moulay Hafid va adresser un message au peuple.
- Lui-même ? s'étonna Mathias
- Non ! C'est le prédicateur qui lira la lettre qu'il a écrite.

Ils s'éloignèrent rapidement contents d'être encore ensemble. La plantureuse marieuse était en beauté. Il relégua, sans honte, Mirida dans un tiroir obscur de sa conscience. Son amour pour elle n'était pas mis en cause. Seulement, la séduction de cette femme plus âgée, cette aisance incroyable qui la tenait au-dessus des scrupules, démolissaient le mur de sa fidélité.

La place devant le palais regorgeait de monde.
La masse houleuse de la foule tentait de s'introduire par une petite porte L'officielle étant restée fermée... A force de coups, de cris, chacun tentait de s'introduire à l'intérieur.
Prisonniers, emportés par la rivière des corps, en direction de cette porte faisant office d'entonnoir, ils n'eurent d'autre choix et se laissèrent guider par le mouvement.
- Es-tu déjà venu ici ? demanda-t-elle.
- Deux ou trois fois. Mais je ne suis jamais rentré à l'intérieur.
- Ce n'est pas aujourd'hui que tu pourras le faire. D'habitude ils ouvrent le portail. Aujourd'hui si nous parvenons à y pénétrer nous aurons de la chance.

Mathias le bras prisonnier le long du corps par ses voisins qui l'écrasaient désigna avec le menton la porte qui se rapprochait.
- On va y arriver...

Soudain un mouvement désordonné de la foule les éloigna l'un de l'autre. Avec peine, en jouant du torse et du coude, il parvint à la rejoindre. Ils étaient maintenant tout près de l'entrée. La probabilité de réussir à passer dedans était devenue plus grande. Mathias dut se battre pour se créer un passage. La loi du plus fort, du plus mince ou du plus vif était la seule en vigueur. Accrochée à lui Nadia réussit de ne pas le perdre. Les côtes meurtries, la respiration pénible, les pieds endoloris, ils furent soudain comme aspirés à l'intérieur du palais. Malgré le bruit venant de l'extérieur un silence relatif et respectueux régnait dans la cour. Un autre vague les entraîna par chance à quelques mètres d'une bâtisse au toit vert. Un lancier qui surveillait une petite porte attendait avec une allure fière et noble que le calme s'établisse. Nadia se dressa sur la pointe des pieds. Elle était aussi excitée que n'importe qui par cette folle ambiance. Seul Mathias demeurait impassible. Il n'était qu'un observateur qui ne prenait aucun parti.
- C'est là ! s'écria-t-elle. Il faut que nous restions par ici. Le prédicateur a son appartement derrière. Un petit couloir qu'il

est seul à utiliser aboutit dans cette maison. Il va sortir par cette porte et ne pouvant plus faire un pas il lira son message à cet endroit. D'ici nous pourrons bien l'entendre.
- Tu en es sûre ?
- Oui ! A chaque fois qu'il y a du monde c'est ce qui se passe.

Le vacarme de l'extérieur malgré les murs épais ne parvint pas à couvrir le murmure puissant de ceux qui attendaient serrés comme des fagots. Le prédicateur n'était guère pressé. Ils en profitèrent pour échanger des impressions à voix basses mais n'eurent pas le loisir de poursuivre. La porte s'ouvrit soudain et le prédicateur vêtu d'une robe blanche fit son apparition.
Comme prévu, comprenant l'inutilité d'aller plus loin, il fit demi-tour et pénétra dans la maison. Il en ressortit tenant un tabouret. Avec précaution il se jucha dessus et scruta avec un regard sévère les têtes attentives qu'il dominait.
- Il va parler ! expliqua Nadia.

Dans sa main droite un rouleau de papier fit son apparition. Il se passa l'autre main dans sa barbe frisée qui lui couvrait la poitrine. Quand il jugea le moment opportun avec une voix sonore, ce qui surprenait pour un homme si âgé, il récita une prière. La foule retint alors son souffle, tandis qu'une mélopée résonnait sous la voûte d'un couloir qui jouxtait la bâtisse.
Le prédicateur conscient du pouvoir qui l'habitait déplia alors précautionneusement, dans un calme de respirations retenues, le texte écrit de la main du sultan. Ce n'était pas sa voix qui allait s'élever mais celle de Mouley Hafid. Son grand front se plissa et ses yeux pétillèrent à travers l'éclat de ses lunettes rondes ; des yeux étrangement seuls dans le fond de leur orbite grise, cernée par l'âge, par la fatigue du devoir. Il les fit lentement aller et venir sur la foule figée, avant de les fixer sur la lettre. Son contenu était habilement tourné. L'écriture relevait d'une maîtrise exceptionnelle des doigts et de l'encre. Hésitant une dizaine de secondes, reculant à son paroxysme l'attente, il se racla la gorge, puis il entama sa lecture.
-  « Serviteurs de Dieu...
Vous savez de quels meurtres et de quels actes de pillage ont été victimes les Européens qui étaient nos hôtes. En agissant ainsi,

c'est donc contre Dieu que se sont insurgés les meurtriers. Ainsi que les instigateurs, ceux qui ont donné leur approbation tacite et aussi tous ceux qui, pouvant s'opposer à leurs actes, s'en sont abstenus. Ne saviez-vous pas que les Européens vivaient dans la paix de Dieu et sous sa protection ? Ignoriez-vous que dans ces conditions il n'était pas licite de se livrer contre eux à des actes semblables.Votre devoir était donc de combattre pour eux comme pour vos propres enfants. Pour chaque européen tué une foule d'entre vous aurait mérité la mort. Et pour vos méfaits la ville aurait dû s'effondrer sur vous et sur vos enfants.

Craignez donc Dieu dans votre intérêt et dans le notre. Obéissez à ses décrets ! »

La stupeur au fil de la sévère remontrance s'était répandue sur les visages. Le prédicateur, se voulant digne du courroux de son maître, avait lu la lettre avec une colère adéquate. L'auditoire, revenue de son premier étonnement s'agita rapidement. Les cris puis les premières injures se mirent aussi à fuser. Le prédicateur n'attendit point que l'affaire s'envenime et réintégra vivement le palais.

Nadia semblable aux autres ne put se retenir.

- Le traître ! Tu entends ce qu'il ose nous dire …

En ces quelques mots l'opinion de chacun était résumée.

L'évacuation de la cour se fit très rapidement, tous pressé de sortir pour raconter aux autres ce qui avait été dit. Les alentours se transformèrent alors en un vaste salon politique où les idées croisèrent le fer jusqu'à la fin de l'après-midi. La contestation était dans toutes les bouches. Dans cette ambiance particulière Nadia oublia alors sa position de simple femme ; elle voulut s'immiscer au sein d'un petit groupe. Mais pour ces hommes son avis importait peu ; elle fut priée d'aller discuter ailleurs.

- Nous n'avons que faire de ton opinion ! lui jeta à travers la figure un vieillard grincheux et à la barbe autoritaire.

Un jeune garçon d'apparence bourgeoise prit en retour sa défense, subjugué davantage par sa beauté que par son attitude courageuse.

- C'est une marieuse, ne vois-tu pas ; ces femmes-là sont plus intelligentes que les autres…

Le vieillard répondit :
- Je ne crains pas ces sorcières de malheur. Il faut leur couper la tête et arracher leur langue de serpent.

Jusque là Mathias s'était tenu à l'écart de ces railleries et de ces sarcasmes fiévreux. La discussion s'envenimait et tournait mal. Le visage du vieux bonhomme était congestionné. Sa voix était amplifiée par la colère et par le besoin de s'entendre parler. Il n'écoutait plus les autres.
Mathias s'approcha et le tança avec défi :
- Votre Sultan Moulez Hafid est un homme ! Cela ne l'a pas empêché de vous trahir. Une femme aurait été plus maligne dans ses jugements. Elle n'aurait pas dispersé l'argent de vos impôts dans des spéculations idiotes.

Interloqué un des assistants répliqua :
- Sais-tu de qui tu parles jeune inconscient ? Du Sultan qui est le seul représentant de Dieu sur cette terre.
- Mais Dieu s'est fourvoyé ! C'est une femme qu'il aurait dû désigner à sa place.

Aucun des participants ne trouva une réponse intelligente et appropriée. Mathias leur avait cloué le bec. Profitant de l'effet de surprise il prit Nadia par les épaules et l'éloigna loin de ces hommes nourris par la tradition qui désignait dans cette ville, depuis toujours, la place de chacun.

Dans une ruelle, à l'écart, ils cessèrent de courir... Au côté de cette femme, déshabillée par les regards masculins, il se trouva grandi et rempli de fierté. La proposition qu'il avait auparavant stupidement refusée lui labourait maintenant les sens. Nadia à travers l'attitude gênée du garçon comprit le mutisme qu'il lui opposait depuis un moment. Elle cessa de marcher et se planta devant lui. Lui saisissant les mains puis le couvrant d'un sourire dont elle avait le secret, les yeux piqués dans les siens, elle lui proposa :

- J'ai un ami marchand de tapis à quelques pas d'ici ! Veux-tu que nous y allions prendre le thé ? Il possède une pièce dans l'arrière-boutique. Il ne nous dérangera pas, appuya-t-elle avec l'effronterie naturelle qui la caractérisait.

Mathias sentit son assurance ébranlée. Il n'était pas question d'avoir l'air trop heureux. N'était-il pas un homme ? Bien sûr, il savait que cette femme se jouait de sa jeunesse, qu'il n'était qu'un jeu. C'était elle qui distribuait les règles. Il n'était qu'un pantin soumis, accroché à sa chair sulfureuse.

La boutique en question était vaste. Des tapis couvraient le sol. D'autres suspendus au plafond par des crochets scellés dans les poutres retombaient en une cascade de laine multicolore. Certains étaient roulés sur eux-mêmes, les moins précieux, constituaient des monticules où des chats se tenaient roulés en boule. Derrière des rouleaux un enfant dormait.

L'ami en question se précipita. Il accueillit Nadia avec chaleur. Piqué par une pointe de jalousie Mathias trouva qu'il en faisait trop. Nadia avait des amants. Ce marchand, bel homme, aisé de sa personne faisait à ne pas en douter parti de ceux-là. Évitant d'écouter ce que les deux amis se racontaient en s'esclaffant, il s'écarta et fit semblant de contempler les tapis. Il avait honte. Il assumait mal cette situation et ne savait pas quelle contenance prendre. En outre ses joues et son front étaient assaillis par une rougeur humiliante dont il se serait passé. Enfin quand il jugea qu'il était temps de se manifester, il s'exclama alors, manière de montrer qu'il existait et qu'il n'était pas muet :
- Vos tapis sont d'une beauté rare. Je n'ai jamais vu des points aussi serrés !

L'homme répondit d'une voix mélodieuse en souriant.
- Félicite-moi pour mes tapis…tu as bien raison ! Mais laisse-moi te louer pour la baraka dont tu bénéficies. Tu dois être béni par tous les saints pour qu'une femme comme elle s'intéresse à toi. Profites-en avant qu'elle ne t'oublie, qu'elle ne te délaisse.

Il s'empara vivement de la main de la marieuse qu'il garda dans la sienne. La décence interdisait d'y déposer le baiser brûlant qu'il aurait voulu offrir en hommage de certaines pages du livre de leurs souvenirs…

- Tu connais le chemin... Mon nouvel apprenti vous apportera des boissons tout à l'heure.

Ils traversèrent lentement l'immense fabrique. La majorité des ouvriers était constituée par des enfants. La plupart des petites filles. Mais il y avait aussi quelques adultes qui travaillaient là. Certains regardèrent passer le couple avec des yeux narquois. Ils n'ignoraient pas le lien qui unissait leur patron et la belle marieuse. Certains des ces hommes rêvaient en se disant qu'un jour, peut-être, cette houri les regarderait d'une autre manière, qu'elle n'aurait plus à leur égard ce port hautain derrière lequel elle se retranchait quand elle passait devant eux. Nadia était faite d'un mélange de provocation, de pudeur et d'arrogance, avec aussi une manière particulière de marcher, en se cambrant, et tuant net l'espoir des rares impudents qui avaient le courage de lui adresser une œillade enflammée.

Mathias crut qu'il allait mourir de honte sur place. Il n'osait regarder personne en face. Droit tel un piquet, il avançait, fixant la porte de la fameuse pièce qu'il fixait au fond de l'atelier comme une délivrance. Et dans sa confusion, par malchance, il ne vit pas le sac de fils multicolores qui obstruait l'allée ; il buta contre cet obstacle et s'étala de tout son long. Un ouvrier se précipita. Empêtré dans un filet d'excuses, le spectacle ridicule qu'il offrit ne fut pas du goût de Nadia qui s'était retournée. Son visage n'avait pourtant pas cillé mais il était clair, aux yeux des autres, qu'elle avait choisi un bien piètre amant. Quand ils eurent passé la porte, à l'abri des regards, elle donna libre cours à son hilarité ;

- C'est incroyable ce que tu peux être maladroit !
- Je n'ai pas l'habitude, ni même ton expérience, répondit-il du tac au tac.

Elle l'entraîna sur la vaste banquette et fit en sorte qu'il cesse rapidement de parler…

## Le poison va devenir remède

Simoan s'arrêta pour reprendre ses esprits, appuyé contre un mur éloigné de la criée qui battait son plein. L'été n'avait pas manqué son rendez-vous. La chaleur était suffocante. Il avait mal aux jambes et le souffle court. Il prit donc le temps d'une pause.

La rue des marchands de babouches était en effervescence. En fait tout le quartier l'était. Assis dans la poussière des aboyeurs attendaient qu'un grossiste ou qu'un acheteur vienne les quérir pour servir d'intermédiaire. Pour tuer le temps, ils jouaient aux cartes bruyamment. D'autres, avec leurs babouches contre leur poitrine, enfilées les unes dans les autres en une tour fragile, annonçaient à pleine voix le prix exigé par le grossiste. Avec une agilité incroyable ceux-là évitaient la bousculade, agités par l'obsession commune : vendre cher et acheter à bas prix.

Les fêtes approchaient. Les fassis aimaient les belles tenues. Les festivités étaient le prétexte au renouvellement des garde-robes. Aussi les prix montaient en flèche depuis quelques jours. Les aboyeurs, habiles dans cette jonglerie, accrochaient les uns ou repoussaient les autres, mais jamais sans se départir de leurs manières affables et respectueuses.

Simoan n'avait pas le goût du marchandage... Les criées des peaux tannées, des fruits secs, du beurre, de l'huile, des étoffes ou celle du bétail étaient une jungle où l'argent et ses travers était le lien qui unissait les hommes. Une criée faisait pourtant exception à ses yeux. C'était celle des oiseaux qui avait lieu le vendredi après-midi à l'extérieur des remparts. On pouvait y acheter des chardonnerets, des verdiers capturés à la glu, et même des serins chanteurs importés des îles lointaines. Une fois il s'y était arrêté et avait acheté une dizaines de perruches. Il leur avait redonné aussitôt la liberté sous les rires et les cris des enfants.

Il traversa la foule. Par l'importance de son héritage il était un des hommes puissants de la cité. Mais ceux qui le croisaient, le voyant ainsi vêtu, d'une manière aussi simple, ne pouvaient pas imaginer une telle chose. Ce n'était pas des babouches qu'il désirait vendre, mais des stocks importants de cuir que son frère avait entassés dans le but d'une spéculation. Mais Simoan était incapable de négocier lui-même et ne connaissait personne dans le monde des hautes affaires.

Il était à la recherche d'un intermédiaire, un homme susceptible d'avoir ses entrées auprès de riches clients. Son domestique lui avait indiqué quelqu'un. Cet homme avait secondé son maître lors de transactions difficiles. Simoan n'était pas idiot et avait tiqué à l'écoute du portrait enthousiaste qu'on lui avait brossé. Il était limpide qu'il aurait à faire à un personnage de la même espèce que son frère. Un de ces hommes qui cachaient derrière une vivacité d'esprit un opportunisme forcené et sans règle.

Il s'était dit, après tout, que seul son projet comptait même si pour cela il fallait engraisser un marchand sans scrupule.

Il dénicha sans difficulté la maison. Un homme courbé ouvrit et le conduisit dans une pièce sombre. Il montra un siège avec un geste désinvolte puis, sans façon, tourna les talons en ignorant volontairement de lui demander son nom ainsi que le but de sa visite. Cet homme, sans doute un domestique, l'avait pris pour un de ces employés que son riche patron utilisait de temps à autre. Décontenancé Simoan faillit se taire mais se reprenant il l'interpella avant qu'il ne disparaisse derrière la porte.

- Dis-lui que je suis Simoan, le frère de son ami défunt. Au cas où il l'ignorerait j'ai hérité de sa fortune… Je voudrais lui faire une proposition.

Vexé de s'être mépris de la sorte, le domestique s'exécuta. Il réapparut timidement puis du bout des lèvres annonça à Simoan de le suivre. Au fond d'un couloir, il poussa une porte épaisse et s'effaça humblement pour le laisser passer. Puis il referma avant de s'éloigner. Il y avait des marches car la salle était en sous-sol. Au milieu, à la lueur de bougies dressées sur des chandeliers, accroupi devant un coffre en bois, le propriétaire était occupé à classer diverses monnaies dans une dizaine de coupes en porcelaine. Un véritable petit trésor.

Simoan attendit que le coffre fût refermé pour lui  adresser le bonjour.

Le négociant s'intéressa alors à son visiteur et lui avoua rempli de fierté :
- Il y en a pour plus d'un million !
- Jolie somme, ironisa le sage.

Simoan venait de réaliser l'honneur dont il faisait l'objet. Son frère devait être l'ami intime de cet homme pour que celui-ci le reçoive devant son argent. Le rite voulait que cette opération comptable se fasse dans le plus grand des secrets. Sur un bel écritoire il y avait le cahier dans lequel le détail de cette fortune était noté. Le vieux poète ne put s'empêcher de penser au grand livre de comptabilité sur lequel il s'était cassé l'esprit durant plusieurs jours.
Ils gagnèrent une pièce plus confortable au rez-de-chaussée. Confortablement installés devant du thé et un plat de gâteaux aux amendes, ils échangèrent les politesses d'usage, prologue de toute affaire commerciale digne de ce nom. Simoan le poète devenu commerçant par la force des choses ne repartit qu'à la tombée de la nuit. Il était assez assez satisfait car il avait attisé suffisamment la convoitise de cet honnête voleur. Si tout se déroulait selon ses plans tout pouvait être réglé dans les mois à venir.

Mathias vécut cette période partagé entre le désir permanent d'être dans les bras de la marieuse et le sentiment de mauvaise conscience vis-à-vis de Mirida.
Simoan avait payé un instituteur et Mirida passait le plus clair de son temps à apprendre à lire et à écrire. Elle avait le souci de s'instruire vite. C'était une manière de remercier son protecteur qui les accablait de tant de bontés. Mathias en profitait pour s'éclipser. Il avait refusé d'étudier davantage se targuant d'être suffisamment instruit. Il préférait passer le temps à se balader parmi les bougainvillées des jardins de la cité. Et, bien entendu, rejoindre Nadia dans l'arrière-salle chez le marchand de tapis. Quand celle-ci était disposée à le recevoir.
Toutefois l'entrain que lui avait prodigué la marieuse s'était peu à peu émoussé. Un jour il aperçut dans le sillage de sa maîtresse celui qui l'avait remplacé. Curieusement il n'éprouva aucune

jalousie. Juste un soulagement immense qui vint apaiser sa conscience.

Au milieu de l'hiver, une violente fièvre s'empara de lui ; la poitrine creusée par une toux dévorante il se confina dans la maison jusqu'au début du printemps. Mirida ne le quittait plus et avait négligé l'étude pour lui tenir compagnie. Loin de s'en plaindre, il avait pris l'habitude fâcheuse d'être servi.
Nadia n'était plus qu'un souvenir. Un de plus…

Mathias avait fermé son passé et il avait oublié toute prudence. Une année s'était écoulée depuis leur fuite de la Tassaout. Les événements sanglants qui avaient eu lieu avaient bouleversé la cité. Une guérilla acharnée avait éclaté entre les forces armées de l'occupant qui avait désarmé les troupes du sultan pour davantage de sécurité et les tribus renégates rassemblées dans le bled, à proximité de la ville. Les révoltés attendaient le moment propice pour se ruer sur les remparts. En attendant toutes les portes étaient constamment surveillées.

Le sultan Mouley Hafid, avait été pris de panique. Il avait menacé d'abdiquer car il avait le fort désir de se réfugier à Marrakech. Mais le général Moinier qui commandait les forces françaises était un homme méfiant. Il voulait instaurer l'état de siège en exerçant sur le peuple des représailles et obtenir une contribution de guerre pour dédommager toutes les familles qui avaient été massacrées.
La ville de Fès fut sauvée grâce à la diplomatie. Les bourgeois, qu'il était bon de conserver comme alliés, n'avaient pas bougé lors des émeutes ; il aurait été donc injuste et malhabile de leur en faire supporter des conséquences financières. Moulez Hafid obtint l'autorisation tant souhaitée et il put se réfugier avec les vingt mille serviteurs de sa suite à Marrakech dans l'attente de jours meilleurs.
La cité abandonnée aux mains des étrangers l'ordre fut rétabli.
Les audiences quotidiennes reprirent au palais. A la place des dignitaires habituels ce furent donc des officiers français qui reçurent les visiteurs. Des réformes eurent lieu dont l'abolition d'impôts qualifiés d'illégaux aux yeux de certains. A l'aide de

courbettes et de réceptions coûteuses, le général Moinier, en fin diplomate, parvint de la sorte à se glisser dans l'intimité des notables de la ville millénaire.

Simoan avait suivi cette évolution mais il avait su conserver ses distances lors des discussions enflammées que ne manquait pas de provoquer Mirida. Mathias, affichait un air lointain, qui ne faisait, bien entendu, qu'aggraver la colère de la jeune femme. Nul ne pouvait dire pourtant ce qu'il y avait dans sa tête. Métis, il naviguait entre les divergences. Interrompant la fougueuse Mirida par une parole piquante quand elle s'énervait trop, il avait coutume de dire :
- Mais cesse de crier ! Tu ne pourras rien changer. L'homme se battra toujours. C'est sa nature. Toi-même en ce moment, si tu avais une arme tu serais capable de me tuer. Rien n'est plus difficile à respecter qu'une opinion qui ne nous appartient pas et que nous ne comprenons pas.

Mirida, folle de rage, jetait alors avant de s'enfuir en courant :
- Tu parles trop haut ! Avant de vouloir imiter Simoan, l'ami des solides conseils, attends d'avoir des cheveux blancs et une barbe plus fournie. Rien n'est plus ridicule que ces quelques poils minuscules que tu t'obstines à laisser pousser sur ton menton impuissant !

Ce genre de remarque avait le don de l'agacer prodigieusement. Toutefois, ces disputes mises à part, l'ambiance de la maison conservait un aspect serein. Mathias dans le confort de sa nouvelle vie avait repris de l'assurance. Il s'était débarrassé de cette peur maladive de l'uniforme qui l'avait hanté Ce qui fut une mauvaise chose.

Ce jour-là donc, il fut incapable de flairer le piège. Des soldats avaient investi brutalement la maison. Ils appartenaient à la garnison du palais, sous les ordres du général Moinier. Mathias fut stoppé dans une immobilité glaciale. Le dernier battement de son cœur resta suspendu dans une infinité de secondes, accroché en pleine stupeur.

Les soldats, de sombres brutes, se jetèrent sur lui. Incapable de se défendre, il reçut néanmoins une dégringolade de coups dans le ventre et dans les côtes. Le souffle coupé, un genou à terre, meurtri, il comprit que son passé le rattrapait. Mirida, livide, derrière ses mains hurla dans un déchirement de tympan. Son monde s'écroulait. Son beau génie était pris.

Ils l'entraînèrent dehors et n'eurent aucun mal. Son regard était rivé sur un horizon lui appartenant.

Mathias, tel un somnambule, déjà semblait ne plus être là.

Simoan, spectateur impuissant s'avança vers la jeune femme. Il la retourna avec précautions et l'attira affectueusement contre sa poitrine maigre. D'une main usée et tremblante il caressa la magnifique chevelure de la jeune femme. Il y a des peines qui sont intraduisibles par des mots.

Cette première nuit d'attente parut ne jamais se terminer. A l'aube Mirida descendit dans le jardin. Sa tenue était négligée. Elle avait les cheveux emmêlés. Elle n'avait pas eu le courage de se coiffer. Ses yeux étaient cernés par le manque de repos et papillotèrent sous la lumière vive du matin. Les massifs de géraniums étaient encore trempés par l'humidité de la nuit et frémissaient sous le souffle d'une brise légère. Cette empreinte de beauté, de poésie, qui la touchait d'habitude au plus profond d'elle-même, avait perdu tout son charme. Son pas, aux allures incertaines, trahissait son extrême faiblesse. Un parterre de marguerites lui rappela son amoureux. Il avait pris l'habitude de lui en offrir de temps en temps. Elle se pencha, en cueillit une et la glissa derrière l'oreille.

Mais ce geste délicat loin de la calmer réanima son désarroi. Changeant d'avis elle enleva la fleur et la piétina rageusement. Que pouvait-elle faire face à ces soldats ? Résignée, la jeune femme se réfugia au pied d'un olivier et elle pleura à chaudes larmes.

La maison dormait encore. Les sanglots mélangés au clapotis de la fontaine ne réveillèrent personne. Simoan la trouva ainsi, prostrée. Dormait-elle ? Les nuages regardaient la ville ; ils ne

bougeaient plus et camouflaient le soleil ; la fraîcheur de la matinée annonçait le mauvais temps.
- Il y a du thé si tu veux ?

Il attendit qu'elle se relève pour ajouter :
- Nous devons prendre des forces avant de savoir ce que nous pouvons faire pour le sauver. J'ai de l'argent trop à mon goût ! Aujourd'hui je remercie Dieu. Le poison va devenir remède.
- Comment croyez-vous le tirer de leurs griffes ?
- En achetant les gardiens. Corrompre fait partie du pouvoir de l'argent. Notre bon domestique, ce cher vaurien de Mustapha est bien plus malin qu'il ne le donne à penser. Ce n'est pas par hasard s'il a servi mon frère toutes ces années. Il m'a confié qu'il rêvait de posséder une boutique pour faire du commerce avec les étrangers. Il va donc avoir l'occasion de la gagner Il connaît suffisamment de malfaisants assez habiles pour ne pas avoir eu encore la main coupée. Leur plan en y mettant le prix sera sans défaut, ponctua-t-il d'un ton affirmé dans le but de la rassurer.

Mirida demanda :
- Vous connaissez la raison de son arrestation ?

Le sage la fixa et dit d'un air circonspect :
- Je croyais qu'il t'avait tout raconté ?
- Non ! Je sais seulement qu'il a tué son père. Il m'a raconté de quelle façon cela s'était passé. Mais c'est la raison que j'ignore.

Il hésita.
- Mathias m'a honoré de sa confiance. C'est vrai qu'il ne m'a pas demandé de garder le secret. Son crime n'est qu'une braise dans le feu quand on connaît ce qui a précédé. C'est plus facile de comprendre, de pardonner.
- Je n'ai pas besoin d'en savoir davantage. J'ai la certitude de son innocence.
- Il a quand même tué… Un autre à sa place n'aurait peut-être pas tiré ?

- Moi aussi, répondit-elle vivement. J'ai quand même pris la vie de quelqu'un. Vous semblez l'oublier ! Je ne m'estime pas pour autant coupable.

Simoan étouffa la colère de Mirida par un geste protecteur, en la prenant affectueusement par les épaules. Après il proposa de rejoindre Mustapha. Ils burent leur thé en se taisant. Il était brûlant et la jeune femme souffla dessus longuement pendant que le vieil homme posait sur elle un regard tendre. C'était évident. Elle était aux limites de ses forces.
Il reprit la conversation.
- Je me suis réveillé cette nuit avec une idée en tête. Elle m'a tenu jusqu'au matin.

Mirida n'osa pas l'interrompre, persuadée qu'il faisait allusion au fameux plan dont il avait parlé. Elle fut déçue.
- Mathias dans cette ville est un étranger. Les rares personnes qui le côtoient, à l'exception de Mustapha, le prennent pour mon fils. Il n'y a que nous deux à connaître sa malheureuse histoire. Pourtant, il y a bien quelqu'un qui l'a reconnu, qui l'a dénoncé. Là-dessus il n'y a aucun doute à avoir.
- Quelqu'un peut-être qui habitait chez lui ? Un employé de son père qui vivrait maintenant ici…
- C'est probable. Ou alors, a-t-il parlé à une personne qu'il estimait de confiance ?

Simoan pensait en disant cela à Nadia. Le vieil homme savait et il avait laissé faire. Il était inutile de calmer un jeune bouc qui a senti l'odeur de la chèvre. Il se promit d'aller interroger au plus tôt la marieuse. Là-dessus Mirida prit un visage soucieux qui n'échappa point au vieux sage. Un instant, il crut qu'elle était au courant. Il demanda :
- Qu'y a-t-il ?
- Sala avait tout entendu ? Mais il est mort. Je l'ai vu par terre et Mathias est allé à son tour voir le corps, juste après…

Elle regretta déjà d'avoir prononcé ce nom. Le rappel de cet épisode revenu soudain avec force accentua son inquiétude. La brutalité de cet homme, son sourire sardonique, penché sur le lit de ses nuits, le poignard vengeur dans la main, il avait alimenté tous les cauchemars de ces derniers mois. La mort n'avait rien effacé. Sala n'existait plus. Néanmoins la peur qui émanait de son souvenir persistait encore. Un soir elle avait cru sentir le contact de sa peau froide sur la sienne.

Le vieil homme fut soulagé. Il en déduisit qu'elle ne savait rien au sujet de Nadia. Ou alors, pensa-t-il, elle avait préféré ignorer l'escapade infidèle de son ami, escapade que son expérience et sa maturité savait utile à l'équilibre du jeune homme. Il avait encore tant à apprendre de la vie…
Sortant ainsi de sa réflexion, il se redressa et prit un ton qui se voulait rassurant. Il expliqua :
- Je ne vois qu'une seule explication. Un employé du domaine de son père l'aura reconnu, tu as sans doute raison !

Mirida face à la  triste réalité répéta docile :
- Il n'y a que cette raison…
- Quand il sera libre, continua-t-il, il vous faudra vous enfuir à nouveau. Malheureusement je ne serais pas en mesure de vous accompagner. Je serais une gêne... Par contre, je vous donnerais de l'argent.
-  Nous n'en voulons pas, s'écria-t-elle fièrement.
- Ce sera votre unique chance. Vous irez vers le sud. Là où les tribus ne sont pas soumises aux étrangers. Tu as compris ? Vers le sud… Évitez Casablanca ou Tanger. Les ports sont tenus par les Européens.

Devant la figure triste et butée de la jeune femme placée dans la perspective de quitter ses chères montagnes et sa vallée de la Tassaout, il insista fortement :
- Essayez de rejoindre au plus vite une caravane. La planète est immense, nous sommes si petits…

Il se leva péniblement et se dessina sur ses traits l'image d'une douleur soudaine. Il porta une main sur son rein tandis qu'un sourire de lassitude s'esquissait sous sa barbe embroussaillée.
- Tu vois ma chère enfant ! Je suis trop vieux pour vous suivre.

Il fit mine de sortir mais se ravisant aussitôt il précisa :

- Quand tu auras terminé de te restaurer, rejoins-moi dans le bureau de mon frère. Je te raconterai la vie de Mathias. Et si plus tard, il décide de t'en parler, promets-moi de l'écouter sans dire un mot. Il ne faut jamais couper dans son élan un être qui désire se confier. Car la parole dans ces moments-là est une médecine. L'esprit la réclame.

- Je vous le jure ! répondit-elle.

- A tout à l'heure donc.


Seule, Mirida reposa sa tasse. Comment vivre sans penser à lui ? Où était-il ? songea-t-elle. Un profond et long soupir se glissa entre ses lèvres. Lentement, traînant les pieds alourdis par le chagrin, elle se dirigea vers la porte. Un miroir lui refléta une silhouette d'épouvantail à moineaux. La honte la saisit. Jamais elle n'avait autant négligé sa chevelure, la plus belle des filles du village, la fierté de son père. Que dirait son beau génie si par miracle il survenait et qu'il la voyait ainsi ? Elle se rendit dans sa chambre et se brossa les cheveux longuement. Calmée, elle s'en alla ensuite rejoindre Simoan qui l'attendait. Croisant Mustapha qui justement sortait du bureau, elle poussa la porte. Simoan la félicita chaleureusement.

- Je te préfère ainsi.

- Moi aussi, se força-t-elle à répondre d'un ton enjoué. J'ai aperçu votre domestique, vous lui avez parlé ?

- Ce n'est pas mon domestique, petite ! Il était celui de mon défunt frère. Dans cette maison maintenant c'est un employé.

- Ce n'est donc pas la même chose ? demanda-t-elle sceptique.

- Il est vrai ! Souvent la différence est infime mais ne parlons pas de ça. Oui, je lui ai demandé son aide. Et il a accepté. Nous aurons d'ici ce soir des nouvelles. Si Dieu le veut !

- Toujours Dieu ! Il n'est pas question de lui... C'est vous qui tentez de préparer la fuite de Mathias. S'il parvient à s'échapper c'est à Mustapha et à ses complices qu'il le devra.

- A l'argent de mon frère aussi.

- Oui, l'argent aussi ! Alors je vous en conjure, oubliez Dieu !

- Tu sembles fâché contre lui, s'étonna-t-il.


Elle baissa la tête et se tut.

- Ne te mets pas dans cet état. Écoute-moi donc plutôt. L'année dernière, près du feu, un soir, sous le ciel des pâturages, nous avons parlé toi et moi de la destinée. T'en souviens-tu ?
- C'est vrai.
- Tu as raison et si j'ai prononcé le nom de Dieu c'est surtout par habitude.

Il bourra sa pipe et l'alluma paisiblement. Dehors la grisaille n'inspirait guère à sortir. Il faisait bon. Mirida en fut gênée. Mathias avait-il dormi ? Avait-il froid ? Elle se frotta les yeux et dut faire un effort pour repousser l'angoisse qui l'étreignait de plus en plus. Attentive elle attendit.

# C'est alors qu'il vit le cheval

Simoan enroulé dans sa fumée fit appel à son talent de conteur ; il était nécessaire qu'il dessine au plus juste le portrait très autoritaire du grand-père ainsi que celui de Théodore, le père du garçon, expliquer comment ces deux hommes étaient si étrangement semblables. Il était nécessaire aussi de brosser le caractère de sa mère, femme éteinte, absente, pour que Mirida puisse comprendre la mécanique de cette famille. Il devait s'efforcer de décrire comme s'il y avait vécu la maison vide, obscure, et de tailler à grands coups de phrases cette tragique tranche de vie de son protégé.

Mirida patiemment attendait.

Quand il se sentit prêt, il ferma les yeux à demi, et entama son récit.

« A cette époque, l'évasion était pour lui, comme un havre de bonheur. Les contrées mystérieuses de son imagination fertile étaient peuplées par des tribus altières aux femmes belles et richement parées. Il était un adolescent tourmenté et se perdait dans les méandres compliqués de son jeune cerveau. Le rêve équilibrait la balance de sa vie. La fuite vers l'irréel, vers le sublime, ou vers la beauté était pour lui une sorte de drogue dont il était totalement dépendant. La raison de cette aspiration profonde était le mur qu'avait édifié son père. Un mur qui les séparait. Construit avec des briques pétries de réprimandes, d'humiliations, de douleurs et d'indifférences. Un mur scellé par le ciment d'une autorité inflexible. Un mur qui augmentait en épaisseur, en hauteur. Un mur qui était quasi infranchissable. Chaque conversation avortée, chaque souhait déçu, chaque ordre reçu comme un coup de fouet, constituait une espèce de lierre qui en augmentait la solidité.

Théodore était grand. Sans une once de graisse. Le ventre aussi dur que son âme. Son visage mangé par le sang injectait quand il était en colère un nuage rouge dans ses yeux. Il s'y reflétait en temps ordinaire une volonté tenace dont les racines, ancrées dans la terre de son caractère brutal, y puisaient leur source de vie. Il se voulait de fer. Son éducation l'avait forgé dans cette organisation. Pour lui, le respect ne pouvait habiter que dans la force.

Il avait surtout la passion des fusils. Le froid de l'acier qu'il sentait sur sa joue, lorsqu'il visait une proie, lui procurait une joie ineffable. Il n'était pas sanguinaire. Tuer lui importait peu. C'était plutôt cette puissance monstrueuse qu'il aimait, quand l'être profond qui logeait dans son inconscient lui ordonnait de franchir la passerelle fragile entre le désir et l'acte. Détruire par sa seule volonté une vie. Cette seconde, générale en chef de la pression du doigt sur la détente, à l'image d'un dieu puissant, le faisait vibrer d'une jouissance obscure qu'il désirait éternelle. Pouvoir tuer un animal plus digne, un animal plus dangereux, un animal qui lui ressemblait mieux. Tel était le rêve noir de ses nuits. Tuer un homme pour le seul plaisir d'avoir à penser, à décider pareille chose, pour prouver combien était grande sa force, sa volonté et sa folie.

Plus jeune quand il s'était battu sous le règne de son beau-père, le Chambellan Si Ahmed Ben Moussa qui avait su par un habile coup d'état installer sur le trône le jeune sultan Abdelaziz, le sang avait beaucoup coulé. Il n'en avait ressenti aucun remord. Mais la mécanique de ces combats, de ces charges à cheval, était trop rapide, trop éphémère. Il n'avait pas eu le temps de s'en délecter. Ses instincts de fauve étaient tenus par la laisse de sa parfaite éducation. Cette éducation avait façonné un homme craint, respecté, confortablement installé dans sa morale forgée lors de sa vie marocaine.

Ce jour-là, face à cette larve recroquevillée dans le creux du fauteuil, face à ce fils, Théodore ne savait plus quoi faire. Il avait compris qu'il serait impossible de lui transmettre la flamme qui l'habitait, l'énergie qui avait affûté son intelligence, son ambition. Il avait fabriqué sa propre invulnérabilité contre le monde extérieur, contre ce monde déchiré par les guerres tribales. Pour atteindre son fils Théodore n'avait que sa colère comme langage possible. Ce garçon pourtant dirigé suivant les mêmes préceptes que les siens représentait un échec cuisant dans sa vie. Cette peine lui attrapait les entrailles et décochait une douleur profonde. Cet unique héritier et mâle de surcroît, seul futur prolongement de sa vie, écartait un à un les doigts de la poigne qui le brisait, de cette éducation rectiligne qu'il ne supportait pas. Théodore cherchait en vain dans le regard de son fils une lueur de virilité. Mais il y avait pire !

Depuis quelque temps, avait-il remarqué, une impression, au départ à peine saisissable, était devenue plus évidente : son fils avait peur de lui. Cette idée le rendait fou car il y avait malgré tout, enfouie, timide, dans la broussaille de sa farouche volonté une graine de tendresse qui avait réussi à croître mais sans avoir donné la moindre fleur.

Théodore, bizarrement, avait rencontré sa femme à Paris. A l'époque, elle vivait dans une obéissance totale envers son père qui était le caïd d'une tribu renommée alliée au sultan Moulay Hassan, le père de Moulay Abdelaziz.

Le sultan avait l'intention de réformer son pays. Il avait envoyé son homme de confiance en France pour régler une affaire diplomatique et tenter d'obtenir par la même occasion une aide financière de l'état français. Celui-ci avait emmené avec lui sa première épouse, l'officielle et sa fille aînée. La jeune femme vécut donc plusieurs mois sur le sol français, dans la capitale étrangère, où la pluie, le froid, le vent, étaient maîtres du temps, où le cœur des hommes ne chantait pas, et dont les toits étaient défigurés par des couvertures de tuiles sales.

Ce fut dans cet état d'esprit qu'elle rencontra Théodore. Déjà dans un bel âge, celui-ci était toutefois d'une fière prestance. Au cours d'une soirée mondaine à l'ambassade ses regards, ses sourires, avaient été autant de signes de son attirance pour elle.

Plus tard, de retour à Marrakech, quand elle le vit débarquer dans le palais de son père, et qu'on lui annonça qu'elle était promise à ce fils d'un éminent banquier, elle n'en avait pas été étonnée. Elle s'y attendait. Par son éducation elle savait que son avis importait peu. Cet homme l'attirait et lui faisait peur en même temps.

Le côté pratique des deux familles et le haut rang des fortunes réciproques avaient tué les préjugés raciaux. Le mariage fut organisé et le printemps suivant, contre toute attente, Théodore tombé sous le charme de ce pays aux paysages merveilleux, s'installa au Maroc plutôt que de rentrer chez lui à Paris. Après avoir vécu plusieurs années près de son beau-père, dans son palais cossu de Meknès, il songea à prendre son indépendance et entreprit de faire construire une vaste demeure au pied de l'Atlas, sur une terre pacifiée offerte par le sultan.

Mathias regrettait l'époque de sa première enfance, ses jeux dans les patios du palais. Pourtant cette nouvelle existence dans une contrée sauvage ne pouvait que lui plaire. Le caractère de la maison était particulier. Elle était une grande tanière sombre qui abritait un animal sauvage, son père, au caractère irascible, aux griffes acérées. Cette maison, riche, très bien meublée mais à peine confortable, où il était le seul enfant, où les domestiques se taisaient, et où son père criait après sa mère qui s'enfermait pour pleurer, l'impressionnait.

Forteresse accrochée au rebord d'un large plateau elle dominait l'oued qui coulait sagement en contrebas. Construite avec une cour intérieure, où le parfum des oranges embaumait l'air, une fontaine de mosaïques affirmait orgueilleusement leur richesse en projetant une eau fraîche à souhait. La bâtisse présentait surtout un aspect carré et massif qui en accentuait sa noblesse rude et sauvage. Plus loin venaient les écuries, ainsi que les dépendances autour d'une cour qui débouchait sur un parc méticuleusement soigné par des jardiniers.
L'énorme portail en fer forgé en était le fleuron et clôturait ce monde chaque soir pour le protéger contre les dangers de la nuit. De l'autre côté de la maison face à la vallée le potager fait de longues terrasses, consolidées par des remparts de rocailles, descendait jusqu'au ravin qui tombait sur la rivière une centaine de mètres plus bas. Les fenêtres qui s'ouvraient sur cette vue offraient un spectacle permanent d'une nature splendide dont s'extasiait la sensibilité du jeune garçon.

Plus tard, un escalier avait été construit pour accéder au ravin. Sans le savoir, Théodore, par cette voie sur la rivière, sur les collines poussiéreuses avait offert à son fils, la seule arme efficace pour lutter contre lui. Mathias, avait été marqué par la manière dont son père avait agi lors des travaux. Par le souvenir du harcèlement de ces malheureux réquisitionnés dans un douar voisin. Des hommes qui avaient été forcés de travailler sous la chaleur torride du sirocco qui avait balayé durant des jours et des nuits sans fin la région.

Un jour, notre ami traversa le parc, négligeant les allées, faisant exprès de marcher sur les pelouses orgueil de la maison, étalage de leur richesse en eau. Il passa sous le pigeonnier et franchit l'énorme enceinte par la petite porte côté ouest. Il était le seul à l'utiliser.

Dès qu'il dépassait le seuil de la propriété le bonheur palpable de cette nature devenait son bien. Il longea le mur protecteur des privilèges de la famille, et parvint jusqu'au potager perchée sur le silence de la rivière.

Notre jeune homme ne s'attarda point sur la beauté du paysage comme il le faisait à l'ordinaire. Pourtant le soleil peignait le paysage d'une multitude de couleurs mordorées propres à l'émouvoir en temps ordinaire. Il était tracassé. L'ambiance de la maison qui empirait chaque jour en était la cause.

Traversant la terrasse, les jardiniers n'étant pas là, il prit enfin son élan suivant une longue habitude, et dévala l'escalier en évitant de se rompre le cou. La rivière dormait, paresseuse, paisible, léchant d'une eau marron, boueuse les contreforts de la falaise abrupte. Au-dessus, le potager, la coiffait, tel un chapeau vert avec un assortiment de fanfreluches qui tombaient par-dessus.

Il enleva ses chaussures et releva le bas de son pantalon, roula ses chaussettes au fond de sa poche puis traversa la rivière là où il y avait peu d'eau. Au passage, il souleva un nuage de sable et de vase. Une tortue qui tendait sa tête verte hors de la surface, abrutie par la chaleur, gagna les profondeurs obscures. Sur la berge le garçon remit ses chaussures puis suivant son habitude, accrocha ses chaussettes à un grand cactus qui lui servait de portemanteau. Puis, dès qu'il revenait, les chaussures pleines de poussière, il les nettoyait puis enfilait ses chaussettes propres de manière qu'à son retour personne ne remarque qu'il était allé dans les collines.

La terre chaude lui parlait. Elle était son grand amour. Cette colline aride, dure, odorante, l'apaisait. Quand il marchait dans la poussière il évacuait son angoisse. Au sommet de la colline il se retourna pour contempler la vallée. Elle était plus belle que les autres jours. Sur l'autre versant la maison agrippée à ce décor rugueux par la force d'une volonté lui faisait face. Il cracha et la tête basse prit le sentier qui descendait. Il avait soif.

C'est alors qu'il aperçut bien plus bas, juste devant une cabane abandonnée, un bel étalon blanc magnifique de noblesse qui, semblait-il, attendait son cavalier. Une selle avec de lourds étriers d'argent, brillamment décorée procurait à la monture un air martial. Cette bête lui rappela les chevaux que montaient certains généraux sur les champs de batailles dont il avait vu les aquarelles dans des livres poussiéreux. Il s'arrêta et ne bougea plus. Une cinquantaine de mètres à vol d'oiseau les séparaient. Heureusement, le vent soufflait dans la bonne direction. »

Simoan, plongé dans son récit, malgré sa concentration, vit Mirida tressaillir à l'énoncé du mot " cheval ". Il lui demanda :
- T'en a-t-il parlé ?
- Une fois près d'un ruisseau… Ce matin-là, il avait retrouvé ses esprits et la manière de parler dans notre langue. Sotte que j'ai été ! Voulant brûler les étapes, je l'ai obligé à poursuivre. Il n'y a eu que le cheval dont il s'est souvenu. Mais terrorisé à son souvenir, il s'est évanoui.
- Rien d'étonnant ! Écoute la suite :

« De retour chez lui, Mathias s'enferma dans sa chambre. Les journées suivantes, il partit à la recherche du cavalier. Il n'avait pas besoin d'inventer des excuses pour s'échapper. Dans cette maison il était aussi transparent que sa mère. Mais il ne le revit pas. Il tâcha par la suite de ne plus y penser. Les paysans eux-mêmes ne savaient rien.
Plusieurs mois s'écoulèrent.
Un après-midi, un livre sous le bras, il avait rejoint la colline. Malgré sa lecture dans laquelle son besoin d'évasion l'avait

plongé, il entendit le bruit des sabots qui en contrebas raclaient la pierre du sentier. L'inconnu s'était arrêté.

Penché sur une des pattes du cheval, l'homme ignorait qu'il était observé. Mathias, ne perdit rien de la scène. Il eut cette fois-ci le temps de le détailler. L'inconnu était mince, de taille moyenne et vêtu entièrement de noir ; curieusement il portait le tarbouch des touaregs qui recouvrait son visage.

Un muletier d'un pas tranquille déboucha du sentier. Mathias reconnut un paysan qui habitait le douar voisin. L'inconnu se redressa et attendit le muletier.

S'ensuivit alors une scène singulière. De sa cachette Mathias ne pouvait pas entendre ce qui se disait mais ce qu'il vit le figea de stupeur.

Le cavalier noir s'approcha du paysan et lui prit la main. Il le tira vers un rocher plus haut que les autres puis il s'y adossa. Avec la vivacité de la folie, l'homme masqué fit voler sa tunique, et apparut nu. Totalement nu excepté les bottes ainsi que le voile cachant son visage. Imagine la stupeur de notre Mathias. C'était une femme… Son corps était magnifique. Pour la suite, petite Mirida, toi qui connais déjà bien la vie, je n'ai pas besoin de te le décrire. »

- L'homme la viola ! dit Mirida qui interrompit dans un cri le récit passionnant du vieux sage.
- Non ! Pas du tout… C'est elle qui le violait si on peut dire. L'homme pour cet acte use de sa force et de sa brutalité.
- Je sais ! avoua-t-elle.
- Elle... se servait de sa beauté et de son audace.
- Qui était-elle ?
- Tu mets l'accent sur l'étrangeté de l'histoire. Le voile malgré les ébats qui se déroulait dans ces collines ne tomba pas. Quand la femme se libéra du plaisir, qu'elle eut lâché un gémissement, comme un cri de victoire, elle se rhabilla promptement et se précipita sur sa monture. Le muletier encore ébahi par cette aventure, en se réajustement stupidement, la regarda s'enfuir sans comprendre.
- Et Mathias ?

- Lui n'avait plus envie de lire. Cette femme venait de l'éblouir par tant d'audace. Le souvenir brûlant de cette étreinte sauvage, comme tu peux l'imaginer, troubla l'esprit romantique de notre cher Mathias. Il tomba amoureux d'elle.

- Ainsi je n'étais pas la première, constata-t-elle avec un léger pincement de jalousie.

- Non ! Mais tu verras que cet amour-là il te sera aisé de l'accepter…

« Par la suite, il la rechercha. Et la chance aidant, il l'aperçut à maintes reprises. Mais lors de ces apparitions, elle s'enfuyait lorsqu'il se montrait. A pied il n'avait aucune chance. Lui vint alors l'idée d'apprendre, lui aussi, à monter à cheval, à la grande joie de son père.

Mathias s'était toujours entêté à mettre de la mauvaise volonté dans cette pratique qu'il n'aimait pas et qui plaisait tant à son père. Revenu de son étonnement Théodore lui octroya donc un cheval, un des plus tranquille de l'écurie.

Au début Mathias demeura prudent et il ne poussa point sa monture dans de longs galops hasardeux. Mais la motivation de sa démarche était la plus forte. Très vite, il apprit à se tenir en équilibre à grande vitesse.

Avec une patience infinie, il s'embusqua, mourant de chaleur dans les collines. Un jour son obstination fut couronnée enfin de succès : elle apparut un matin. Le cœur explosé, il grimpa en selle avec une lenteur étudiée. Il comptait sur l'effet de surprise. Il talonna de toutes ses forces le ventre de sa monture.

Le voyant soudain surgir, la cavalière s'effraya et perdit dans l'affolement des secondes précieuses avant de tourner bride. Dans un grand fracas de galop qui déchira l'air chaud de cette journée chargée de soleil, la poursuite s'engagea alors dans la poussière. Le sentier était assez escarpé, voire dangereux. Elle possédait un étalon rapide mais ses dons de cavalière n'étaient pas à la hauteur des possibilités de l'animal. Aussi, abandonna-t-elle le sentier et tenta de rejoindre la rivière en piquant droit devant, aiguillonnée par la peur d'être rejointe par ce garçon qu'elle ne voulait pas rencontrer.

La chance fut de son côté et elle ne se rompit pas le cou ainsi que notre héros qui prit aussi les mêmes risques dans son ardeur à la rejoindre. Le long de la berge en terrain plat, il serait plus facile de semer cet idiot avait-elle imaginé. Lui, agrippé de sa main gauche au pommeau de la selle, la droite serrant les rennes fermement, oubliant les risques qu'il prenait, perdit le terrain qu'il avait si périlleusement gagné ; la vitesse de l'étalon était supérieure. Mais le hasard voulut qu'un trou obligea le brillant coursier à faire un brusque écart ; la femme perdit l'équilibre et goûta l'eau boueuse de l'oued.

Mathias arrêté net dans sa course s'était précipité. Lorsqu'il se pencha pour l'aider, elle lui intima d'une voix sourde et apeurée, de ne point la toucher.
- Vous n'avez pas de mal ? avait-il demandé.

Elle n'avait pas répondu. Mathias avait voulu poursuivre mais ses phrases se dérobaient sous sa langue. Dans le calme de sa chambre, il avait imaginé tant de fois cette minute, toujours à son avantage. Mais la réalité était tout autre et venait de le prendre au dépourvu.
Il réalisa en croisant ce regard qui reprenait de la brillance combien il devait être ridicule. Néanmoins il était primordial qu'il agisse. Le destin capricieux lui tendait une perche. Il devait la saisir au vol. Une occasion pareille ne se représenterait pas deux fois.
Alors, malgré sa panique il se décida.
- Madame, si je vous ai suivie, faible est ce mot, je vous prie de me pardonner, j'ai cependant une excuse. Depuis des mois je vous recherche. Je vous aime. Et si j'ose me confier c'est parce que je suis seul. J'ai toujours été seul !

Il avait récité cette phrase sans même réfléchir. En quelques mots il avait résumé sa vie solitaire. Je suis seul…
- Pourquoi m'aimes-tu ? avait-t-elle répondu d'une voix douce.

Un sentiment indéfinissable avait mordu la sensibilité de l'inconnue. S'époussetant et s'assurant de la bonne fixation de son tarbouch qui la masquait, elle avait reposé sa question. Il n'avait pas répondu et se contentait de la dévorer des yeux. Le tissu, mouillé par la sueur du visage, déformait le son de sa voix, lui donnait un accent encore plus énigmatique

Il n'avait qu'une idée : la conquérir…

- La première fois je vous ai vue par inadvertance, se dépêcha-t-il de préciser. Il y a quelques mois, dans la colline…Vous vous êtes offerte à un muletier. Jusqu'à ce jour-là, je vous avais pris pour un homme et…

Le coupant, la femme ironisa en disant :

- Évidemment si tu m'as vue ce jour-là la tromperie n'est plus possible. Suis-je belle ? interrogea-t-elle en se reprenant dans un excès de coquetterie.

Il avait alors balbutié une vague réponse et satisfaite, elle avait demandé :

- Depuis combien de temps es-tu amoureux de moi ?

La crainte s'était dissipée. Elle s'était lentement approchée et avait caressé son visage. Une main douce comme un souffle de vent.

- Tu es si beau , avait-elle prononcé si bas qu'il l'avait à peine entendue.

Machinalement ils s'étaient assis à l'ombre d'un cactus, au bord de l'eau. Mathias pour la première fois de sa jeune vie s'était confié. Elle l'avait écouté, attentive, immobile. Depuis longtemps notre ami attendait quelqu'un à qui se raconter, autre que les collines, le sable et la rivière. Quand on aime, souligna Simoan, il est important de montrer son amour. Il n'avait que son passé à offrir, son frêle passé, le véritable, celui de son cœur, de ses chagrins, de ses espérances.

- Qu'advint-il ? demanda Mirida prise par le récit.

Le vieillard conta la suite avec affection.

- Ils se revirent en secret. Mathias vécut cette période dans la félicité la plus complète.

- Mais qui était-elle ?
- Ne t'impatiente pas ! Tu vas savoir...

Simoan reprit son récit :

« Elle avait posé une condition : conserver le masque lorsqu'ils se retrouveraient à l'abri d'une cache à proximité de l'oued. C'était principalement Mathias qui parlait. Quand il posait une question qui touchait à son identité ou à son passé, l'habileté dont elle usait pour éluder la réponse l'agaçait fortement. Il se vexait. Ayant eu la franchise et la naïveté de mettre à nu son âme il ne comprenait pas qu'elle n'en fisse pas autant.

Il acceptait mal tout le mystère dont elle s'entourait ainsi que la distance, ce qui-vive qui la faisait se jeter en arrière lorsqu'il s'approchait. Elle évitait de le toucher ; des gants depuis leur deuxième rencontre moulaient étroitement ses mains longues et fines et elle n'avait jamais plus caressé le visage de son jeune ami. Mathias avait immédiatement remarqué ces gants. Il avait demandé pourquoi ?
- Pour éviter de me brûler ! avait-elle dit en riant. »

- Mais qui était-elle ? implora Mirida.
- Tu ne devines pas, toi la fille des montagnes ?
- Non ! hésita-t-elle.
- C'était sa mère Amira, ce qui veut dire princesse. Elle avait peur de se trahir. Les gants étaient une nécessité.

Lors de leur première rencontre Mathias n'avait guère prêté attention aux mains de cette femme. Mais, plus tard, il les aurait certainement reconnues.
- Il n'a pas senti qui elle était ? Entre mère et fils un masque ne sert à rien...
- Il pensait trop à elle pour la reconnaître. Cet amour n'était pas aussi platonique que ceux de ses rêveries... Il n'arrivait pas à oublier la beauté de ce corps dénudé. La violence de cette folle étreinte.

Mirida comprenait mal.

- Mathias l'aimait. Sachant cela pourquoi l'a-t-elle encouragé ?
A sa place je ne serais jamais revenue…
- C'était la dernière chose à faire, répliqua le sage à la barbe
blanche en levant la main au ciel.

Il poursuivit :

« Cette femme malgré la hauteur de ses origines avait échoué
sur la plage d'une insupportable solitude. Déçue par l'amour et
mise à l'écart par son époux qui apparentait le mariage au
dressage des chevaux - le mari étant le dompteur- éloignée de la
même façon de son fils qui renfermé sur lui-même la tenait loin
de sa vie, elle avait sombré, lentement, dans un manque affectif
qui n'avait fait qu'empirer son état physique et mental.
Régulièrement elle subissait le viol de son mari qui la traitait
comme un ustensile de plaisir. Sans crier gare, la folie s'était
emparée d'elle. Une douce folie avec ce désir de revanche sur
Théodore et sur les hommes.

Elle avait acheté discrètement un étalon et une selle richement
parée à un marchand de passage tandis que son mari était à
Marrakech. Elle avait payé avec un bijou de famille qu'elle
avait affirmé par la suite avoir perdu. Un berger lépreux, vivant
dans l'isolement complet, qu'elle nourrissait en échange de son
silence, avait accepté de s'en occuper et de le tenir ensuite à sa
disposition. Agissements d'autant plus aisés que personne, dans
la vaste demeure, ne s'occupait d'elle.

Le valet de son mari l'embêtait bien, de temps à autre, mais il
était facile à duper. Vêtue et voilée comme une servante, elle
rejoignait la cabane du lépreux et enfourchait son étalon. Puis
derrière le premier buisson, loin des regards, elle se changeait.
Habillée de noir, masquée, elle repartait à la poursuite de son
obsession, c'est à dire surprendre à son tour un homme et
abuser de sa bêtise. Prendre sa virilité et l'humilier.
Dans ces moments de galopades effrénées, si terrifiantes, il est
difficile de dire, commenta Simoan, si Amira avait sa raison. »

- Je ne pense pas qu'elle était folle, commenta Mirida. J'ai eu ce désir quelquefois. Seulement je ne suis guère courageuse. Comment se termina cette histoire ?

« Par le drame… Théodore se doutait depuis un certain temps des manigances de son épouse. Il découvrit le berger et le fit parler à coups de cravache. Il entra dans une colère sans égale et chercha son épouse dans le domaine. Elle était auprès de Mathias, heureuse d'avoir un fils, de le découvrir, et de l'aimer d'un amour unique, d'un amour maternel. Un amour qu'on lui avait volé. Un amour qui doucement était en train de la guérir.
Quand elle rentra, ignorante de ce qui se tramait, confiante dans un avenir qu'elle voyait meilleur, Théodore l'attendait avec un sourire chaleureux et trompeur.
Toujours est-il que le lendemain, un jardinier la trouva dans la rivière. Elle était morte et flottait la tête fracassée ; elle était tombée du haut de l'escalier en pierre.

L'enterrement fut promptement expédié.
Mathias eut de la peine mais sans plus. Elle était sa mère mais elle était restée surtout une étrangère. Il n'y avait que la femme des collines qui remplissait ses pensées. Elle était devenue la seule personne capable d'apaiser ses tourments. Comme elle demeurait inaccessible son amour en avait été démultiplié. Elle était sa confidente, une tendre amie, et cela suffisait à le rendre heureux. Lorsqu'elle lui prodiguait des conseils, bien sûr c'était ceux d'une mère, mais lui, aveuglé par son amour, il n'en avait pas conscience.
Plus tard quand il se rendit dans les collines personne ne vint au rendez-vous. Il l'attendit longtemps rongé par l'angoisse. A ce moment-là, a-t-il commencé à faire le rapprochement entre la femme masquée et sa mère ? Le doute s'était-il installé ? Je l'ignore. Sur ce point, Mathias est resté secret.

Il passa les jours suivants, enfermé dans sa chambre. Pourtant un soir, en lui apportant son repas, Mirah une jeune servante noire, lui révéla naïvement qu'un fantôme malfaisant, sous les traits d'une femme, écumait les alentours. Son jeu démoniaque, avait-elle précisé, consistait à voler aux hommes leur âme en s'offrant à eux comme une fille des rues. Son jeune cousin était tombé victime de cette sorcière. Depuis, celui-ci se tordait de convulsions sur son lit pris de remords et persuadé que son âme était perdue à jamais…

Le sang de Mathias ne fit alors qu'un tour. Il se rendit auprès du jeune homme ; il comprit qu'il disait la vérité ; et déçu de constater qu'elle l'avait délaissé pour se donner à un autre, il repartit à sa recherche. Il était dévoré de jalousie. Ne lui avait-elle pas dit qu'elle avait renoncé à cette pratique inavouable ? Quelques jours plus tard il la retrouva au détour d'un sentier. »

- Mais comment ? puisqu'elle était morte…
- Tu vas comprendre Mirida.

« Dès qu'il l'aperçut, Mathias reconnu le cheval ainsi que la selle qu'il avait tant de fois admirée. Toujours drapée dans la tenue des hommes du désert, elle s'était approchée en roulant des hanches. A son immense surprise au lieu de se tenir à distance comme elle avait coutume de le faire, de lui parler joyeusement, de lui souhaiter le bonjour, elle se lova contre lui. Son parfum était le même mais l'odeur était différente. Puis, devant sa mine effarée, elle recula d'un pas et fit voler par-dessus ses épaules sa tunique.
Complètement nue, la femme se proposa en susurrant des mots obscènes. Devant cette comédie plus pitoyable que vulgaire elle fut incapable de donner le change.

Mathias comprit qu'elle n'était pas celle qu'il aimait. Mais une autre… Fou de rage il la jeta à terre, lui arracha le masque et la frappa jusqu'à ce qu'elle avoue pourquoi elle jouait à ce jeu. Elle lui raconta, tremblante de peur. Un homme était venu la chercher dans une maison où elle était esclave depuis des années… Cet homme l'avait achetée et il lui avait ordonné de tenir ce rôle quelque temps.
La description de ce racoleur correspondait à ne pas en douter à celle du valet de son père. Il sut dans un brusque déchirement ce que tout ça signifiait. Vacillant, hébété, il rejoignit la maison

et s'enferma dans sa chambre pour pleurer toute la nuit la mort de sa mère.

Ainsi tout se recoupait avec acuité. Il se remémora des phrases à peine commencées, et qui sans aucune raison avortaient, des réflexions dont il n'avait pas saisi le sens caché. Tout s'éclairait d'un jour nouveau. Il était au désespoir. Cette femme qu'il aimait tant et qu'il rencontrait en cachette était sa mère. Et il ne l'avait pas deviné. »

- Que s'est-il passé ? demanda Mirida
- Le lendemain il tuait son père et s'enfuyait. Théodore avait assassiné sa femme mais ignorait les relations ambiguës qu'elle entretenait avec son fils. Il l'avait bien forcé à parler avant de se débarrasser d'elle. Il est aisé d'imaginer la scène. Cet homme qu'elle avait aimé au début de son mariage lui avait arraché la vérité mais elle n'avait rien dit en ce qui concernait son fils. Croyant égarer d'éventuels soupçons, il avait eu l'idée de faire venir une prostituée de Marrakech afin que personne ne puisse faire le rapprochement entre sa femme et la cavalière fantôme. Le détail qui fut sa perte était Mathias. Et c'était son unique fils ! Que penses-tu de cette histoire Mirida ?
- On dirait un conte étrange et triste.
- La vie n'est qu'une longue fable. Sans début et sans fin. Et personne ne mérite la vie qu'il mène à de rares exceptions près. Si nous descendions. Peut-être que cet irremplaçable Mustapha nous a-t-il fait parvenir un message ?
- Je ne crois pas ! se lamenta Mirida. C'est trop tôt.
- L'argent peut malgré tout réaliser des miracles.
- Et des malheurs, répondit-elle, des malheurs…

# Voici l'argent

Le capitaine interrogea du regard son officier en second qui venait de lui amener le prisonnier.

Ce jeune type, les poignets liés dans le dos, était un parricide. L'homme qui l'avait dénoncé avait affirmé qu'il était le fils d'un personnage important français, et que la justice devait être rendue. Excepté les yeux clair, cette tignasse noire aux racines blondes qui posaient un léger problème, qui appuyait les dires de l'indicateur, ce gredin n'avait rien de commun avec l'image d'un fils de famille. Or ce présumé meurtre était le seul indice qu'ils possédaient. Ni le nom de l'hypothétique victime, ni le lieu du drame, ni la date n'étaient connues. A cela une raison. Depuis l'instant de son arrestation ce sale vaurien n'avait pas ouvert la bouche malgré le traitement musclé qu'il avait subi dès son arrivée à l'intérieur de la caserne.

Mathias avait eu la sagesse de ne s'exprimer qu'en dialecte des montagnes. Les soldats ignoraient que leur prisonnier parlait la langue de Molière. Comment auraient-ils pu soupçonner cette force qui dormait en ce jeune garçon, d'apparence si fragile, qui sous les coups, sous les vexations s'était révélée inébranlable ?

Le militaire embêté, hésita longuement. Depuis que le général Lyautey l'avait nommé à la tête de la police du palais, il n'avait eu à régler que des affaires limpides. Il n'y avait pas à prendre des gants avec ces sauvages, pensait-il. Il lorgna Mathias. Avec cette peau hâlée, cette djellaba de pauvre, il ne serait guère resté plus de trois minutes dans son bureau s'il avait eu, comme les autres, les cheveux noirs et frisés. Chargé de faire régner l'ordre depuis la capitulation de Moulay Hafid, et l'établissement du Protectorat, le capitaine craignait de commettre une bévue.

L'officier en second, fringuant lieutenant galonné fraîchement et qui s'était renseigné sur les mœurs des tribus de l'Atlas, crut bon d'afficher son zèle en voyant son chef dans l'embarras. Il lui indiqua à voix basse que certaines tribus possédaient, à s'y méprendre, les mêmes caractéristiques raciales que des peuples du nord de l'Europe.

- Quelques-uns de nos ancêtres ont dû passer par-là autrefois ? s'esclaffa-t-il.

Le mutisme de Mathias, son allure, cet ultime renseignement pesèrent davantage sur la balance que les yeux et la racine des cheveux.
- C'est vraisemblablement un de ces indigènes natifs de ce coin, conclut hâtivement le capitaine pressé d'en finir. Cette histoire doit cacher une rivalité de clan. S'ils se massacrent entre eux je ne vois pas pourquoi nous nous en mêlerions. Cela nous facilite le travail. Pourtant, ajouta-t-il en désignant Mathias d'un revers de cravache, ce type a tout l'air d'un coupable. Regardez donc sa tête ! C'est sans doute une querelle de famille. Dans ces tribus il faut s'attendre à tout. Allez, qu'on le foute au trou ! Cela ne lui fera pas de mal même s'il est innocent. Et que je n'entende plus parler de lui ! On verra plus tard ce qu'on fera…
- Si nous interrogions le bourgeois chez qui d'après le rapport du sergent il a été arrêté ? demanda le jeune lieutenant.
- Votre sergent est arabe... Son bourgeois a une maison de luxe paraît-il ! Je me méfie de ces racontars. Pour eux le confort se résume à quatre murs et à un toit. Si vous vous déplacez, vous découvrirez une masure. Ce ne sera pas la première fois. Enfin ! Si vous n'avez rien d'autre à faire de plus urgent, allez-y.

Mathias avait pâli devant tant d'arrogance. Il parvint, toutefois, au prix d'un gros effort, à conserver le silence. Après tout, se dit-il, il ne s'en sortait pas si mal. Certes, les cachots étaient épouvantables. L'on pouvait même y rester des années sans aucun motif sérieux, dans l'oubli le plus total. Mais le plus important était, à ses yeux, de ne pas avoir été reconnu. Ces officiers racistes l'arrangeaient. Et puis, rien ne prouvait qu'il resterait longtemps en prison. Il avait foi en sa bonne étoile et il avait eu raison de se taire. Avouer son identité aurait signifié sa perte. Son père avait été un personnage bien trop important dans ce royaume, et sans parler de son grand-père. Il respira fortement et suivit placidement son gardien.

Il se rendit compte sur ces entrefaites qu'on le conduisait dans une cellule différente de la précédente. A l'autre extrémité de la prison. Le gardien muet le poussa dans une petite pièce vide et referma la porte à l'aide d'un cadenas gémissant de rouille. Dans la pénombre, dans une humidité froide montant du sol, Mathias s'installa du mieux qu'il put sur la banquette pourrie qui occupait un coin. Ses yeux s'habituèrent à l'obscurité. Seul un rayon de lumière filtrait sous la porte. La journée passa. Interminable. Dans une demi-somnolence propice au rêve il se repassa alors les moments agréables qu'il venait de vivre durant ces derniers mois. Deux visages de femmes se superposèrent dans son souvenir. La nuit était maintenant bien installée. Cela faisait longtemps que la lumière sous la porte avait disparu. Le sommeil de la jeunesse étant parfois surprenant, là où un autre prisonnier aurait vécu mille angoisses, Mathias réussit à dormir. Soudain il entendit un léger grattement qui le réveilla. Ce bruit provenait du fond de la cellule. Il se redressa et s'approcha avec précaution. Il colla avec dégoût son oreille contre le mur. Il crut reconnaître le bruit distinct d'un outil qui creusait. Quelqu'un cherchait à le rejoindre. Si le gardien l'avait amené ici, à l'écart de tous les autres prisonniers, ce n'était pas par hasard, jugea-t-il. Quelqu'un essayait de le faire évader. Ce ne pouvait pas être Simoan. Il était trop vieux. Ni Mirida…

Il attendit avec impatience. Puis n'y tenant plus, pour accélérer le mouvement, il commença à son tour à gratter avec ses ongles la paroi friable.

Dehors, la nuit complice retenait les heures. Puis l'aube, la fille du matin aux doigts de rose, pointa. Le trou fut suffisamment large pour s'y faufiler. Il ne connaissait pas l'homme qui de l'autre côté lui tendit une main énergique pour l'extirper de ce trou puant. Mais cela n'avait aucune importance. Il le suivit aveuglément.

Une maison obscure au plus profond de la ville endormie servit de cachette. Tout paraissait étudié avec minutie. Mathias reprit confiance, trouvant que la vie valait la peine d'être vécu. Son vieil ami avait fait du bon travail. Un messager était parti annoncer la réussite de l'opération pendant qu'une femme sans un mot, lui servait une tasse de thé. La boisson le réconforta. Il n'avait jamais trouvé le thé aussi bon. Le corps encore endolori par les coups reçus la veille, et par l'effort qu'il avait fourni pour creuser, il s'allongea sur une banquette et se rendormit aussitôt. Il était épuisé.

Quand Mirida apparut, éclairée par un  rayon de soleil de cette matinée qui traversait la fenêtre, Mathias crut qu'il rêvait. Il l'étreignit avec passion, émerveillé d'être ainsi avec elle, sain et sauf. L'émotion de ses retrouvailles faillit le faire pleurer et il se détourna de sa bien-aimée. Toutefois il parvint à contenir ses larmes. Mirida éperdue de reconnaissance s'était retournée et s'était blottie dans les bras bienveillants du vieux Simoan qui se tenait derrière. Puis fendue d'un sourire enfin décontracté, elle demanda :
- Qu'allons-nous devenir ?

Mathias haussa les épaules pour marquer son ignorance. Les événements le dépassaient. Le poète le secourut. C'était lui qui avait forgé la situation. Il détenait le fer, le feu, l'enclume et le marteau.
- Quitter Fès au plus tôt !
- Je ne leur ai rien dit indiqua Mathias, fier de sa performance d'homme. Ils ignorent qui je suis. Le capitaine m'a pris pour un montagnard. Et il s'est débarrassé de moi… Le gardien vous l'avez payé, n'est-ce pas ?
- Oui ! affirma Simoan. Quel pouvoir pour celui qui détient l'argent ! Il est temps de régler mon éternelle querelle avec lui... Moi aussi je dois fuir, expliqua-t-il, car la première idée de ce capitaine sera de venir m'arrêter pour me poser des questions auxquelles je ne veux pas répondre… Voici ce que nous allons faire.

Et il leur expliqua.
Un brouhaha se fit brusquement entendre. La servante accourut affolée. Une patrouille forçait la porte. Mustapha surgit à son tour. Il était bouleversé :
- J'ai posé une barre en travers… Je ne sais pas comment ils ont su aussi vite. Il faut fuir !

Simoan conserva son sang-froid. Prenant le jeune évadé par le bras, vrillant son regard au sien, il ordonna :

- Nous devons nous séparer. Prends ta fiancée par la main et réfugiez-vous à la mosquée. Son enceinte sacrée est inviolable. Je viendrais vous chercher. Tout n'est pas perdu ! Mon plan est encore réalisable.

- Comment allons-nous sortir ? s'alarma Mirida.

- Derrière, dans la cour, il existe une minuscule porte donnant sur un jardin abandonné, prévint Mustapha.

-Allez-y ! Dépêchez-vous,,, soyez prudents, ajouta Simoan en poussant tout le monde dehors.

Mathias connaissait bien ce quartier pour y être venu avec la marieuse. Aussi conduisit-il Mirida avec une démarche assurée dans l'entrelacs des rues. Ils parvinrent, sans encombre, devant la mosquée Moulay Idris. Malgré l'étendue de ce lieu de prière, l'entrée n'était pas grande. La rue n'était pas non plus une des plus grandes. La limite sacrée à l'intérieur de laquelle s'exerçait le droit d'asile avait été instituée, disait-on, par le vénéré saint fondateur qui avait fait paver les rues à l'intérieur de l'enceinte et placer aussi les rondins de bois qui barraient les voies à hauteur d'homme. Quand ils les eurent franchis, ils purent enfin respirer. Mirida exprima son incertitude.

- Que faisons-nous ?

Mathias ne sut que répondre et la tira à l'intérieur. La mosquée des « Gens Pressés » était pleine de monde. Tous des réfugiés, poursuivis par les autorités, entassés les uns sur les autres dans une promiscuité désagréable, prostrés dans la fataliste attente du destin. Les plus riches avaient étalé des matelas et tendu des couvertures entre les piliers. Les autres, défavorisés, reposaient sur les nattes de la mosquée. L'endroit parut sinistre à Mirida qui en ressortit immédiatement.

- Restons dans la cour, supplia-t-elle.

Résignés, ils attendirent patiemment et suivirent la montée de l'astre rayonnant pour tuer l'ennui latent. Juste un peu avant midi, Simoan, accompagné de Mustapha, gagné à leur cause par la perspective d'une boutique future, leur apporta ainsi que des provisions, la clef de leur liberté.

- Les soldats surveillent l'entrée, dit-il Cela n'a rien d'anormal avec tous ces fuyards qui sont là. Par contre, j'ai reconnu le sergent qui est venu te chercher. Ils savent, je présume que vous êtes ici. Mais qui est celui qui vous a dénoncé ?

- Il doit vivre sur notre ombre, ragea Mathias.

Simoan ne répondit rien. Il savait que la marieuse était hors de cause. Il lui avait rendu une rapide visite. Ses hommes étaient sûrs aussi. L'argent en était le garant. Mais cela ne l'empêchait pas de se tourmenter en de vaines suppositions.

- Ce n'est pas le moment de savoir comment les soldats nous ont si vite repérés. Le plus urgent est que vous fuyiez mes chers trésors…

La séparation approchait à grands pas et creusait un abîme de tristesse. Leur route n'était plus la sienne. D'une voix enrouée il expliqua son plan :

- Depuis bientôt un mois les adeptes d'une sulfureuse confrérie, mystérieuse et impie, celle des " Buveurs de sang " écument la ville en faisant la quête.

- Pourquoi mendient-ils ? demanda Mirida.

- Ils réunissent de l'argent pour pouvoir faire des offrandes à leur saint.

- Quel saint ? questionna à son tour Mathias.

Encouragé par leur curiosité il ne put résister à l'envie de leur conter l'histoire.

« Dans une époque très ancienne, un sage de grande renommée portait dans son sac la véritable parole de Dieu. Un jour, sa renommée de saint homme étant à consolider il eut l'idée d'un miracle. Aux gens qui le suivaient, il demanda un volontaire pour faire don de sa vie en l'honneur de Dieu. Il y eut un exalté ou un complice qui accepta. L'histoire ne le dit pas, commenta en souriant, lui aussi le futur saint. Il conduisit l'homme dans son humble maison et s'isola avec lui. La foule, massée devant, attendait le sacrifice avec une sordide impatience. Mais au lieu d'égorger ce candidat pour le paradis, le rusé tua un mouton. Et il s'arrangea pour que le sang s'écoule sous la porte afin de laisser croire aux spectateurs que l'acte était accompli.

Puis il ressortit et exigea d'autres volontaires. D'autres hommes se présentèrent et l'expérience se renouvela jusqu'au nombre de cinquante. »

- Ce saint avait beaucoup d'amis ou pas mal d'argent, souligna encore Simoan.

- A-t-il égorgé autant de moutons ?

- Sans doute… C'était un stratagème. Il libéra ensuite le groupe et devant la foule ébahie qui ne comprenait rien, en découvrant ces hommes vivants, il expliqua avec sa force de persuasion, que le seul fait d'avoir accepté en toute humilité de sacrifier sa vie pour se rallier à sa cause, suffisait à leur conférer le pouvoir de provoquer par la suite des miracles ; et à l'avenir, tous ceux qui auraient le courage nécessaire de faire couler leur propre sang obtiendraient les mêmes dispositions célestes à leur égard. Depuis ce jour on nomme les adeptes de la secte les « buveurs de sang ».

- C'est horrible ! Que font-ils ? questionna Mirida.

- Leur fête annuelle commence demain. Voilà déjà deux jours que toutes les sections de la secte défilent dans la cité. Demain, solennellement le cortège va prendre la route. Ce sont des gens qui inspirent la méfiance. Ils ne volent pas le nom qu'on leur donne.


Mirida eut un frisson. Il poursuivit.

- Lorsque tous ces hommes sont en transe, ils ne savent plus ce qu'ils font. De temps à autre la prédilection du saint s'avère fausse. Il arrive que certains meurent de s'être  profondément entaillé le corps. Le défilé commence ici dans nos murs et se termine à Meknès, la ville natale du saint. Mais je vous rassure, ils ne sont réellement dangereux qu'à la fin de leur procession au bout de deux ou trois jours.  Vous aurez eu tout le temps de les quitter auparavant.

- Ah ! comprit Mathias. Parce que votre plan est que nous nous dissimulions parmi eux pour quitter la ville.

- Vous attendrez à la porte du Brûlé. Ensuite vous n'aurez  plus qu'à vous cacher parmi les rangs serrés de ces esprits dérangés.

Les soldats, pour l'instant, n'ont pas encore interdit leur fête. Mais un jour viendra où ils y mettront bon ordre.

Il extirpa de son sac une ceinture de cuir très lourde. Il la tendit à Mathias.

- C'est de l'or pour le voyage. Il y a aussi des adresses, certes lointaines, mais qui vous seront un jour, précieuses.

Puis tirant le poignard, il ajouta.

- Reprends-le ! On ne sait jamais…

- Ceci est parfait, répondit le garçon. Mais comment allons-nous sortir ? Les soldats vous ne pourrez pas tous les acheter…

- Le rituel veut qu'un réfugié, pour d'éventuelles négociations, puisse sortir de la mosquée sans perdre le droit qui le protège. Il s'agit pour cela d'avoir sur lui la planchette sacrée d'écolier coranique qui a appartenu autrefois à Moulay Idris, l' illustre saint et fondateur de la mosquée. Si vous la brandissez avec conviction devant les soldats, ils se contenteront de vous suivre sans vous toucher. Sous cette protection vous irez ainsi jusque dans la rue des Parfums. C'est un endroit populaire, près de la porte du Brûlé. Je vous y attendrai. Dès que je vous apercevrai, j'agirai.

Mathias s'inquiéta.

- Que ferez-vous ?

Énigmatique, il répondit.

- Vous verrez bien ! Cela m'amuse de me taire. Mais faites-moi confiance mes enfants…

- Mais la tablette où la trouver ?

- Le prédicateur vous la confiera. Mais il vous suivra pour la récupérer au dernier moment. Je lui ai parlé… Vous direz aux soldats que vous vous rendez au palais pour négocier votre liberté. Ils vous laisseront passer…

Mathias hocha la tête avec tristesse. Avec insistance, Mirida pria le vieil homme de rester encore un moment mais il refusa avec regret ; il avait encore beaucoup de choses à régler.

Quand la silhouette blanche, maigre, voûtée eut disparu, Mirida agrippée à ses larmes ne put toutes les retenir.

La nuit fut longue et pénible. Au matin fatigué, mais déterminé, Mathias alla quérir la tablette chez le prédicateur. Ce dernier, comme prévu, ne fit aucune difficulté pour la lui donner.

- Je vous suivrai, dit-il. Puis quand vous le jugerez nécessaire vous la poserez avec délicatesse et je la reprendrai.

Avec son expression sévère, sous laquelle se cachait sans doute une authentique cupidité, cet homme honorable avait lui aussi courbé l'échine devant l' offre certainement généreuse que lui avait proposé le vieux sage.

Mirida attendait à l'entrée.

Avec la planchette bien en évidence, après un temps de courte hésitation, ils firent quelques pas au-delà de la ligne sacrée. Les soldats aux aguets approchèrent. Après les palabres d'usages, avec l'aide du prédicateur qui se fit l'avocat du jeune fuyard, le plan se déroula comme prévu. Mirida, derrière, les suivit en fille courageuse. La populace s'agglutina autour des fuyards escortés par les soldats. Mathias la planchette sacrée en avant marchait vite ; il était pressé d'en finir. La peur attachée au fond de la gorge. Qu'allait donc faire Simoan ?

Dans la rue des Parfums, il y avait foule. Les militaires eurent des difficultés à coller à leur gibier. Mathias, sur les nerfs, avait ralenti le pas. Déjà ils étaient à mi-rue et rien ne s'était passé. Alors Mirida qui se tenait derrière lui, en lui tapant sur l'épaule, s'écria :

- Regarde à la fenêtre !

Il leva les yeux et aperçut à l'étage d'une maison, penché à une fenêtre, leur vieil ami. Il tenait un grand sac. Mustapha le fidèle complice et futur commerçant apparut à ses côtés et, d'une voix sonnante, il hurla en direction de la foule.

- Voici l'argent ! Celui qui vous a été volé ! Voici l'argent…

Joignant alors le geste à la parole, les deux hommes plongèrent leurs mains dans le sac et ils jetèrent à la volée des poignées de pièces d'or. Cette pluie s'abattit sur les passants, les curieux, les marchands, les femmes, les mendiants et les militaires. Ce déluge doré créa l'effet escompté par le donateur.

La bousculade qui s'ensuivit fut effarante. Les soldats furent les plus âpres au gain. Ils se jetèrent sur les pièces qui tombaient à n'en plus finir. Pour davantage remplir leurs poches certains prirent même le risque d'abandonner pour un instant leur fusil sur le sol.

Mathias comprit de suite l'astuce du sage. Il prit Mirida par la manche et la tira avec détermination. Profitant de cette ruée ils s'engouffrèrent dans une ruelle. Puis dans une autre et dans une autre. Enfin rassurés, hors d'atteinte, ils gagnèrent prudemment la porte du Brûlé. Cachés dans l'encoignure d'un porche, blottis l'un contre l'autre, ils guettèrent le départ de la procession.

Soudain l'arrivée inattendue du vieux Simoan leur arracha un cri de surprise. Il avait laissé Mustapha distribuer ce qui restait du sac et avait couru à leur poursuite. Il était sur le point de défaillir.

- La tablette, souffla-t-il… La tablette ! Tu ne l'as pas rendue.
- Mais c'est vrai ! jeta Mirida.

Dans la précipitation de la fuite, Mathias avait complètement oublié de s'en dessaisir et l'avait encore sous son bras comme faisant partie de lui-même. Il la tendit avec précaution et dit :
- Elle nous a sauvés ! Est-elle réellement sacrée ?

Simoan répondit. Son teint reprenait sa couleur naturelle.
- Oui ! Les gens lui attribuent cette particularité.

La procession s'annonçait. Le moment de l'adieu approchait. Les ultimes embrassades durèrent longtemps. Mathias sentit le corps usé trembler. Et les yeux embués, il se tritura l'esprit en vain pour dire une phrase importante. Ce fut Mirida qui résuma tout ce qu'ils lui devaient.
- Merci grand-père. Jamais je ne vous oublierai.

Ils le laissèrent avec sa vieillesse et sa grande sagesse qui lui pesait tant. Cet homme, sur le seuil de sa fin, était vénéré dans son village comme un véritable saint. Et lui, il n'avait que ses doutes sur l'existence de Dieu à offrir en retour.

Mathias vécut coincé dans cette sombre pensée, les minutes qui suivirent cette séparation. Les larmes coulaient sur ses joues. Mirida à ses côtés, marchait et ne disait rien, les yeux fixés au loin sur un horizon flou où la dentelle des monts de son enfance n'existait pas.

Quand ils furent hors de la ville, enfermés parmi les rangs des spectateurs, il se retourna une dernière fois. Dans la zone du quartier du Deuh, celui des belles villas, une épaisse colonne de fumée noire s'élevait dans les airs. Ils en comprirent de suite la signification.

- Regarde, dit-il. Simoan brûle la maison. Il a réglé sa querelle avec son frère défunt. Définitivement cette fois-ci ! La ronde est terminée.

# Des ongles de buveurs de sang

La foule, torrent furieux, se projeta dans la ruelle. Les murs résistèrent au choc. Les pavés polis par les années, chauffés par le soleil éternel, accoutumés à cette hystérie collective, subirent le piétinement de milliers de pieds. Nus, crasseux, estropiés, cuirassés d'une peau aussi dure qu'une semelle, ou chaussés de misérables babouches poussiéreuses, ils étaient les pieds des démunis, de tous les oubliés, de tous ceux qui étaient réduits au chapardage, à la mendicité, aux expédients les plus divers pour survivre. Parfois ils s'en trouvaient quelques-uns privés de leur équipier, soit par accident, suite à une bataille ou une maladie. Ces derniers avaient l'air, dans leur frénésie, de reprocher à leur compagnon de bois de ne pas aller assez vite, d'être bousculés par les autres, tous pressés d'assister au spectacle sanglant des buveurs de sang.

En suivant la procession, ils parvinrent ainsi jusqu'à Meknès. Quand les remparts de la vieille ville furent en vue, Mathias avait eu un pincement au cœur. Les souvenirs avaient resurgi de son enfance heureuse et l'avaient obligé à stopper la marche pour contempler un instant le paysage baigné d'une nostalgique lumière mordoré. La jeune berbère s'était arrêtée à son tour. Elle possédait la faculté de capter les émotions des autres. Elle avait ressenti l'émoi de son compagnon et lui avait pris la main en lui offrant le secours d'un sourire tendre.

La procession pénétra dans la ville.
Malgré le conseil de Simoan les deux tourtereaux n'avaient pas pu résister à la curiosité. Ils désiraient voir maintenant de leurs propres yeux cette fête si terrifiante. Les têtes à faire peur par leur détermination farouche et, qui les avaient entourés durant la marche longue et pénible, avaient attisé cette fameuse soif de voyeurisme que chacun véhicule en soi.

Sur les terrasses des habitations, les femmes et les enfants, dès l'entrée du long cortège acclamèrent avec des youyous aigus les protagonistes de la confrérie. La foule excitée contribuait à charger davantage cette atmosphère inquiétante qui s'insinuait dans les rues de la ville, au fur et à mesure de l'avancée de la procession.

Poussés par la houle des bustes et des têtes, Mathis et Mirida furent entraînés par la marée humaine. Ils débouchèrent ainsi sans le vouloir jusqu'à la place du marché.

D'autres frères de la confrérie, venus de tout le royaume, étaient déjà entassés depuis l'aube devant les tentes. Ceux-là n'avaient pas participé à la marche. Ils étaient ivres de musique et de drogue. Ils attendaient le signal de leur chef. Les jeunes gens, quand ils purent s'approcher du premier cercle formé, ne virent que des hommes, de tous âges, d'aspect relativement modeste, au coude à coude, plongés dans une danse ancienne, rituelle, rythmée par des tambours déments. Le roulement assourdissant faisait mal aux oreilles. Mirida tenta de se les boucher avec les mains mais elle y renonça vite car il y avait trop de monde pour rester ainsi les bras relevés.

La clameur soudain éclata. Elle jaillit du ventre des danseurs, aussi vive que l'éclat scintillant d'un sabre. Un courant d'effroi atteignit de plein fouet Mirida. En même temps les spectateurs des premiers rangs reculèrent instinctivement. Ils savaient tous ce qui allait se passer. Piqué par une morbide curiosité, Mathias en profita pour se frayer un passage, suivi par Mirida réticente mais qui craignait ainsi de le perdre de vue. Ils parvinrent à se positionner devant, au premier rang, le regard dévorant.

Le cercle formé d'une cinquantaine d'hommes, chiffre sacré, bougea lentement et tourna enfin sur lui-même. Brusquement, l'un d'eux sauta au centre. Il émit un cri perçant et prolongé, remonta la manche de sa tunique et il se griffa sauvagement l'avant-bras. Mirida, remarqua alors les ongles démesurément longs et acérés de ces hommes, taillés en pointe et coupant de toute évidence comme le rasoir.

Des ongles de buveurs de sang…

Effectivement, le danseur qui était d'une taille moyenne, avec un aspect trapu, portant une barbe longue, éleva la blessure vers sa bouche. Sous les cris d'encouragement des autres participants et très vite aussi de ceux de la foule, l'homme suça le sang épais qui s'écoulait de son bras, inondant sa poitrine. Puis, pressant la peau tout autour de sa plaie pour en activer l'hémorragie, il y trempa sa main et s'en barbouilla le visage. Avec la sueur et la poussière mélangés, le masque ainsi formé lui procura l'aspect effrayant recherché.

Un deuxième le remplaça. Celui-ci très grand, le crâne rasé écarta sa chemise et se lacéra la poitrine. Il cria tout au long de l'opération et ce hurlement n'avait rien de douloureux. C'était certainement un cri de provocation destiné à impressionner la foule.

Mirida voulut s'en aller aussitôt. Mathias sourd à sa prière était hypnotisé par l'univers démoniaque de cette procession. Souillé à son tour par son sang, l'hystérique tomba à genoux et appela un troisième à la rescousse. Invectivant la foule, il se mit sur le dos et ordonna au nouvel arrivant de lécher ses griffures.
La tension montait de part et d'autre de la foule qui trépignait Un quatrième rejoignit le groupe, sortit un poignard et s'ouvrit les joues à petits coups précis. Alors, du cercle, en sortirent d'autres. Des fous avec des allures hallucinées. Celui qui était allongé fut brusquement assailli par un groupe d'énergumènes qui l'empêchèrent de se relever. L'ayant dépouillé avec une grande brutalité de ses vêtements, ils s'acharnèrent sur le corps maigre, blanc, souillé, jusqu'à ce qu'il reste inerte. Sans doute un règlement de compte. Un meurtre pur et simple devant des centaines de témoins sous la protection d'un rite sacré.

Mathias, la langue sèche, attrapa le regard de l'un d'eux. L'éclat sanguinaire qu'il y vit le réveilla de sa torpeur inquiétante.
Ces hommes buvant leur sang, stoïques à la douleur, vampires une fois l'an, paraissaient être sortis d'une dimension irréelle et intemporelle. Ils étaient la preuve de l'obscure profondeur des bas instincts humains.

Ils voulurent battre en retraite mais cette barrière vivante ne présentait aucune faille. La folie dégénéra et bientôt la totalité des danseurs de ce cercle arborèrent leur masque hideux. Un second corps ne bougeait plus, une hache coincée par ses doigts convulsés. Une flaque de sang ne cessait de se répandre sous son ventre, dans la terre. Mathias le fit remarquer à son voisin. Laconique, celui-ci répondit que cet idiot allait mourir mais qu'il était prudent de ne pas bouger. Un étranger à la secte avait toutes les chances d'y laisser sa vie.

Profitant de l'évanouissement d'une jeune fille Mirida réussit à convaincre Mathias de la suivre. A l'écart, un porteur d'eau, une outre en peau de bouc sur le flan agitait une clochette. Les affaires marchaient à merveille…

Apercevant les deux jeunes gens venant pour se désaltérer, il gouailla :

- Je vois à vos têtes que c'est la première fois que vous assistez à cette boucherie.

- En effet ! répondirent-ils en cœur.

- C'est vraiment horrible, commenta Mirida. Comment peut-on permettre de tels agissements ?

- La confrérie est puissante.

- Depuis combien de temps ce pèlerinage existe-t-il ?

- Je l'ignore, le rite a bien changé, expliqua-t-il. Ils ne savent plus qui est Dieu. Ils sont devenus des bêtes. Une année, une femme assistait à la procession du haut de sa terrasse. Elle portait un enfant dans les bras ; en se penchant davantage pour voir, elle a lâché son petit et il est tombé sur un cercle infernal. Il fut déchiqueté puis dévoré. Les os léchés… Il ne resta que les os léchés…

- C'est une fable de mauvais goût, s'écria Mirida.

- C'est mon oncle qui m'a raconté cette histoire du temps où lui aussi faisait le porteur. Mais cela n'a rien d'étonnant. Le cercle qui est sur la place va se mettre en branle et circuler en tournant sur lui-même dans les principales rues de la ville. Les habitants ont coutumes de jeter du haut des terrasses des poulets ou des petits agneaux vivants pour qu'ils s'en repaissent devant eux. Ce n'est pas étonnant qu'ils aient mangé l'enfant.

Ils abandonnèrent rapidement l'endroit. La liesse de cette fête vulgaire et sanguinaire n'était faite pour eux. Ils s'éloignèrent vers le palais royal. Ils le contournèrent et prirent la direction du bassin de l'Agdal. Mathias désirait montrer à son amie une curiosité que lui avait fait découvrir son grand-père qui avait été un des khalifats du grand Glaoui de Marrakech.

Ils longèrent un grand réservoir d'eau, et s'arrêtèrent devant un édifice en très mauvais état, ayant de nombreuses arches de dimensions imposantes. Là-bas, les clameurs continuaient. Ils pénétrèrent à l'intérieur.
- C'est quoi ces vestiges ? demanda-t-elle.
- Ce sont des écuries qui pouvaient contenir dix mille chevaux. C'est un Sultan qui, par fierté, les a fait édifier pour égaler en splendeur un des plus grands rois de son époque.
- Qui était-ce, demanda Mirida ?
- Louis XIV... C'était comme un sultan dans le pays de mon autre grand-père, le banquier. Tu vois, il ne reste plus rien. Une année, le Glaoui avait dépêché mon grand-père pour rencontrer un dignitaire du Makhzen, pour régler une affaire politique et commerciale. Cette mission ne présentait aucun danger. Aussi m'avait-il amené avec lui. Un après-midi, nous étions venus nous promener ici. Je me souviens parfaitement des soldats qui nous avaient escortés. Mon grand-père m'avait raconté alors l'histoire de ce sultan qui avait couvert le royaume du Maroc de sa gloire immense. Il s'appelait Moulay Ismaïl. Ce jour-là nous nous étions promenés sous ces arches.
- Tu l'aimais ?
- Je ne voyais jamais mon père. C'est mon grand-père quand il avait du temps qui s'occupait de moi. Sa fonction l'accaparait beaucoup.

Heureux d'être libre, ensemble, sur la route d'un nouvel avenir, ils s'allongèrent à l'ombre sur un tapis d'herbes confortables. Mathias eut un élan passionné. Il embrassa soudain sa jeune amie. Le calme ambiant profitait aux caresses. Ils n'entendirent pas les cinq hommes qui passèrent la porte.

Mirida poussa un cri de surprise, entre la peur et soulagement. Sala, celui qu'elle avait tué, était devant elle, avec son sourire de vaurien, hautain, narquois. Elle n'était pas une meurtrière. Mais juste après, elle le regretta amèrement…

Les quatre vauriens qui l'accompagnaient avaient le visage barbouillé de sang. Ils étaient armés.
- Tu as eu tort de me repousser la belle !
- C'est toi qui as nous dénoncé, devina-t-elle ?
- Je vois que tu as encore la vivacité du torrent Agouti. C'est bien dommage car tu n'auras plus l'occasion de t'en servir.

Il exhiba ses cicatrices et menaçant il déclara :
- C'est inutile de me supplier. Cela fait des mois que je vous traque. Oui, c'est moi qui ai dénoncé ton d'ami, ce voleur. Tu m'appartiens mais avant de te rendre les mêmes coups dont tu m'as si chèrement gratifiés au ventre et à la gorge, je vais enfin te donner la joie de goûter une dernière fois à mon ardeur.
Il désigna Mathias à ses complices et dit d'un ton farouche :
- Je vous ai payé pour une tâche et c'est le moment. Tuez-le ! Mais pas ici… Je veux rester seul avec elle.

Alors le joli jnoun revit dans une vision claire, d'une brièveté incroyable, et sous un immense genévrier, une femme qui se débattait contre une brute. La femme c'était Mirida. L'homme c'était celui-là. Cet inconnu qui était couché près du torrent une nuit et qui perdait son sang Cet inconnu au visage glacé.
Sa main se crispa sur le manche du poignard que Simoan lui avait remis. Avant qu'il ne soit trop tard, Mathias dans une tentative désespérée se jeta sur le tisserand l'arme pointée, dans un geste maladroit, mal assuré. Les deux hommes roulèrent par terre, accrochés l'un contre l'autre dans une lutte à mort. Rapidement campés sur leurs jambes, ils continuèrent de se battre avec énergie. Sala était le plus robuste mais son épaule saignait abondamment car le poignard l'avait blessé. La maladresse du jeune garçon l'avait surpris et il lui avait offert son épaule une seconde de trop. Mais malgré la douleur, il le projeta violemment au sol par un croc en jambe et profitant de ce répit, il récupéra le poignard.

Rempli d'une joie mauvaise, il brandit son arme qu'il avait cru ne plus revoir. Il contempla Mathias étourdi qui peinait pour se relever. Sa blessure était douloureuse mais il s'en fichait. Cela ne l'empêcherait pas, se dit-il, de prendre Mirida. Peut être ne la tuerait-il pas ?

Le sang coulait. Il devait agir vite et se faire soigner.

- Emportez-le ! ordonna-t-il impérieusement à ses tueurs, sans se retourner .

Ce fut son erreur. Les buveurs de sang qu'il avait hâtivement enrôlés étaient toujours sous l'emprise de la drogue. L'un d'eux ne put résister à l'appel du sang. Il s'empara avidement du bras blessé et le porta à ses lèvres tandis que les trois autres se mirent à pousser des cris sauvages. Sala, pris de panique, tenta d'un geste violent de se dégager. Mais l'autre s'agrippa avec force et folie à son festin. En recours, le tisserand lui porta un violent coup de poignard dans le ventre pour le faire lâcher prise. Les trois autres, fous de rage se jetèrent sur le tisserand et le blessèrent mortellement à coups de couteaux et de haches. Mathias et Mirida, hébétés devant cette scène horrible perdirent quelques secondes avant de détaler comme des antilopes. Mais déjà les buveurs de sang ne prêtaient plus attention à eux, livrés à leur forfait, à cette curée inattendue.

Réfugiés dans une rue déserte, ils cherchèrent par la suite un fondouk pour passer la nuit. On leur en indiqua un. Il était mal fréquenté mais ils étaient pressés d'être à l'abri. Ils pénétrèrent dans une cour entourée de galeries soutenues par des grands piliers en brique. Des mules et des chevaux, sur un lit de paille mal entretenu, étaient logés là. A l'étage, il y avait une chambre inoccupée. Elle était sans meuble, juste une natte jetée au sol. A côté, des prostituées attendaient.

Le lendemain, à la lumière du jour, la saleté, la laideur de cet endroit apparut dans sa sordide réalité. Aussi filèrent-ils sans tarder…

Sur une place il y avait une caravane qui avait planté plusieurs tentes. Elle s'apprêtait à partie pour Marrakech. Mathias sauta sur l'opportunité. Il acheta deux mules et demanda où il pouvait

se procurer une tente, un fusil et des provisions pour le voyage. Malgré l'instauration du protectorat, le bled était toujours le terrain des voleurs et des brigands. C'était une folie de vouloir s'aventurer à l'aventure, seul, accompagné d'une jeune femme.
- Quand nous serons à Marrakech, nous pourrons nous reposer dans une maison qui appartient à Simoan. Elle est occupée par un domestique. J'ai l'adresse et nous pourrons nous y cacher pour un temps…

Mirida n'osa pas le contrarier. Elle ne savait pas lire malgré les quelques leçons reçues. La liste des adresses que Simoan leur avait confiée était illisible pour elle. Il y avait aussi une maison à Rabat et à Tanger. Marrakech les rapprochait du pays berbère. Toutefois elle n'avait pas envie de retourner dans son village. Mathias, de son côté, était habité par une obsession. Affronter ses démons. Théodore avait fait construire son domaine dans la vallée verte de l'oued Zate, en pays Glaoua, sur le versant du Tizi n'Tichka, en direction de Marrakech.

Le voyage fut long, semé d'obstacles, mais les murs rouges de Marrakech se profilèrent au détour du chemin. Quand le convoi avait franchi l'oued Tassaout, Mirida avait eu un profond vague à l'âme. Mais personne ne l'avait remarqué. Certainement pas Mathias qui marchait, fier comme un tabor, au côté d'un grand gaillard, armé jusqu'aux dents, qui s'était pris d'amitié pour les yeux bleus du garçon.

Ils restèrent deux semaines à Marrakech. Mathias tournait en rond, comme un fauve blessé tandis que Mirida, attendait qu'il choisisse entre rejoindre le domaine Kroumane, se confronter au fantôme de son père, se recueillir sur la tombe de sa mère, ou frapper à la porte du palais de son grand-père. Deux chemins opposés mais qui menaient à la même destination : affronter la vérité pour dire qu'il n'était plus le jnoun de la montagne.

Un matin, il se décida et partit accompagné du domestique. Le soir, Mirida entendit dans la rue le piétinement d'une troupe de cavaliers. Elle monta sur la terrasse et aperçut Mathias sur un cheval gris. A ses côtés se tenait un homme sur un coursier qui piaffait d'impatience. Cet homme âgé était richement vêtu. Sa barbe soignée mettait en valeur un visage buriné d'une grande noblesse. Mirida le trouva très beau. Il s'entretenait avec des cavaliers qui bouchaient entièrement la rue. Des guerriers de sa tribu. Sa garde personnelle.

Mathias avait choisi en premier le grand-père. Le plus facile. Il restait le plus dur à faire. Ce n'était qu'une question de jours.

Le soir ils couchèrent à l'intérieur du palais. Mathias s'était-il confié à son grand-père, au père de sa mère ? Sans doute. Le danger ne pouvait venir que des militaires français. Dans ce palais ils ne risquaient rien. Le temps de préparer leur périple et quelques jours plus tard, une troupe constituée d'une dizaine d'hommes, armés comme il se doit, passa les remparts de la cité et prit la direction de la vallée de l'oued Zate. Une vallée de pins, de chênes et de lauriers roses. Durant le voyage Mirida s'appliqua à rester dans le sillage de son joli jnoun qu'elle ne quittait pas des yeux. Elle se tenait accrochée à la selle d'un cheval arabe qui trottinait vaillamment pour suivre le rythme accéléré des autres montures.

Mathias n'était plus le même. Il s'éloignait d'elle, mais il n'en avait pas conscience. La fille des montagnes le ressentit au plus profond de sa chair. Le passé revenu avait chassé l'adolescent et avait installé à la place un homme. Elle savait qu'elle était en train de le perdre.

Quand ils parvinrent sur le domaine Kroumane ils ne trouvèrent que la désolation. La maison avait brûlé. Il ne restait que des pans de murs, des grabats noircis, des poutres calcinées brisées, sinistres et des tas de cendre. Aux alentours il n'y avait pas âme qui vive.

- C'est étrange, murmura Mirida impressionnée. Cette maison a pris feu comme celle de Simoan.

Troublés, ils contournèrent ce qui restait de cette magnifique demeure. L'escalier qui donnait sur l'oued subsistait.

- Viens ! prononça Mathias.

Ils descendirent et traversèrent la rivière.

Le cactus portemanteau était là, plus grand, plus épineux. Main dans la main, ils se perdirent dans la colline. Mirida, de plus en plus inquiète, remarqua la transformation qui s'opérait sur son compagnon. On aurait dit que la maison en ruines l'avaient délivré de ses tourments. Il la fit asseoir et lui raconta la vie qui avait été la sienne dans cette vallée, sur cette terre chérie. Mirida suivant le conseil de Simoan ne lui révéla pas qu'elle connaissait déjà en partie son secret.

Bien plus tard, ils descendirent jusqu'au douar. Seules quelques maisons tenaient encore debout. Un cheval, maigre, couvert de croûtes de boue somnolait derrière une barrière de figuiers. Sur une branche épaisse une selle reposait en équilibre. Un éclat subit toucha l'œil du garçon : celui d'un clou argenté. Il poussa une exclamation. Ce cheval, cette selle, étaient ceux de sa mère. Il se précipita dans la maison et en ressortit accompagné d'un homme.

- A qui appartient ce cheval, se renseigna-t-il.
- La maison des anciens maîtres est abandonnée.
- Elle a brûlé. Qui a mis le feu ?
- Le cavalier noir, répondit-il le plus sérieusement du monde.
- Il est mort le cavalier noir, s'énerva Mathias. Tu possèdes son cheval.
- Non ! Celui-là je l'ai trouvé dans les collines.

Mathias se rendit compte qu'il n'y avait rien à tirer de ce rustre. Une légende était née. La civilisation sur sa route lancée avait décidé de ne pas s'arrêter dans la vallée. Cette histoire tragique vivrait de bouche à oreille, un peu plus déformée, mais chaque fois peut-être encore plus belle, plus triste, plus mystérieuse. Débouclant sa ceinture il en sortit une poignée de pièces et la tendit au paysan.

- C'est de l'or. Tu achèteras un autre cheval, plusieurs même si tu le désires…Mais je prends celui-ci et la selle. Fébrilement il sangla ensuite l'étalon et quand il eut terminé, un hennissement salua cette opération. Sur le point de sauter sur le dos puissant de la monture, Mathias, changea brusquement d'avis. Sous les yeux éberlués de Mirida, il entreprit de mettre à bas la selle, appela le paysan et la lui tendit.

- Nettoie-la et fais vite pour ne pas l'avoir fait avant. C'est une honte ! Cette selle appartenait à la femme qui s'est donné à toi, là-haut au pied du grand rocher. Et tu ne l'as jamais lavée. Honte à toi misérable. Et le cheval lui as-tu donné sa ration ?

Tremblant, le paysan se lamenta. Il était soudain saisi de crainte. L'étranger connaissait la vérité.

- Je suis pauvre et…
- Ah oui tu es pauvre… Je sais !

Sa colère tomba d'un coup. D'une voix plus radoucie il ajouta.

- Dépêche-toi ! Je vais m'occuper du cheval.

Quand la bête eut retrouvé la noblesse et la fierté qui avait été la sienne, Mathias, cet enfant qu'il était encore, grimpa en selle. Il partit au triple galop en laissant Mirida dans un nuage de poussière. La jeune femme attendit en vain son retour. Alors, elle remonta seule par l'escalier, rejoignit les ruines, et retrouva la compagnie de l'escorte qui avait préparé le campement pour la nuit.

Mathias ne réapparut qu'en fin de journée

Sans descendre de cheval, il fit signe à sa jeune amie de monter en croupe derrière lui.

Puis poussant des cris stridents, il talonna le ventre luisant.

Dans le vent qui sifflait à ses oreilles Mirida l'entendit crier

- Vers le sud ! Vers le sud !

**FIN**